오스카 와일드, 아홉 가지 이야기

오스카 와일드,
아홉 가지 이야기

오스카 와일드 동화집   최애리 옮김

THE HAPPY PRINCE AND OTHER TALES(1888),
A HOUSE OF POMEGRANATES(1891)
by OSCAR WILDE

이 책은 실로 꿰매어 제본하는 전통적인 사철 방식으로 만들어졌습니다.
사철 방식으로 제본된 책은 오랫동안 보관해도 손상되지 않습니다.

행복한 왕자와 그 밖의 이야기들

행복한 왕자 _ 9

나이팅게일과 장미 _ 25

저만 알던 거인 _ 35

헌신적인 친구 _ 42

특출한 로켓 불꽃 _ 60

석류의 집

어린 왕 _ 81

공주님의 생일 _ 104

어부와 그의 영혼 _ 135

별 아이 _ 189

옮긴이의 말 **동화 속에 남긴 영혼의 발자국** _ 213

오스카 와일드 연보 _ 269

행복한 왕자와 그 밖의 이야기들

행복한 왕자

온 도시가 내려다보이는 높은 기둥 위에, 행복한 왕자의 조각상이 서 있었습니다. 온몸은 얇은 순금 판으로 덮였고, 두 눈은 빛나는 사파이어였으며, 칼자루에서는 크고 붉은 루비가 반짝였습니다.

그는 실로 많은 사람들의 감탄을 자아냈습니다. 「마치 바람개비 수탉처럼 근사하군.」 시 의원 한 사람은 말했습니다. 예술적 감각이 있다는 평판을 얻고 싶었던 것입니다. 「물론 그만한 쓸모는 없지만 말이야.」 그는 얼른 덧붙였습니다. 행여 사람들이 자기를 실속 없다고 생각할까 봐서 말입니다. 사실 그는 실속 없는 사람이 아니었습니다.

「왜 넌 행복한 왕자님처럼 되지 못하니?」 달을 따 달라고 우는 어린 아들의 지각 있는 어머니는 말했습니다. 「행복한 왕자님은 절대 뭘 조르며 우는 법이 없잖니.」

「이 세상에 누군가 행복한 이가 있다는 것도 기쁜 일이지.」 실의에 빠진 남자는 멋진 조각상을 바라보며 중얼거렸습니다.

「왕자님은 꼭 천사 같아.」 새빨간 겉옷에 깨끗한 흰 앞치마를 두른 자선 학교 아이들이 성당을 나오며 말했습니다.

「너희가 그걸 어떻게 아니?」 수학 선생님이 물었습니다. 「천사를 본 적도 없으면서.」

「아! 하지만, 본걸요. 꿈에서 말예요.」 아이들이 대답했습니다. 그러자 수학 선생님은 이맛살을 찌푸리며 엄격한 얼굴을 해 보였습니다. 그는 아이들이 꿈꾸는 것을 좋게 생각하지 않았습니다.

어느 날 밤 이 도시에 작은 제비가 한 마리 날아왔습니다. 그의 친구들은 벌써 여섯 주 전에 이집트로 날아갔지만, 그는 아름다운 갈대 아가씨와 사랑에 빠진 나머지 뒤처진 것입니다. 그는 이른 봄날 크고 노란 나방을 따라 강가를 날아가다가 그녀를 만났었습니다. 그녀의 날씬한 허리에 마음이 끌려 그만 말을 걸었지요.

「내가 당신을 사랑해도 될까요?」 제비는 대뜸 말했습니다. 곧장 요점에 이르고 싶었던 것입니다. 그러자 갈대 아가씨는 나붓이 고개 숙여 절을 했습니다. 그래서 그는 그녀 주위를 빙빙 돌며 날개로 수면을 스쳐 은빛 물살을 일으켰습니다. 그것이 그가 사랑을 나타내는 방식이었고, 그 사랑은 여름 내내 계속되었습니다.

「어리석은 일이야.」 다른 제비들은 재잘댔습니다. 「그녀는 돈 한 푼 없는 데다, 친척들이 너무 많아.」 사실 강가에는 갈대가 가득히 우거져 있었습니다. 이윽고 가을이 오자 제비들은 모두 날아가 버렸습니다.

다들 떠나 버리자 그는 쓸쓸해졌고, 사랑하는 갈대 아가씨에게도 싫증이 나기 시작했습니다. 「그녀는 너무 말이 없어.」 그는 말했습니다. 「게다가 항상 바람하고 살랑이는 걸 보면 바람둥이인지도 몰라.」 정말이지, 바람이 불 때면 갈대는 더없이 우아하게 무릎 굽혀 절하곤 했으니까요. 「그녀는 잘 나다니지도 않지.」 그는 계속 말했습니다. 「하지만 나는 여행을 좋아하니까, 내 아내도 역시 여행을 좋아해야 해.」

「나와 함께 떠나 주겠어요?」 마침내 그는 그녀에게 말했습니다. 하지만 갈대 아가씨는 고개를 저었습니다. 그녀는 집에 대한 애착이 강했던 것입니다.

「당신은 나를 정말로 사랑한 게 아니었군요.」 그는 외쳤습니다. 「나는 피라미드들이 있는 곳으로 갑니다. 안녕!」 그러고는 훌쩍 떠나 버렸습니다.

온종일 날아온 그는 밤이 되어서야 도시에 도착했습니다. 「어디서 묵어갈까?」 그는 말했습니다. 「이 도시에 그럴 만한 곳이 있으면 좋을 텐데.」

그러다 그는 높은 기둥 위에 있는 조각상을 발견했습니다. 「저기서 묵으면 되겠구나.」 그는 외쳤습니다. 「아주 좋은 곳이야. 공기도 맑고.」 그래서 그는 행복한 왕자의 두 발 사이에 내려앉았습니다.

「황금빛 침실인걸.」 그는 주위를 둘러보면서 나직이 중얼거리고는 잘 준비를 했습니다. 하지만 그가 날개 밑에 막 고개를 파묻으려는 순간, 굵은 물방울이 떨어졌습니다. 「이상도 하지!」 그는 외쳤습니다. 「하늘에는 구름 한 점 없고 별들

11

이 총총한데 비가 오다니. 북유럽 날씨는 정말 고약하다니까. 갈대 아가씨는 비를 좋아했지만 그건 자기 생각만 하니까 그런 거지.」

그러자 또 한 방울이 떨어졌습니다.

「비도 가려 주지 못하는 조각상이 무슨 소용이람!」 그는 말했습니다. 「어디 쓸 만한 굴뚝 구멍이라도 찾아봐야겠어.」 그래서 그는 날아갈 태세를 했습니다.

하지만 채 날개를 펼치기도 전에, 세 번째 방울이 떨어졌고, 고개를 든 그는 보았습니다 ― 아! 그는 무엇을 보았을까요?

행복한 왕자의 두 눈은 눈물로 그득했고, 눈물이 금빛 뺨 위로 흘러내리고 있었습니다. 달빛에 비친 왕자의 얼굴이 하도 아름다워서, 작은 제비는 안쓰러운 심정이 들었습니다.

「당신은 누구세요?」

「나는 행복한 왕자란다.」

「그런데 왜 울고 계세요?」 제비가 물었습니다. 「덕분에 난 흠뻑 젖었잖아요.」

「내가 살아서 인간의 마음을 지니고 있었을 때는,」 하고 조각상이 대답했습니다. 「난 눈물이라는 게 뭔지도 몰랐어. 슬픔이라고는 들어올 수 없는, 상수시[1] 궁전에 살았으니까. 낮에는 동무들과 정원에서 놀고, 밤이면 드넓은 홀에서 무도회를 열었지. 정원 둘레에는 아주 높은 담장이 둘러쳐져 있었는데, 난 그 너머에 무엇이 있는지 알려고도 안 했어. 내

1 Sans-souci. 프랑스어로 〈근심 없는〉이라는 뜻.

주위에는 아름다운 것들뿐이었거든. 내 신하들은 나를 행복한 왕자라고 불렀고, 사실 난 행복했지. 즐거움이 곧 행복이라면 말이야. 그렇게 살다가 그렇게 죽었는데, 내가 죽자 사람들은 날 여기 이렇게 높은 곳에 세워 놓더군. 이 도시의 온갖 추악함과 비참함이 다 보이는 이곳에다 말이야. 그러니, 심장이 납으로 되어 있는데도, 울지 않을 수가 없어.」

「뭐라고! 속은 금이 아니라고?」 제비는 혼잣말을 했습니다. 그런 말을 입 밖에 낼 만큼 예절을 모르지는 않았으니까요.

「저 멀리,」 하고 조각상은 노래하듯 나직한 음성으로 말했습니다. 「저 멀리 좁은 골목에 가난한 집이 있단다. 창문이 하나 열려 있어서 집 안이 들여다보여. 한 여자가 테이블 앞에 앉아 있지. 얼굴은 여위고 지쳐 있고, 손은 바늘에 찔려 거칠고 빨갛게 부풀어 있어. 저 여잔 재봉사거든. 지금은 공단 야회복에 정열의 꽃[2]을 수놓고 있는 중이야. 여왕님의 시녀들 중 가장 어여쁜 아가씨가 다음 궁정 무도회 때 입을 옷이지. 방 한구석 침대에는 어린 아들이 앓아누워 있는데, 열이 나서 오렌지를 먹고 싶어 한단다. 하지만 엄마는 강에서 떠온 물밖에는 아무것도 줄 게 없어. 그래서 저 애는 울고 있지. 그러니, 제비야, 제비야, 작은 제비야. 내 칼자루에서 루비를 꺼내 저 여자에게 가져다주지 않겠니? 내 발은 여기 받침대에 고정되어 있어서 움직일 수가 없어.」

「이집트에 간 친구들이 절 기다리는데요.」 제비는 말했습

2 원어인 *passionflower*는 〈시계꽃〉이지만 말뜻을 살려 〈정열의 꽃〉으로 옮긴다.

니다. 「지금쯤 제 친구들은 나일 강을 따라 이리저리 날아다니며, 커다란 연꽃들과 이야기하고 있을 거예요. 이제 곧 대왕의 무덤으로 자러 가겠지요. 대왕은 색칠한 관 속에 아직도 그대로 누워 있는데, 노란 아마천에 싸여 향료로 잘 보존되어 있답니다. 목둘레에는 연녹색 비취 목걸이가 걸려 있고, 두 손은 시든 나뭇잎 같아요.」

「제비야, 제비야, 작은 제비야.」 하고 왕자가 말했습니다. 「하룻밤만 내 곁에 머물면서, 심부름을 해주지 않겠니? 저 아이는 너무나 목말라 하고, 엄마는 너무 슬퍼하는구나.」

「저는 사내아이들을 별로 좋아하지 않아요.」 제비는 대답했습니다. 「지난여름, 강가에 살 때였지요. 물방앗간 아이들인 개구쟁이 녀석 둘이 내게 노상 돌을 던지곤 했어요. 물론 한 번도 맞히지는 못했지만요. 우리 제비들은 워낙 날쌔니까 그 정도에 맞지는 않거든요. 게다가 저는 날쌔기로 유명한 집안에서 태어났고요. 어쨌든 돌을 던지다니 무례한 짓이에요.」

그러나 행복한 왕자가 너무나 슬퍼 보였으므로, 작은 제비는 미안해졌습니다. 「여긴 아주 춥군요.」 그는 말했습니다. 「하지만 하룻밤 정도 왕자님 곁에서 심부름꾼이 되어 드리지요.」

「고맙다, 작은 제비야.」 왕자님은 말했습니다.

그래서 제비는 왕자의 칼에서 커다란 루비를 쪼아 내어 부리에 문 채 도시의 지붕들 위로 날아갔습니다.

제비는 성당 탑 옆을 지나갔습니다. 거기에는 하얀 대리석 천사들이 조각되어 있었습니다. 그는 궁전 옆을 지나가면서 춤추는 소리를 들었습니다. 아름다운 아가씨가 사랑하는 사람과 발코니로 나왔습니다. 「별들이 정말 멋지군요.」 그가 그녀에게 말했습니다. 「그리고 사랑의 힘은 얼마나 멋진가요!」 「다음 무도회까지 내 드레스가 다 만들어졌으면 좋겠어요.」 그녀는 대답했습니다. 「정열의 꽃을 수놓아 달라고 주문했지요. 그런데 재봉사가 너무 게을러요.」

제비는 강을 건넜고, 배들의 돛대에 매달려 있는 등불들을 보았습니다. 유대인 동네를 지나갔고, 늙은 유대인들이 서로 흥정을 하고 구리 저울에 돈을 달아 나누는 것도 보았습니다. 마침내 그는 가난한 집에 도착하여 안을 들여다보았습니다. 아이는 침대에서 열에 뜬 채 뒤척이고 있었고, 어머니는 지친 나머지 잠들어 있었습니다. 그는 폴짝 안으로 뛰어 들어가, 커다란 루비를 테이블 위 여자의 골무 옆에 놓아 두었습니다. 그러고는 침대 주위를 조용히 날면서 날갯짓으로 아이의 이마에 부채질을 해주었습니다. 「아이 시원해!」 아이는 말했습니다. 「병이 낫는 모양이야.」 그러더니 깊은 단잠에 빠져들었습니다.

제비는 행복한 왕자에게로 돌아가 자기가 한 일을 말해주었습니다. 「그런데 이상해요.」 그는 말했습니다. 「날씨는 추운데 저는 이제 따뜻한 느낌이 드니 말이에요.」

「그건 네가 착한 일을 했기 때문이야.」 왕자가 말했습니다. 작은 제비는 생각에 잠겼고, 그러다 잠이 들었습니다. 생각을 하면 늘 그렇게 졸음이 오는 것이었습니다.

날이 새자 그는 강으로 날아가 목욕을 했습니다. 「아니,

놀라운 일이로군!」 다리 위를 지나던 조류학 교수가 말했습니다. 「겨울에 제비라니!」 그래서 그는 그에 대한 긴 편지를 써서 지방 신문에 보냈고, 사람들은 저마다 그 글을 인용했습니다. 그 글은 그들이 이해하지 못하는 말들로 가득했으니까요.

「오늘 밤에는 이집트로 간다.」 제비는 말했습니다. 생각만 해도 기운이 솟아났습니다. 그는 유명한 건물들을 모두 둘러보았고, 교회의 뾰족탑 위에 오래 앉아 보기도 했습니다. 그가 가는 곳마다 참새들이 저희끼리 짹짹거리며 말했습니다. 「참 기품 있는 손님이구나!」 그는 무척 즐거웠습니다.

달이 뜨자, 그는 다시 행복한 왕자에게로 날아갔습니다. 「이집트에서 시키실 일은 없나요?」 그는 말했습니다. 「전 이제 막 떠날 참이에요.」

「제비야, 제비야, 작은 제비야.」 왕자님은 말했습니다. 「하룻밤만 더 내 곁에 있어 주지 않겠니?」

「친구들이 이집트에서 기다리는걸요.」 제비가 대답했습니다. 「내일이면 제 친구들은 나일 강의 두 번째 폭포까지 날아갈 거예요. 그곳에는 골풀 사이에 하마들이 웅크리고 있고, 커다란 화강암 옥좌 위에 멤논[3] 신이 앉아 있지요. 그는 밤

---

3 그리스인들과 로마인들이 이집트 제18왕조 아멘호테프 3세(B.C. 1410~B.C. 1375)의 거대한 석상 둘을 가리켜 부르던 이름. 기원후 27년의 지진으로 북쪽 석상이 무너졌는데, 무너진 돌무더기들이 아침 첫 햇살을 받으면 음악적인 소리를 냈으므로, 그것은 멤논이 자기 어머니인 새벽의 여신을 맞이하는 소리라는 전설이 생겨났다. 기원후 170년의 보수 공사 이후로는 이런 현상이 그쳤다고 한다.

새도록 별들을 지켜보다가, 새벽별이 떠오르면 기쁜 함성을 한 번 지르고는, 다시 침묵을 지킨답니다. 한낮에는 누런 사자들이 물을 마시러 강가로 오지요. 사자들은 눈이 녹색 에메랄드 같고, 으르렁대는 소리는 폭포 소리보다 커요.」

「제비야, 제비야, 작은 제비야.」 왕자는 말했습니다. 「저 멀리 도시 건너편에, 다락방에 사는 한 청년이 보이는구나. 그는 종이로 뒤덮인 책상에 엎드려 있는데, 그 옆 꽃병에는 시든 제비꽃 한 묶음이 꽂혀 있어. 갈색 고수머리에 입술은 석류 알처럼 붉고 커다란 두 눈은 꿈꾸는 듯하단다. 그는 극장의 감독에게 줄 희곡을 한 편 끝내려고 하는데, 너무 추워서 더는 쓰지를 못하는구나. 벽난로에 불기라곤 없고 하도 배가 고파 기진한 거란다.」

「하룻밤 더 당신 곁에 남아 있겠어요.」 제비는 말했습니다. 실상 그는 마음이 아주 착했거든요. 「그에게도 루비를 갖다 줄까요?」

「아! 내겐 이제 루비가 없어.」 왕자는 말했습니다. 「남은 것은 눈뿐이야. 내 눈들은 천 년 전에 인도에서 가져왔다는 진귀한 사파이어로 되어 있단다. 그걸 하나 뽑아서 그에게 갖다 줘. 그는 그걸 보석상에 팔아서 양식과 땔감을 사고, 희곡을 끝낼 수 있을 거야.」

「하지만 왕자님.」 제비는 말했습니다. 「그럴 수는 없어요.」 그는 울기 시작했습니다.

「제비야, 제비야, 작은 제비야.」 왕자는 말했습니다. 「내가 시키는 대로 해다오.」

그래서 제비는 왕자의 한쪽 눈을 쪼아 내어, 학생의 다락방으로 날아갔습니다. 들어가기는 쉬웠습니다. 지붕에 구멍이 나 있었으니까요. 구멍 사이로 그는 날쌔게 미끄러져 방 안으로 들어갔습니다. 청년은 머리를 두 손 안에 파묻고 있었으므로, 날갯짓 소리를 듣지 못했습니다. 고개를 들고서야 시든 제비꽃 위에 놓인 아름다운 사파이어를 발견했습니다.

「드디어 인정받기 시작했어.」 그는 외쳤습니다. 「이건 누군가 내 숭배자가 보낸 거야. 이제는 작품을 완성할 수 있겠구나.」 그는 무척 행복해 보였습니다.

다음 날 제비는 항구 쪽으로 날아가 보았습니다. 그는 커다란 배의 돛대 위에 앉아 선원들이 배 밑 창고로부터 커다란 짐짝들을 밧줄로 끌어올리는 것을 구경했습니다. 「영차! 영차!」 선원들은 상자가 하나씩 올라올 때마다 함성을 지르곤 했습니다. 「난 이집트로 가요!」 제비는 외쳤지만, 아무도 들은 척하지 않았습니다. 달이 뜨자, 그는 다시 행복한 왕자에게로 날아갔습니다.

「작별 인사를 하러 왔어요.」 그는 큰 소리로 말했습니다.

「제비야, 제비야, 작은 제비야.」 왕자님은 말했습니다. 「하룻밤만 더 내 곁에 있어 주지 않겠니?」

「겨울이에요.」 제비는 대답했습니다. 「이곳에는 곧 차디찬 눈이 내릴 거예요. 이집트에는 푸른 종려나무 위에 따사로운 햇살이 내리쪼이고, 악어들은 진흙 속에 누워 한가로이 주위를 둘러보겠지요. 내 친구들은 바알베크[4] 신전 안에 둥지를 짓고 있을 테고, 분홍색 흰색 비둘기들은 그걸 구경하며 저희끼리 구구대겠지요. 왕자님, 저는 가야만 해요. 하지만 당신을 잊지 못할 거예요. 내년 봄 돌아올 때는 아름다운 보석들을 가져다가 당신이 보석들을 빼준 자리에 박아 드릴게요. 붉은 장미보다 더 붉은 루비와 푸른 바닷물처럼 푸른 사파이어를 갖다 드릴게요.」

「저 아래 광장에」 하고 행복한 왕자는 말했습니다. 「어린 성냥팔이 소녀가 있단다. 성냥 통을 도랑에 빠뜨려서, 모두 못 쓰게 되어 버렸어. 하지만 돈을 벌어 가지 못하면 아버지한테 매를 맞을 거야. 그래서 울고 있단다. 양말도 신발도 못 신었고, 작은 머리에도 무엇 하나 쓰지 못했지. 내 눈을 마저 빼어다 저 애에게 주렴. 그러면 아버지가 저 애를 때리지 않을 거야.」

「하룻밤 더 왕자님 곁에 있기로 하겠어요.」 제비는 말했습니다. 「하지만 눈을 쪼아 낼 수는 없어요. 그러면 장님이 되실 테니까요.」

「제비야, 제비야, 작은 제비야.」 왕자는 말했습니다. 「내가 시키는 대로 해다오.」

그래서 제비는 왕자의 남은 눈을 쪼아 내어, 그것을 물고 쏜살같이 내려갔습니다. 성냥팔이 소녀의 곁을 스쳐 가면서, 손바닥에 보석을 떨어뜨렸습니다. 「아, 참 예쁜 유리 조각이네!」 어린 소녀는 외쳤습니다. 그러고는 웃으며 집으로 달려갔습니다.

4 리비아에 있는 고대 페니키아 및 그리스의 도시. 태양신을 위한 신전의 유적이 남아 있다.

제비는 왕자에게로 돌아갔습니다. 「이제 장님이 되셨어요.」 그는 말했습니다. 「그러니 제가 언제까지나 당신 곁에 남아 드리겠어요.」

「안 돼, 작은 제비야.」 가난해진 왕자가 말했습니다. 「너는 이집트로 가야 해.」

「저는 늘 당신 곁에 있을 거예요.」 제비는 말했고, 왕자의 발치에서 잠이 들었습니다.

다음 날 제비는 온종일 왕자의 어깨 위에 앉아, 낯선 고장들에서 보고 온 것들을 이야기해 주었습니다. 나일 강 둑 위에 길게 줄지어 서서 부리로 금붕어를 쪼아 먹는 붉은 따오기들,[5] 이 세상만큼이나 나이가 많아 모르는 것이 없다는 사막의 스핑크스, 호박(琥珀) 염주를 들고 낙타 곁을 느릿느릿 걸어가는 상인들, 흑단처럼 검은 살결을 하고 있으며 커다란 수정을 숭배하는 달[月] 산[6]의 왕, 종려나무에서 자며 스무 명의 사제들로부터 꿀 과자를 받아먹는 커다란 녹색 뱀, 크고 편편한 잎사귀를 타고 커다란 호수를 건너며 나비들과 항상 전쟁을 하는 피그미족 등등에 대한 많은 이야기를 들려주었습니다.

「귀여운 작은 제비야.」 왕자가 말했습니다. 「모두 놀라운 이야기들이구나. 하지만 그 무엇보다도 놀라운 것은 사람들이 겪는 고통이란다. 비참함만큼 큰 신비는 없거든. 작은 제

---

5 붉은 따오기는 고대 이집트의 신성한 새로, 토트 신을 상징한다.
6 달[月] 산이란 중앙아프리카에 있는 산맥으로, 나일 강의 수원이라 여겨진다.

비야, 내 도시 위를 날아다니며 네가 본 것을 내게 말해 다오.」

그래서 제비는 그 큰 도시 위를 날아다니며 보았습니다. 부자들이 아름다운 집에서 즐겁게 지내는 동안, 거지들은 문간에 앉아 있었습니다. 그는 음침한 골목들을 날아다니며 보았습니다. 굶주린 아이들이 창백한 얼굴로 캄캄한 길거리를 힘없이 내다보고 있었습니다. 다리 밑에서는 사내아이 둘이 너무 추워서 서로 부둥켜안은 채 누워 있었습니다. 「배가 너무 고파!」 그들은 말했습니다. 「여기 누워 있으면 안 된다.」 경비원이 고함치자 아이들은 빗속으로 쫓겨나 헤매었습니다.

제비는 왕자에게로 돌아가 본 것을 말해 주었습니다.

「내 몸은 순금으로 덮여 있어.」 왕자가 말했습니다. 「그걸 한 조각씩 떼어다 가난한 이들에게 나누어 주렴. 살아 있는 사람들은 금이 있으면 행복해질 수 있다고 생각한단다.」

한 조각 한 조각 제비는 순금을 떼어 냈고, 행복한 왕자는 누추한 잿빛으로 변해 갔습니다. 한 조각 한 조각 떼어 낸 금을 제비는 가난한 사람들에게 가져다주었습니다. 그러자 아이들은 뺨이 장밋빛이 되었고, 웃으며 거리를 뛰어다녔습니다. 「우리도 이제 빵이 있어!」 아이들은 외쳤습니다.

그러다 눈이 왔고, 눈 뒤에는 강추위가 찾아왔습니다. 길거리는 은으로 만든 듯이 밝게 빛났습니다. 집집마다 처마 끝에는 수정 칼 같은 기다란 고드름이 달렸고, 사람들은 모두 털옷을 입고 돌아다녔습니다. 사내아이들은 새빨간 모자를 쓰고 얼음을 지쳤습니다.

가엾은 작은 제비는 점점 더 추워졌지만, 왕자의 곁을 떠나려 하지 않았습니다. 제비는 왕자를 깊이 사랑하게 되었던 것입니다. 그는 빵 가게 주인이 보고 있지 않을 때 가게 문 밖의 빵 부스러기를 쪼아 먹었고, 날개를 파닥여 몸을 덥혀 보려고 애썼습니다.

하지만 마침내 그는 자신이 죽게 되리라는 것을 알았습니다. 그는 가까스로 한 번 더 왕자의 어깨 위로 날아오를 힘밖에 없었습니다. 「안녕히 계세요, 사랑하는 왕자님!」 그는 겨우 말했습니다. 「왕자님 손에 입 맞추게 해주시겠어요?」

「네가 마침내 이집트로 가게 되어 기쁘구나, 작은 제비야.」 왕자가 말했습니다. 「너는 여기 너무 오래 있었어. 자, 내 입술에 입 맞춰 다오. 나는 너를 사랑한단다.」

「저는 이집트로 가는 게 아니에요.」 제비는 말했습니다. 「저는 죽음의 집으로 가요. 죽음은 잠의 형제라지요?」

제비는 행복한 왕자에게 입을 맞추고, 그 발치에 떨어져 죽었습니다.

바로 그때, 조각상의 안쪽에서 무엇인가 깨지는 것 같은 이상한 소리가 났습니다. 왕자의 납으로 된 심장이 둘로 쪼개졌던 것입니다. 정말이지 무서운 추위였습니다.

다음 날 아침 일찍 시장은 시 의원들을 거느리고 저 아래 광장을 걷고 있었습니다. 기둥을 지나가다가 그는 조각상을 쳐다보았습니다. 「아니! 행복한 왕자가 저렇게 흉한 꼴이 되다니!」

「정말 흉하군요.」 시 의원들이 말했습니다. 그들은 언제나 시장에게 맞장구를 치는 것이었습니다. 그러고는 다들 다가 가서 들여다보았습니다.

「칼에 박혀 있던 루비도 떨어져 나갔고, 눈도 없어지고, 금도 다 벗겨졌어.」 시장이 말했습니다. 「정말이지, 거지나 다름없군.」

「거지나 다름없네요.」 시 의원들이 말했습니다.

「게다가 발치에는 죽은 새까지 있어!」 시장은 계속 말했 습니다. 「정말이지 새들이 여기서 죽으면 안 된다고 명령을 내려야겠군.」 시 의회 서기는 그 안(案)을 기록했습니다.

그들은 행복한 왕자의 조각상을 끌어내렸습니다. 「이제 그는 아름답지 않으니 쓸모가 없다.」 대학의 미술 교수는 말 했습니다.

그러고 나서 사람들은 조각상을 용광로에 녹였고, 시장은 그 쇠를 어떻게 할까를 결정하기 위해 회의를 열었습니다. 「당연히 또 다른 조각상을 만들어야겠지요.」 그는 말했습니 다. 「내 조각상 말입니다.」

「내 조각상이라야 해요.」 시 의원들은 저마다 말했고, 다 툼이 일어났습니다. 들리는 바로는, 여전히 싸우고 있다나요.

「이상한 일이로군!」 제철소의 노무 감독은 말했습니다. 「이 부서진 심장은 용광로에서도 녹질 않으니, 내다 버리는 수밖 에.」 그래서 그들은 그것을 쓰레기 더미에 던져 버렸습니다. 죽은 제비도 바로 그곳에 누워 있었지요.

「저 도시에서 가장 소중한 두 가지를 내게 가져오너라.」 하느님께서 한 천사에게 말씀하셨습니다. 그러자 천사는 납으로 된 심장과 죽은 새를 갖다 바쳤습니다.

　「제대로 골랐구나.」 하느님께서는 말씀하셨습니다. 「이 작은 새는 나의 낙원에서 영원히 노래하게 하고, 행복한 왕자는 내 황금 도시에서 나를 찬미하게 하겠다.」

나이팅게일과 장미

「그녀는 내가 붉은 장미를 가져다주면 나와 춤추겠다고 했지.」 젊은 학생은 외쳤습니다. 「하지만 내 정원 어디에도 붉은 장미는 없어.」

참나무에 둥지를 튼 나이팅게일이 그 소리를 듣고는 의아해하며 잎 사이로 내다보았습니다.

「내 정원에 붉은 장미라고는 없어.」 그는 탄식했고, 아름다운 두 눈에는 눈물이 가득 고였습니다. 「아, 행복이란 얼마나 사소한 것들에 달려 있단 말인가! 나는 현명한 사람들이 쓴 온갖 책들을 읽었건만, 철학의 온갖 심오한 이치를 깨달았건만, 단 한 송이 붉은 장미가 없어서 내 인생이 이렇게 비참해지다니.」

「마침내 진정한 사랑을 하는 사람이 나타났구나.」 나이팅게일은 말했습니다. 「밤이면 밤마다 나는 사랑하는 사람에 대한 노래를 불렀지. 그가 누군지도 모르면서 말이야. 밤이면 밤마다 나는 별들에게 그의 이야기를 들려주었어. 그런데 이제 그 사람을 만난 거야. 그의 머리칼은 히아신스 꽃처럼

25

짙고, 그의 입술은 그가 원하는 장미처럼 붉구나. 하지만 열정 때문에 그의 얼굴은 상아처럼 창백하고, 이마에는 슬픔이 새겨져 있어.」

「왕자님이 내일 밤 무도회를 여는데」 하고 젊은 학생은 중얼거렸습니다. 「내 사랑하는 그녀도 거길 갈 거야. 내가 붉은 장미를 가져다주면, 그녀는 새벽까지 나와 춤추어 주겠지. 붉은 장미를 가져다줄 수만 있다면, 나는 그녀를 내 팔에 안을 수 있을 거야. 그녀는 내 어깨에 머리를 기댈 테고 그녀의 손은 내 손안에 꼭 쥐어져 있겠지. 하지만 내 정원에 붉은 장미라곤 없으니 나는 혼자 쓸쓸히 앉아 있을 테고, 그녀는 내 곁을 지나가겠지. 나 같은 건 거들떠보지도 않고 말이야. 그러면 내 심장은 터져 버리고 말 거야.」

「이 사람이야말로 진정 사랑하는 사람이야.」 나이팅게일이 말했습니다. 「내가 노래하는 그 사랑 때문에 그는 괴로워하고 있어. 내게는 기쁨인 것이 그에게는 고통인 거야. 사랑이란 참으로 놀라운 것이지. 에메랄드보다 귀하고 오팔보다도 값진 거야. 진주며 석류로도 사랑은 살 수 없고, 또 시장에 나와 있지도 않아. 사랑은 장사꾼들이 파는 것도 아니고, 금으로 저울질할 수 있는 것도 아니야.」

「악사들은 연주석에 앉겠지.」 젊은 학생이 말했습니다. 「현악기가 연주되면, 내 사랑하는 그녀는 하프와 바이올린 소리에 맞추어 춤을 출 거야. 그녀는 어찌나 사뿐사뿐 춤을 추는지 발이 땅에 닿지도 않을 거야. 그러면 멋지게 차려입은 신하들이 그녀 주위에 모여들겠지. 하지만 그녀는 나와는 춤추지 않을 거야. 나는 그녀에게 줄 붉은 장미가 없으니까.」 그는 풀밭에 엎어져 두 손에 얼굴을 묻고 울었습니다.

「이 사람은 왜 우는 거지?」 조그만 녹색 도마뱀이 꼬리를 치켜들고 그 곁을 스쳐 가며 말했습니다.

「대체 왜 그래?」 햇살 속에 날개를 팔랑거리던 나비가 말했습니다.

「대체 왜 그런대?」 들국화가 옆의 꽃에게 나직이 물었습니다.

「그는 붉은 장미 한 송이 때문에 우는 거야.」 나이팅게일이 말했습니다.

「붉은 장미 한 송이 때문이라고?」 그들은 외쳤습니다. 「어리석기도 해라!」 빈정대기 좋아하는 조그만 도마뱀은 소리 내어 웃기까지 했습니다.

그러나 나이팅게일만은 학생의 남모를 슬픔을 이해할 수 있었으므로, 참나무 위에 조용히 앉아 사랑의 신비에 대한 생각에 잠겼습니다.

갑자기 나이팅게일은 갈색 날개를 활짝 펴고 공중으로 날아올랐습니다. 그러고는 수풀 사이를 그림자처럼 스쳐 지나 정원을 가로질러 갔습니다.

잔디밭 한가운데 아름다운 장미나무가 서 있었습니다. 장미나무를 본 나이팅게일은 그 위로 날아가 가지 위에 내려앉았습니다.

「붉은 장미 한 송이만 줘.」 나이팅게일은 외쳤습니다. 「그러면 내 가장 고운 노래를 들려줄게.」

그러나 나무는 고개를 흔들었습니다.

「내 장미들은 희단다. 바다의 물거품만큼이나 희고, 산 위의 눈보다도 더 희지. 하지만 낡은 해시계 주위에 피어 있는 내 형제에게 가보렴. 어쩌면 그는 네가 원하는 걸 줄지도 몰라.」

그래서 나이팅게일은 낡은 해시계 주위에 피어 있는 장미나무에게로 날아갔습니다.

「붉은 장미 한 송이만 줘.」 나이팅게일은 외쳤습니다. 「그러면 내 가장 고운 노래를 들려줄게.」

그러나 나무는 고개를 흔들었습니다.

「내 장미들은 노랗단다. 호박(琥珀) 보좌에 앉아 노래하는 인어 아가씨의 머릿단만큼이나 노랗고, 풀 베는 사람이 낫을 들고 오기 전 들판에 피어 있는 수선화보다 더 노랗지. 하지만 학생의 창문 아래 피어 있는 내 형제에게 가보렴. 어쩌면 그는 네가 원하는 걸 줄지도 몰라.」

그래서 나이팅게일은 학생의 창문 아래 피어 있는 장미나무에게로 날아갔습니다.

「붉은 장미 한 송이만 줘.」 나이팅게일은 외쳤습니다. 「그러면 내 가장 고운 노래를 들려줄게.」

그러나 나무는 고개를 흔들었습니다.

「내 장미들은 붉단다. 비둘기 발만큼이나 붉고, 깊은 바다 밑 동굴 속에서 물살에 너울대는 커다란 산호 부채들보다도 더 붉지. 하지만 겨울이 내 핏줄을 싸늘하게 했고, 모진 추위는 내 봉오리들을 따버렸고, 폭풍은 내 가지들을 부러뜨렸어. 올해는 내 장미들이 피지 않을 거야.」

「단 한 송이면 되는걸.」 나이팅게일은 외쳤습니다. 「붉은 장미 단 한 송이! 어떻게든 구할 방법이 없을까?」

「방법은 있어.」 나무가 대답했습니다. 「하지만 너무 참혹한 방법이라 말하고 싶지 않아.」

「말해 줘.」 나이팅게일이 말했습니다. 「난 무섭지 않아.」

「붉은 장미를 원한다면」 하고 나무가 말했습니다. 「넌 달빛 아래서 네 노래로 꽃을 만들어서 네 심장의 피로 그걸 물들여야 해. 내 가시를 네 가슴을 박고 노래해야 하는 거야. 밤새도록 노래해서 마침내 가시가 네 심장을 꿰뚫어야 해. 네 생명인 피가 내 핏줄에 흘러들어 내 것이 되도록.」

「붉은 장미 한 송이에 죽음이라니 참 엄청난 대가로구나.」 나이팅게일은 외쳤습니다. 「생명은 누구에게나 소중한 것인데. 푸른 숲 속에 앉아 있는 일, 황금 수레를 탄 해님을 바라보는 일, 진주 수레를 탄 달님을 바라보는 일은 참 즐겁지. 산사나무 향기는 달콤하고, 골짜기에 숨어 피는 푸른 초롱꽃도, 바람에 날리는 언덕 위 히스도 향긋해. 하지만 사랑은 생명보다도 귀한 것이지. 인간의 심장에 비한다면야 작은 새의 심장이 뭐 그리 대단하겠어?」

그래서 나이팅게일은 갈색 날개를 활짝 펴고 공중으로 날아올랐습니다. 그러고는 그림자처럼 정원을 스쳐 지나 수풀 속을 날아갔습니다.

젊은 학생은 아까 보았던 그대로 풀밭에 엎어져 있었고, 아름다운 눈에는 눈물이 채 마르지 않았습니다.

「기뻐하세요.」 나이팅게일은 외쳤습니다. 「기뻐하세요. 당신은 붉은 장미를 갖게 될 거예요. 내가 달빛 아래서 내 노래로 꽃을 만들어, 내 심장의 피로 물들여 드리지요. 그 대신 내가 당신에게 바라는 것은 진정한 사랑을 하는 사람이 되어 달라는 것뿐이에요. 왜냐하면 사랑은 제아무리 현명한 철학보다 더 현명하고, 제아무리 강한 권력보다 더 강한 것이니까 말이에요. 사랑의 날개는 불꽃처럼 타오르고, 사랑의 몸 또한 불꽃처럼 붉지요. 사랑의 입술은 꿀처럼 달고, 사랑의 숨결은 유향(乳香)과도 같답니다.」

학생은 풀밭에서 고개를 들고 귀를 기울였지만 나이팅게일이 하는 말을 알아듣지 못했습니다. 그는 책에 쓰여 있는 것밖에는 알지 못했으니까요.

그러나 참나무는 알아들었고 그래서 슬펐습니다. 그는 자기 가지에 둥지를 튼 작은 나이팅게일을 무척 좋아했던 것입니다.

「내게 마지막 노래를 들려 다오.」 그는 속삭였습니다. 「네가 가버리면 난 쓸쓸할 거야.」

그래서 나이팅게일은 참나무에게 노래를 들려주었습니다. 노랫소리는 마치 은 항아리에서 흘러내리는 물소리와도 같았습니다.

나이팅게일이 노래를 마치자, 학생은 몸을 일으키더니 주머니에서 수첩과 연필을 꺼냈습니다.

「나이팅게일은 노래의 형식을 알고 있군.」 그는 수풀 사이를 걸어가면서 중얼거렸습니다. 「그걸 부정할 수는 없어. 하지만 새에게도 감정이 있는 걸까? 아마 아닐 거야. 사실 저

새도 대부분의 예술가들과 마찬가지야. 진실한 감정은 없고 멋들어진 형식뿐이지. 남을 위해 자신을 희생한다든가 그런 것은 알 리가 없어. 그저 노래만을 생각하는 거야. 그래서 다들 예술이 이기적이라고 하는 거지. 하지만, 그 목소리에 아름다운 음색이 있다는 건 인정해야 해. 그렇게 아름다운 음색이 아무 의미도 없고 아무 쓸모도 없다니, 서글픈 일이야!」 그는 방으로 돌아갔고, 작고 초라한 침대에 드러누워 자신의 사랑에 대해 생각하기 시작했습니다. 그리고 잠시 후 잠이 들었습니다.

하늘에 달이 떠오르자 나이팅게일은 장미나무에게로 날아갔습니다. 그러고는 가시에 가슴을 박고 밤새도록 노래했습니다. 차가운 수정 같은 달이 귀 기울여 그 노래를 들었습니다. 밤이 새도록 나이팅게일은 노래했고, 가시는 점점 더 가슴 깊이 박혀 들었습니다. 나이팅게일의 가슴에서는 생명의 피가 썰물 지듯 빠져나갔습니다.

나이팅게일은 처음에는 소년 소녀의 가슴에 사랑이 태어나는 것을 노래했습니다. 그러자 장미나무의 맨 꼭대기 가지 위에 놀랍게도 장미가 한 송이 맺혔습니다. 노래에 노래가 이어지는 동안 꽃잎이 하나씩 피어났습니다. 처음에 그것은 희었습니다. 강물 위에 걸린 안개처럼 희고, 아침의 발끝처럼 희고, 새벽의 날개처럼 은빛이었습니다. 은거울에 비친 장미의 그림자처럼, 연못에 비친 장미의 그림자처럼, 나무의 맨 꼭대기 가지 위에서 장미는 그렇게 피어났습니다.

그러나 나무는 나이팅게일에게 심장을 가시에 더 세게 눌러 박으라고 외쳤습니다. 「더 세게, 더 세게.」나무는 외쳤습니다. 「안 그러면 장미가 완성되기도 전에 날이 새고 말 거야.」

그래서 나이팅게일은 심장을 가시에 더 세게 눌러 박았고, 더욱 소리 높여 젊은 남녀의 영혼에 열정이 태어나는 것을 노래했습니다.

그러자 장미의 꽃잎에 아련한 분홍빛이 돌았습니다. 마치 신부에게 입 맞추는 신랑의 얼굴에 떠오르는 홍조와도 같았습니다. 하지만 가시는 아직 나이팅게일의 심장에까지 닿지 않았고, 그래서 장미의 심장도 흰빛으로 남아 있었습니다. 나이팅게일의 심장에서 나온 피만이 장미의 심장을 붉게 물들일 수 있는 것입니다.

그래서 나무는 나이팅게일에게 더 세게 눌러 박으라고 소리쳤습니다. 「더 세게, 더 세게.」나무는 외쳤습니다. 「안 그러면 장미가 완성되기도 전에 날이 새고 말 거야.」

그래서 나이팅게일은 심장을 가시에 더 세게 눌러 박았고, 가시가 심장에 닿자 날카로운 아픔이 온몸을 꿰뚫었습니다. 아픔이 심하면 심할수록 노래는 더욱 격렬해졌습니다. 이제 나이팅게일은 죽음으로써 완성되는 사랑, 무덤 속에서도 죽지 않는 사랑을 노래하고 있었습니다.

그러자 놀랍게도 장미는 붉은빛을, 동녘 하늘과도 같은 장밋빛을 띠었습니다. 붉은 꽃잎들에 에워싸인 장미의 심장은 루비처럼 선연히 붉었습니다.

그러나 나이팅게일의 목소리는 점점 희미해졌고, 작은 날개가 파닥이더니 눈이 스르르 감겼습니다. 노랫소리는 점점 희미해졌고 마치 목에 무엇이 걸린 듯했습니다.

　마침내 나이팅게일은 마지막 노랫소리를 터뜨렸습니다. 그 소리를 들은 새하얀 달은 새벽이 오는 것도 잊고 하늘에 남아 있었습니다. 그 소리를 들은 붉은 장미는 환희에 온몸을 떨며 차가운 아침 공기를 향해 꽃잎들을 열었습니다. 메아리는 그 노랫소리를 언덕 위 자신의 보랏빛 동굴로 가져갔고 잠든 양치기들을 꿈에서 깨웠습니다. 노랫소리는 강가의 갈대 사이를 떠돌았고, 갈대들은 그 노래의 뜻을 바다에 전했습니다.

　「이것 봐, 이것 좀 봐!」 나무는 외쳤습니다. 「이제 장미가 완성되었어.」 그러나 나이팅게일은 아무 대답도 하지 않았습니다. 나이팅게일은 죽어 풀섶에 누워 있었던 것입니다. 심장에는 가시가 그대로 박혀 있었습니다.

　정오가 되자 학생은 창문을 열고 내다보았습니다.

　「아니, 이렇게 놀라운 행운이 찾아오다니!」 그는 외쳤습니다. 「붉은 장미가 피었어! 이런 장미는 이제껏 본 적이 없어. 이렇게 아름답다니, 분명 기다란 라틴어 이름이 있을 거야.」 그는 몸을 굽혀 장미를 꺾었습니다.

　그러고는 모자를 쓰고 장미를 손에 든 채 교수의 집으로 달려갔습니다.

　교수의 딸은 문간에 앉아 물레에 푸른 명주실을 감고 있었습니다. 작은 개가 그녀의 발치에 앉아 있었습니다.

　「붉은 장미를 갖다 드리면 나와 춤추겠다고 했지요?」 학생은 외쳤습니다. 「여기 세상에서 가장 붉은 장미가 있어요.

오늘 밤 당신 가슴 가까이 이 꽃을 달아 주세요. 그러면 우리가 함께 춤출 때 이 꽃이 말해 줄 것입니다. 내가 당신을 얼마나 사랑하는가를.」

그러나 소녀는 눈살을 찌푸렸습니다.

「그건 내 드레스에 어울리지 않겠는데요.」 그녀는 대답했습니다. 「게다가 시종관의 조카가 진짜 보석들을 보내왔거든요. 보석이 꽃보다 비싸다는 거야 누구다 다 아는 일이잖아요.」

「이럴 수가! 정말이지 당신은 감사할 줄을 모르는군요.」 학생은 화가 나서 장미를 길바닥에 팽개쳤습니다. 장미는 도랑에 떨어졌고 마차 바퀴가 그 위를 지나갔습니다.

「감사할 줄 모른다고요!」 소녀는 말했습니다. 「당신은 어떻고요. 무례하기 짝이 없군요. 대체 당신이 뭔데요? 고작 학생 아니냔 말예요. 당신은 시종관의 조카처럼 구두에 은 장식이나 달았는지 모르겠군요.」 그러더니 그녀는 의자에서 일어나 집 안으로 들어가 버렸습니다.

「사랑이란 얼마나 어리석은 것이냐!」 학생은 되돌아오면서 말했습니다. 「논리학의 절반만큼도 쓸모가 없어. 아무것도 증명할 수가 없잖아. 사랑은 항상 일어나지도 않을 일들에 대해 얘기하고, 진실이 아닌 일들을 믿게 만들지. 정말 사랑이란 참 실속 없는 것이야. 이 시대에는 실속이 전부인데 말이지. 난 철학으로 돌아가 형이상학이나 공부해야겠어.」

그는 자기 방으로 돌아가 먼지 쌓인 두꺼운 책을 꺼내 읽기 시작했습니다.

저만 알던 거인

매일 오후 학교에서 돌아오는 길에 아이들은 거인의 정원에 가서 놀곤 했습니다.

그것은 부드러운 풀밭이 있는 넓고 아름다운 정원이었습니다. 풀밭 여기저기 아름다운 꽃들이 별 떨기처럼 피어 있었습니다. 스무 그루나 되는 복숭아나무들도 있어서, 봄이면 분홍빛과 진줏빛의 여린 꽃들을 피웠고, 가을이면 풍성한 열매를 맺었습니다. 나무에는 새들이 찾아와 어여쁘게 지저귀었고, 아이들은 이따금씩 놀던 것도 잊고 그 소리에 귀 기울였습니다. 「여기 있으니 정말 행복해!」 아이들은 신이 나서 소리치곤 했습니다.

어느 날 거인이 돌아왔습니다. 그는 콘월에 사는 친구 식인귀를 방문하여 7년 동안 그와 함께 머물렀습니다. 7년이 지나자 그는 하고 싶은 얘기를 다 해버려서 더는 할 얘기가 없었고, 그래서 자기 성으로 돌아올 결심을 했던 것입니다. 돌아와 보니, 아이들이 정원에서 놀고 있었습니다.

「여기서 뭣들 하는 거냐?」

그는 아주 퉁명스럽게 고함을 질렀고, 아이들은 달아나 버렸습니다.

「내 정원은 내 정원이야.」거인은 말했습니다. 「누구나 다 아는 일이 아닌가. 나 말고는 아무도 여기서 놀 수 없게 하겠 어.」그래서 그는 정원 둘레에 높은 담장을 세웠고, 경고문을 써 붙였습니다.

무단 침입 엄금

그는 오직 저만 아는 거인이었던 것입니다.

가엾은 아이들은 이제 놀 곳이 없었습니다. 길거리에서도 놀아 보았지만, 길은 먼지투성이인 데다가 딱딱한 돌멩이들 이 많아서 별로 좋지가 않았습니다. 수업이 끝나면 아이들 은 높다란 담장 주위를 서성이면서 그 안에 있는 아름다운 정원에 대해 이야기했습니다. 「저 안에서는 정말 행복했는 데!」그들은 이런 말을 주고받았습니다.

봄이 왔습니다. 온 나라에 작은 꽃들이 피어나고 작은 새 들이 찾아왔습니다. 하지만 거인의 정원만은 여전히 겨울이 었습니다. 아이들이 없었으므로, 새들은 노래하러 오지 않 았고 나무들은 꽃 피우기를 잊어버렸습니다. 한번은 아름다 운 꽃 한 송이가 풀밭에서 고개를 들었지만, 경고문을 보고 는 아이들에게 미안한 나머지 다시 땅속으로 들어가 잠들어 버렸습니다. 그러자 신이 난 것은 눈과 서리였습니다. 「봄은

이 정원을 잊어버렸어.」 그들은 환성을 질렀습니다. 「이제 우리 1년 내내 여기서 살 수 있어.」 눈은 크고 하얀 외투로 풀밭을 덮어 버렸고, 서리는 나무들을 은빛으로 칠했습니다. 그러고는 자기들과 함께 지내자고 북풍을 초대했습니다. 북풍은 모피를 껴입고 와서는 온종일 정원 주위에서 으르렁대다 결국 굴뚝을 넘어뜨리고 말았습니다. 「신나는 곳이로군.」 그는 말했습니다. 「우박도 꼭 오라고 해야겠어.」 찾아온 우박은 매일 세 시간씩 성의 지붕 위에서 따르륵거렸고, 마침내 기왓장을 거의 다 부서뜨렸습니다. 그러고는 전속력으로 정원을 뛰어 돌아다녔습니다. 우박은 회색 옷을 입었고 숨결이 얼음장처럼 싸늘했습니다.

「봄이 왜 이렇게 더디 오나 모르겠군.」 저만 아는 거인은 창가에 앉아 차디차고 새하얀 정원을 내다보며 말했습니다. 「날씨가 어서 풀리면 좋겠는데.」

그러나 봄은 결코 오지 않았고, 여름도 마찬가지였습니다. 가을은 모든 정원에 황금빛 열매들을 가져다주었지만, 거인의 정원에는 아무것도 주지 않았습니다. 「그는 자기밖에 몰라.」 가을은 말했습니다. 그래서 거인의 정원은 항상 겨울이었고, 북풍과 우박과 서리와 눈이 나무들 사이로 춤추며 돌아다녔습니다.

어느 날 아침 거인이 침대에서 잠이 깨었을 때, 아름다운 음악이 들려왔습니다. 너무나 아름답게 들렸으므로, 거인은 임금님의 악대가 지나가나 보다 생각했습니다. 사실 그것은 창밖에서 지저귀는 작은 방울새였을 뿐입니다. 하지만 그는 자기 정원에서 새소리를 들어 본 지가 어찌나 오래되었는지, 그것이 세상에서 가장 아름다운 음악인 것만 같았습니다. 그러자 우박이 그의 머리 위에서 춤추기를 그쳤고, 북풍도 더는 으르렁대지 않았으며, 열린 창으로는 향긋한 기운이 들어왔습니다. 「드디어 봄이 온 모양이지.」 그는 말했습니다. 그러고는 침대에서 벌떡 일어나 창밖을 내다보았습니다.

그는 무엇을 보았을까요?

그는 더없이 놀라운 광경을 보았습니다. 담장에 뚫린 작은 구멍으로 아이들이 기어 들어와 나뭇가지 위에 앉아 있었던 것입니다. 그의 눈에 보이는 모든 나무에 어린아이가 한 명씩 앉아 있었습니다. 나무들은 아이들이 다시 찾아온 것이 기쁜 나머지 활짝 꽃 피었고, 아이들의 머리 위로 부드럽게 팔을 흔들고 있었습니다. 새들은 즐겁게 지저귀며 날아다니고, 푸른 풀섶에는 꽃들이 고개 들고 웃고 있었습니다. 참으로 아름다운 광경이었습니다. 그런데 한쪽 구석만은 여전히 겨울이었습니다. 그곳은 정원에서 가장 후미진 구석이었는데, 거기 한 어린아이가 서 있었습니다. 아이는 키가 너무 작아서 나무에 올라갈 수 없었으므로 주위를 맴돌며 슬피 울고 있었습니다. 가엾은 나무는 여전히 서리와 눈으로 뒤덮여 있었고, 북풍이 불어닥치며 으르렁대었습니다. 「꼬마야, 어서 올라와!」 나무는 이렇게 말하며 가지를 한껏 낮게 구부렸지만, 그래도 아이는 너무 작았습니다.

그렇게 밖을 내다보는 동안 거인의 마음은 녹아내렸습니다. 「난 정말 나밖에 몰랐었군!」 그는 말했습니다. 「봄이 왜

오지 않았었는지 이제야 알겠어. 저 가엾은 어린아이를 나무에 올려 주어야지. 그리고 담장을 허물어서, 내 정원이 언제까지나 아이들의 놀이터가 되게 하겠어.」 그는 지금까지 해온 일을 몹시 후회했습니다.

그래서 그는 가만히 아래층으로 내려가 현관문을 살짝 열고 정원으로 나갔습니다. 하지만 그를 본 아이들은 겁에 질려 달아나 버렸고, 그러자 정원은 다시 겨울이 되었습니다. 단지 구석에 있던 어린아이만이 달아나지 않고 있었습니다. 눈에 눈물이 가득 고인 나머지 거인이 다가오는 것도 보지 못했던 것입니다. 거인은 몰래 아이의 등 뒤로 다가가서 부드럽게 아이를 안아 나무에 올려 주었습니다. 그 순간 나무는 꽃망울을 터뜨렸고, 새들이 지저귀며 날아들었습니다. 아이는 팔을 뻗쳐 거인의 목을 끌어안고 입 맞추었습니다. 다른 아이들도 거인이 이제 무섭게 굴지 않는다는 것을 알고는 다시 몰려왔고, 아이들과 함께 봄이 왔습니다. 「얘들아, 이제 이 정원은 너희들 거란다.」 거인은 말했습니다. 그러고는 커다란 도끼를 가져다 담장을 찍어 넘어뜨렸습니다. 낮에 시장에 가던 사람들은 이제껏 보았던 가장 아름다운 정원에서 거인이 아이들과 놀고 있는 것을 보았습니다.

온종일 놀던 아이들은 저녁이 되자 거인에게 작별 인사를 하러 갔습니다.

「그런데 너희 꼬마 친구는 어디 있니?」 그는 말했습니다. 「내가 나무에 올려 주었던 아이 말이야.」 거인은 자기에게 입 맞추어 준 그 아이가 가장 사랑스러웠습니다.

「우리는 몰라요.」아이들이 대답했습니다. 「그 애는 가버린걸요.」

「그럼 그 애한테 내일도 꼭 오라고 말해 다오.」거인은 말했습니다. 하지만 아이들은 그 애가 어디 사는지 모르고 전에 본 적도 없다는 것이었습니다. 거인은 무척 슬펐습니다.

매일 오후, 학교가 끝나면, 아이들은 정원에 와서 거인과 함께 놀곤 했습니다. 하지만 거인이 사랑하는 작은 아이는 다시 보이지 않았습니다. 거인은 모든 아이들에게 친절했지만, 그래도 처음 사귀었던 어린 친구를 보고 싶었고, 자주 그 아이 이야기를 했습니다. 「그 애가 정말 보고 싶구나!」그는 말하곤 했습니다.

여러 해가 흘러갔습니다. 거인도 많이 늙고 약해졌습니다. 더 이상 아이들과 뛰어놀 수 없게 된 거인은 커다란 안락의자에 앉아서 아이들이 노는 정원을 바라보았습니다. 「내게는 아름다운 꽃들이 많지.」그는 말했습니다. 「하지만 아이들은 그중에서도 가장 아름다운 꽃이야.」

어느 겨울 아침 그는 옷을 입으면서 창밖을 내다보았습니다. 그는 이제 겨울도 싫어하지 않았습니다. 겨울이란 그저 봄이 잠든 것이며 꽃들이 쉬고 있을 뿐이라는 것을 잘 알고 있었으니까요.

문득 그는 놀라서 눈을 비비며 보고 또 보았습니다. 정말이지 놀라운 광경이었습니다. 정원의 후미진 구석에 있는 나무에 희고 고운 꽃들이 가득히 피어 있었습니다. 나뭇가지들은 금빛이었고, 가지마다 은빛 열매들이 달려 있었으며, 그 아래에는 그가 그토록 사랑하던 어린 소년이 서 있었습니다.

거인은 기쁨에 차서 아래층으로 달려 내려갔고, 정원으로 뛰어나갔습니다. 풀밭을 가로질러 아이에게 다가갔습니다. 하지만 아이 바로 앞에까지 갔을 때, 그는 화가 나서 얼굴이 붉어졌습니다. 그는 말했습니다. 「누가 감히 너를 다치게 했지?」 아이의 양 손바닥에는 두 개의 못 자국이 있었고, 또 두 개의 못 자국이 작은 발 양쪽에도 나 있었던 것입니다.

「누가 감히 너를 다치게 했느냐 말이다.」 거인은 소리쳤습니다. 「나한테 말해라. 내 큰 칼로 그놈을 죽여 버리겠다.」

「아니요.」 아이는 대답했습니다. 「이건 사랑의 상처인걸요.」

「당신은 누구십니까?」 거인은 말했고, 문득 이상한 두려움에 사로잡혀 어린아이 앞에 무릎을 꿇었습니다.

그러자 아이는 거인에게 웃음 지어 보이며 말했습니다. 「당신은 나를 당신 정원에서 놀게 해주었지요. 이제 나는 당신을 내 정원인 낙원으로 데려갑니다.」

그날 오후 정원으로 놀러 온 아이들은 나무 아래서 거인이 하얀 꽃에 뒤덮여 죽어 있는 것을 발견했습니다.

헌신적인 친구

어느 날 아침 늙은 물쥐가 구멍에서 머리를 내밀었습니다. 그는 구슬처럼 반짝이는 눈에 뻣뻣한 회색 수염을 하고 있었고, 꼬리는 껌정 고무줄 같았습니다. 연못에는 새끼 오리들이 노란 카나리아 떼처럼 헤엄쳐 다니고 있었고, 새하얀 깃털에 다리가 빨간 어미 오리는 새끼들에게 물속에서 물구나무서는 법을 가르치려 애쓰고 있었습니다.

「물구나무를 설 줄 모르면 상류 사회에는 들어갈 수 없어.」어미 오리는 거듭 말했습니다. 이따금 몸소 시범을 보이기도 했습니다. 하지만 새끼 오리들은 어미의 말을 귀담아 듣지 않았습니다. 아직 너무 어려서 사교계에 나간다든가 하는 일이 무슨 득이 되는지 도무지 알지 못했던 것입니다.

「저렇게 말 안 듣는 아이들이라니!」늙은 물쥐는 탄식했습니다.「정말이지 물에 빠져 죽어도 할 수 없다니까!」

「그렇지 않아요.」오리가 대답했습니다.「누구나 시작이라는 게 있는 법이지요. 부모는 어디까지나 인내심을 가져야 한답니다.」

「아! 나는 부모의 심정 같은 건 전혀 몰라.」 물쥐는 말했습니다. 「내게는 가정이 없거든. 사실 결혼한 적도 없고, 그럴 생각도 없어. 사랑도 나름대로 좋은 거지만, 우정이 훨씬 고귀한 거지. 내가 아는 바로는, 이 세상에서 헌신적인 우정보다 더 고상하고 보기 드문 것은 없어.」

「그렇다면 헌신적인 친구란 어떠해야 한다고 생각하세요?」 바로 옆 버드나무에 앉아 오가는 이야기를 듣고 있던 녹색 방울새가 물었습니다.

「그래요. 나도 그게 알고 싶군요.」 오리가 말했습니다. 그러고는 연못 저 끝으로 헤엄쳐 가서 물구나무를 섰습니다. 아기 오리들에게 본을 보여 주려고 말입니다.

「바보 같은 질문을 다 하는군!」 물쥐는 소리쳤습니다. 「그야 내 헌신적인 친구라면 당연히 나한테 헌신적이어야 하지.」

「그러면 당신은 그 보답으로 어떻게 할 건데요?」 은빛 가지 위로 옮겨 앉아 조그만 날개를 파닥이며, 작은 새가 물었습니다.

「무슨 말인지 모르겠군.」 물쥐가 대답했습니다.

「그럼 거기 대한 이야기를 하나 해드릴까요?」 방울새가 말했습니다.

「나에 관한 이야기인가?」 물쥐가 물었습니다. 「만일 그렇다면 들어 봐야지. 나는 이야기를 아주 좋아하거든.」

「당신에게도 해당되는 이야기예요.」 방울새가 대답했습니다. 그러고는 둑 위로 내려앉아서 헌신적인 친구에 관한 이야기를 들려주었습니다.

「옛날 옛적에.」 방울새가 말했습니다. 「한스라는 이름의 자그마하고 정직한 사람이 있었어요.」

「아주 특출한 사람이었나?」 물쥐가 물었습니다.

「아니요.」 방울새가 대답했습니다. 「전혀 특출한 데라고는 없었어요. 친절한 마음씨와 명랑하고 사람 좋아 보이는 둥그런 얼굴밖에는. 그는 조그만 오두막에서 혼자 살았고, 매일 자기 정원에서 일했지요. 그 일대에서 그의 정원만큼 예쁜 정원은 없었답니다. 패랭이꽃에 자라난화, 냉이꽃에 산톱풀꽃이 있었지요. 다마스크 장미와 노란 장미, 보라색 크로커스와 금색 크로커스, 보라색 제비꽃과 하얀 제비꽃도 있었고, 매발톱꽃이며 황새냉이풀, 꽃박하와 나륵풀, 노랑앵초와 붓꽃, 수선화와 카네이션이 철따라 꽃을 피웠답니다. 한 가지 꽃이 지면 뒤이어 다른 꽃이 피었으므로, 항상 아름다운 꽃들을 볼 수 있었고 향기를 맡을 수 있었어요.

작은 한스에게는 친구가 아주 많았는데, 그중에서도 가장 헌신적인 친구는 방앗간 주인 휴 밀러였지요. 몸집도 크고 돈도 많은 밀러는 어찌나 헌신적이었던지, 한스의 정원을 그냥 지나치는 법이 없었어요. 반드시 울타리 너머로 몸을 굽혀 꽃다발을 한 아름 꺾거나 약초 한 움큼을 캤고, 과일 철이면 주머니 두둑이 자두나 버찌를 따 가곤 했답니다.

〈진정한 친구들은 무엇이나 나누어 갖는 법이라네.〉 밀러는 이렇게 말하곤 했어요. 그러면 작은 한스는 고개를 끄덕이며 미소 지었고, 그렇게 고상한 생각을 하는 친구를 가진 것을 매우 자랑스럽게 생각했지요.

사실 이웃들은 가끔 이상하게 여기기도 했어요. 부자 밀러는 작은 한스에게 무엇 하나 보답으로 주지 않았으니까요. 자기 방앗간에 밀가루를 백 포대씩이나 가지고 있고, 젖소가 여섯 마리에 털 깎는 양 떼도 아주 많으면서 말이에요. 하지만 한스는 그런 것에 전혀 신경 쓰지 않았고, 제 욕심 차리지 않는 진정한 우정에 대한 밀러의 온갖 멋진 이야기들을 듣는 것만으로도 즐거웠지요.

　　그래서 작은 한스는 자기 정원에서 열심히 일했답니다. 봄, 여름, 그리고 가을 동안은 무척 행복했지요. 하지만 겨울이 오면 그는 시장에 내다 팔 꽃도 과일도 없었으므로, 추위와 배고픔으로 몹시 고생을 했어요. 어떤 때는 말라비틀어진 배 두어 개나 딱딱한 나무 열매 몇 개밖에 못 먹고 자야 할 때도 있었지요. 게다가 겨울이면 그는 몹시 외로웠어요. 겨울이면 밀러는 결코 그를 찾아오지 않았으니까요.

　　〈눈이 오는 동안은 작은 한스를 찾아가지 않는 게 좋아.〉 밀러는 아내에게 말하곤 했지요. 〈왜냐하면, 사람들이 어려운 형편에 있을 때는 혼자 내버려 두어야지 찾아가서 귀찮게 하면 안 되니까 말이야. 적어도 나는 우정이란 그런 거라 생각하고, 또 내 생각이 옳다고 믿어. 그러니 봄이 오기까지 기다려야지. 봄이 되면 한스를 찾아가겠어. 그러면 그는 내게 큰 바구니 가득히 앵초를 따 줄 수 있을 테고, 그러면서 아주 행복해할 거야.〉

　　〈당신은 다른 사람들을 위하는 생각이 아주 깊군요.〉 소나무 장작이 기세 좋게 타오르는 난롯가의 안락의자에 앉아 있던 아내가 대답했습니다. 〈정말이지 생각이 깊어요. 우정에 관한 당신 이야기를 들으면 무척 기뻐요. 목사님이라 할지라도 당신만큼 아름다운 이야기는 할 수 없을 거예요. 제아무리 삼층집에 살고 새끼손가락에 금반지를 끼고 있다 해도 말예요.〉

〈하지만 작은 한스 아저씨를 우리 집에 초대하면 안 돼요?〉 밀러의 막내아들이 말했습니다. 〈만일 가엾은 한스 아저씨가 고생하고 있다면, 나는 그에게 내 죽을 반 덜어 주고, 내 하얀 토끼들을 보여 주겠어요.〉

〈너는 참 어리석은 아이로구나!〉 밀러가 소리쳤어요. 〈대체 너를 학교에 보내는 게 무슨 소용이 있나 모르겠다. 도무지 배우는 게 없는 것 같으니 말이다. 그래, 작은 한스가 여기 왔다 치자. 우리 집의 따스한 불이며 맛있는 저녁, 커다란 포도주 통을 보면 부러운 마음이 들 텐데, 남을 부러워하는 거야말로 무서운 거라 사람의 성질을 나쁘게 만들거든. 나는 한스의 성질이 나빠지게 할 수는 없어. 나는 그의 가장 좋은 친구이니만큼 그가 유혹에 빠지지 않게끔 항상 신경을 써주어야 해. 게다가 만일 한스가 여기 온다면 그는 내게 밀가루를 좀 꾸어 달라고 할지도 모르는데, 난 그럴 수 없거든. 밀가루는 밀가루고 우정은 우정이지, 혼동해서는 안 돼. 그 두 단어는 철자가 엄연히 다르니만큼 뜻도 다른 거란 말이다. 이런 정도야 누구나 다 아는 일이지.〉

〈당신은 말씀도 참 잘하세요!〉 커다란 유리컵에 따뜻한 맥주를 따라 마시면서 밀러의 아내가 말했지요. 〈정말이지

46

졸음이 오는군요. 교회에 갔을 때랑 꼭 같아요.〉

〈행동을 잘하는 사람은 많지만〉 하고 밀러는 대답했어요. 〈말을 잘하는 사람은 드물거든. 그건 말하기가 행동하기보다 훨씬 더 어렵고 고상한 일이기 때문이야.〉 그러고는 식탁 맞은편에 앉아 있는 어린 아들을 엄한 표정으로 바라보았지요. 그러자 아들은 스스로 부끄러워진 나머지 고개를 숙이고는 점점 더 얼굴이 빨개지더니 결국 찻잔 속에 눈물을 떨구고 말았어요. 하지만 그 앤 너무 어리니까 용서해 줘야겠지요.」

「그게 이야기의 끝인가?」 물쥐가 물었습니다.

「물론 아니에요.」 방울새가 대답했습니다. 「이제 겨우 시작인걸요.」

「그렇다면 넌 시대에 무척 뒤떨어졌군.」 물쥐가 말했습니다. 「요즈음 훌륭한 이야기꾼들은 끝에서 시작해 가지고 처음으로 되돌아갔다가 중간에서 마치는 법이거든. 그게 새로운 방식이라는 거야. 이건 얼마 전 한 청년과 함께 연못 주위를 거닐던 평론가로부터 들은 거라고. 평론가는 한참이나 그 얘기를 했는데, 난 그 사람 말이 옳을 거라고 믿어. 왜냐하면 그는 파란 색안경[7]을 쓴 데다 대머리였거든. 그리고 청년이 뭐라고 할 때마다 줄곧 피식거리고 있었어. 하지만 네 얘기를 계속해 보렴. 나는 밀러가 아주 마음에 드는데. 나도 온갖 아름다운 감정들을 갖고 있는 터라 밀러와 나는 마음

---

7 요즘으로 말하면 선글라스에 해당하지만, 세상을 〈장밋빛으로 보는〉 낙관주의와 반대되는 비관주의를 가리킨다.

이 잘 통하는 것 같아.」

「그런데,」 하고 방울새는 양쪽 발을 번갈아 깡충거리며 말했습니다. 「겨울이 지나자마자, 앵초가 노란 별꽃들을 피우자마자, 밀러는 아내에게 작은 한스에게 가봐야겠노라고 말했어요.

〈참, 당신은 마음도 좋으세요!〉 아내는 감탄했습니다. 〈늘 다른 사람들을 생각하시니 말이에요. 그럼, 꽃을 가져올 수 있게 커다란 바구니를 잊지 말고 가져가세요.〉

그래서 밀러는 방앗간 풍차의 날개들을 단단한 쇠사슬로 묶어 놓은 뒤, 바구니를 팔에 끼고 언덕을 내려갔어요.

〈잘 있었나, 작은 한스.〉 밀러는 말했지요.

〈잘 있었나.〉 한스는 삽에 기대선 채 활짝 웃어 보였어요.

〈겨울 동안 어떻게 지냈나?〉 밀러가 말했어요.

〈정말이지〉 하고 한스가 외쳤어요. 〈안부를 물어 주다니 자네는 친절도 하군. 겨울 동안 나는 꽤 어렵게 지냈지만, 이제 봄이 와서 아주 기뻐. 내 꽃들도 다 잘 자라고 말이야.〉

〈겨울 동안 자주 자네 얘길 했다네, 한스.〉 밀러가 말했어요. 〈자네가 어떻게 지내나 궁금해했지.〉

〈자네는 정말 친절해.〉 한스가 말했어요. 〈난 혹시 자네가 날 잊어버렸나 했어.〉

〈한스, 자네는 나를 놀라게 하는군.〉 밀러가 말했어요. 〈우정이란 절대로 잊지 않는 거라네. 그게 바로 우정의 훌륭한 점이지. 하기야 자네는 인생의 시적인 면을 이해할 수 없을지도 모르네만. 그런데 자네 앵초는 예쁘기도 하군.〉

〈정말 참 예쁘지.〉 한스가 말했어요. 〈이렇게 많이 피다니 난 참 운이 좋아. 이 꽃들을 시장에 가져다가 시장님 따님에게 팔려고 해. 그러면 그 돈으로 내 손수레를 다시 사야지.〉

〈자네 손수레를 다시 산다고? 설마 손수레를 팔았다는 말은 아니겠지? 그렇게 어리석은 일이 어디 있나!〉

〈응, 그런데 사실은〉 하고 한스가 말했어요. 〈어쩔 수 없었다네. 자네도 알다시피 겨울은 내게 힘든 시기거든. 빵을 살 돈이 한 푼도 없었어. 그래서 처음에는 내 제일 좋은 양복에서 은 단추들을 떼어 팔았고, 그다음엔 은 시곗줄을 팔았고, 그다음엔 큰 파이프를 팔았고, 그러다 결국 손수레까지 팔고 말았어. 하지만 이제부터 그 모든 걸 도로 살 작정이라네.〉

〈한스〉 하고 밀러가 말했어요. 〈내 손수레를 자네에게 주겠네. 사실 손질이 썩 잘되어 있진 않지만 말야. 한쪽 귀퉁이가 떨어져 나갔고, 바퀴살에도 좀 문제가 있기는 하지만, 어쨌든 그걸 자네에게 주겠어. 그게 아주 너그러운 일이라는 건 나도 알아. 대개의 사람들은 그런 걸 내주는 나를 보고 어리석기 짝이 없다고들 하겠지. 하지만 나는 다른 사람들과는 달라. 나는 너그러움이야말로 우정의 근본이라고 생각하거든. 마침 새 손수레를 장만하기도 했고. 그러니 마음 편히 갖게나. 내가 자네에게 내 손수레를 주겠네.〉

〈정말이지 자네는 너그럽군.〉 작은 한스의 명랑하고 둥그런 얼굴은 온통 기쁨으로 빛났지요. 〈그 손수레는 어렵잖게 고칠 수 있을 거야. 집에 나무판자가 있거든.〉

〈나무판자라고!〉 밀러는 말했습니다. 〈우리 집 창고 지붕 때문에 마침 판자가 필요하던 참인데. 지붕에 큰 구멍이 나서, 막아 놓지 않으면 옥수수가 다 젖어 버릴 거야. 자네가 그 얘길 해주다니 얼마나 다행인지! 한 가지 선행은 항상 또다른 선행을 낳게 마련이라더니, 참 신통한 일이 아닌가. 내가 자네에게 손수레를 주었더니, 이제 자네가 내게 나무판자를 주겠단 말이지. 물론, 손수레는 나무판자보다 훨씬 더 값이 나가기는 하지만, 진정한 우정이란 그런 것쯤 문제 삼지 않는 법이거든. 어서 가져오게나. 오늘 당장이라도 창고를 고쳐 놓겠어.〉

〈그러고말고.〉 작은 한스는 외쳤고, 헛간으로 달려가 판자를 끌어냈어요.

〈별로 큰 판자는 아니군그래.〉 밀러는 판자를 보더니 말했어요. 〈내 창고 지붕을 고치고 나면 자네 손수레를 고칠 것이 남을지 모르겠어. 하지만 그거야 내 잘못이 아니지. 자, 그런데, 내가 자네에게 손수레를 주었으니 자네도 답례로 내게 꽃을 좀 주고 싶을 것 같군그래. 여기 바구니를 가져왔으니, 하나 가득 담아 주게.〉

〈하나 가득이라고?〉 작은 한스는 말했어요. 좀 슬픈 듯했지요. 왜냐하면 그건 정말 아주 큰 바구니였기 때문에, 그걸 다 채우고 나면 시장에 내다 팔 꽃이 남지 않을 것 같았거든요. 그런데 그는 은 단추를 꼭 되찾고 싶었어요.

〈그래, 말이야 바른 말이지〉 하고 밀러가 말했어요. 〈자네에게 손수레까지 준 내가 꽃 몇 송이 달라는 것쯤은 당연하지 않은가. 내 생각이 틀렸는지는 모르지만, 나는 우정이란,

진정한 우정이란 결코 제 욕심을 차리지 않는 것이라고 생각해 왔다네.〉

〈친애하는 친구, 자네는 내 가장 좋은 친구라네.〉 작은 한스는 외쳤어요. 〈자네는 내 정원의 꽃들을 얼마든지 가져도 좋아. 내게는 은 단추보다 자네의 훌륭한 생각이 언제나 훨씬 더 소중하니까.〉 그리고는 달려가 아름다운 앵초들을 모조리 꺾어다 밀러의 바구니에 가득 담아 주었지요.

〈잘 있게, 작은 한스.〉 밀러는 판자를 어깨에 메고 큰 바구니를 손에 든 채 언덕을 올라갔어요.

〈잘 가게.〉 작은 한스는 인사한 다음 신나게 땅을 파기 시작했지요. 손수레가 생기게 되다니 무척 기뻤던 거예요.

다음 날 그는 현관에 인동 덩굴 몇 가닥을 올려 못을 박고 있었는데, 밀러가 길에서 그를 부르는 소리가 들렸어요. 그래서 서둘러 사다리에서 내려와 정원으로 달려 나가서 울타리 밖을 내다보았지요.

밀러는 등에 커다란 밀가루 포대를 지고 있었어요.

〈친애하는 작은 한스,〉 밀러가 말했어요. 〈내 대신 이 밀가루 포대를 시장에 날라 주지 않겠나?〉

〈참 미안한데.〉 한스는 말했습니다. 〈하지만 오늘은 너무 바빠. 덩굴들을 죄다 올려 못 박아야 하고, 꽃에는 물을 주어야 하고, 잔디도 깎아야 한다네.〉

〈아, 그래.〉 밀러가 말했습니다. 〈난 자네에게 손수레까지 주기로 했는데, 자넨 내 부탁을 거절하다니 좀 매정하다는 생각이 드는군.〉

〈아니, 그런 말 하지 말게.〉 작은 한스가 외쳤어요. 〈절대 매정한 짓은 하지 않겠네.〉 그러더니 달려 들어가 모자를 가지고 나왔고, 커다란 포대를 등에 지고 터벅터벅 걷기 시작했어요.

그날은 아주 더웠고, 길에는 먼지가 심하게 났어요. 그래서 한스는 6마일도 채 못 가서 지칠 대로 지쳐, 좀 앉아서 쉬어야 했어요.[8] 하지만 그는 있는 힘을 다해 계속 걸었고 마침내 시장에 도착했지요. 거기서 잠시 기다리다가, 밀가루를 아주 좋은 값에 팔았어요. 그러고는 즉시 집으로 돌아왔지요. 행여 늦어졌다가는 강도를 만날까 걱정이 되어서 말이에요.

〈정말 힘든 하루였어.〉 작은 한스는 자리에 들면서 중얼거렸습니다. 〈하지만 밀러의 부탁을 거절하지 않길 잘했지. 그는 내 가장 좋은 친구인 데다, 자기 손수레까지 준다니 말이야.〉

다음 날 아침 일찍 밀러는 밀가루 값을 받으러 왔어요. 하지만 작은 한스는 너무나 고단했기 때문에 그때까지도 자고 있었지요.

〈아니, 정말이지〉 하고 밀러가 말했어요. 〈자네는 게으르기 짝이 없군. 내 손수레까지 주기로 했으니, 자네는 좀 더 열심히 일해야 할 것 같은데 말이야. 게으름이란 큰 죄거든. 난 내 친구들 중 누구도 게으르거나 빈둥거리는 걸 좋아하지 않아. 내가 이렇게 솔직하게 말한다고 해서 기분 나빠 해서는 안 되지. 내가 자네 친구가 아니라면 물론 이런 말도 하

---

8 6마일은 약 9.6킬로미터이니 성인 남자 걸음으로 두 시간 반 정도 걸리는 거리이다.

지 않을 거야. 하지만 솔직한 얘기를 할 수 없다면, 우정이라는 게 무슨 소용인가? 듣기 좋은 얘기를 해서 기분을 맞춰 주고 아첨하는 것은 누구나 할 수 있는 일이지만, 진정한 친구란 항상 듣기 싫은 소리를 하는 법이거든. 설령 그게 괴로움을 주는 일이라도 말이야. 그리고 사실 진정한 친구라면, 그편을 더 좋아할 걸세. 왜냐하면 그게 옳은 행동인 줄을 아니까 말일세.〉

〈정말 미안해.〉 작은 한스는 눈을 비비며 잠옷 모자를 잡아당겨 벗었습니다. 〈하지만 난 너무 고단해서 조금만 더 누워 있을 작정이었어. 새소리를 들으면서 말이야. 자네도 알다시피, 나는 새소리를 들은 다음에는 항상 더 일을 잘하거든.〉

〈그 말을 들으니 기쁘군그래.〉 밀러는 작은 한스의 등을 두드리며 말했습니다. 〈왜냐하면 자네가 옷을 입는 즉시 방앗간으로 올라와서 내 대신 창고 지붕을 고쳐 주었으면 해서 말이야.〉

가엾은 작은 한스는 자기 정원에 가서 일하고 싶은 마음이 굴뚝같았어요. 그는 이틀 동안이나 꽃에 물을 주지 못했거든요. 하지만 밀러의 부탁을 거절하고 싶지는 않았어요. 왜냐하면 밀러는 그에게 너무나 좋은 친구였으니까요.

〈만일 내가 바쁘다고 한다면, 자네는 내가 매정하다고 생각하겠지?〉 그는 부끄러운 듯이 물었습니다.

〈그야 물론이지.〉 하고 밀러가 말했습니다. 〈난 자네에게 손수레까지 주기로 했는데, 이런 부탁쯤 당연하지 않은가. 하지만 물론, 자네가 거절한다면 내가 직접 가서 고치겠네.〉

〈아니, 그러면 안 돼.〉 작은 한스는 외쳤습니다. 그러고는 침대를 박차고 나와 옷을 입고 창고를 향해 올라갔어요.

그는 온종일, 해가 지기까지, 거기서 일했어요. 해가 지자 밀러가 그의 일을 보러 왔지요.

〈지붕에 난 구멍을 다 고쳐 놓았나, 작은 한스?〉 밀러는 명랑한 목소리로 외쳤어요.

〈이제 다 됐네.〉 작은 한스가 사다리에서 내려오며 대답했지요.

〈아!〉 하고 밀러가 말했어요. 〈다른 사람을 위해 하는 일만큼 즐거운 일은 없다니까.〉

〈자네 말을 듣는 것만도 큰 영광일세.〉 작은 한스가 자리에 앉아 땀을 닦으며 대답했어요. 〈대단한 영광이지. 하지만 나는 자네처럼 훌륭한 생각은 도저히 할 수 없을 것만 같군.〉

〈아니, 할 수 있고말고.〉 밀러가 말했어요. 〈좀 더 노력해야만 해. 지금은 그저 우정을 실천할 뿐이지만, 언젠가는 그 이치도 알게 되겠지.〉

〈내가 정말 그럴 수 있다고 생각하나?〉

〈그렇고말고.〉 밀러가 말했어요. 〈그런데 이제 지붕을 다 고쳤으니, 자네도 집에 가서 쉬는 게 좋겠어. 내일은 내 양들을 데리고 산에 가주었으면 해서 말이야.〉

가엾은 작은 한스는 거기 대해 뭐라 말하기가 겁이 났어요. 다음 날 아침 일찍 밀러는 그의 양 떼를 오두막 주위로 데려왔고, 한스는 양 떼를 몰고 산으로 떠났어요. 산에 갔다 오는 데에는 꼬박 하루가 걸렸지요. 그래서 집에 돌아오자 그는 고단한 나머지 의자에 앉은 채로 잠들어 버렸고, 해가 중천에 떠오른 뒤에야 깨었어요.

〈내 정원에서 일하게 되다니 얼마나 기쁜지!〉 그는 말했고, 당장 일하러 나갔어요.

하지만 그는 결코 자기 꽃들을 돌볼 수 없었어요. 친구인 밀러가 노상 나타나서 먼 심부름을 보내거나 방앗간 일을 돕게 했기 때문이지요. 작은 한스는 가끔씩 아주 낙심하곤 했어요. 행여 꽃들이 자기들을 잊어버렸다고 생각할까 봐 근심도 되었지요. 하지만 그는 밀러처럼 좋은 친구가 있다는 생각으로 마음을 달랬어요. 〈게다가 그는 내게 손수레를 주겠다지 않는가. 그건 정말 너그러운 일이야.〉

그래서 작은 한스는 밀러를 위해 부지런히 일했고, 밀러는 우정에 관한 온갖 아름다운 것들을 들려주었어요. 그러면 한스는 그것들을 공책에 받아 적어 밤마다 다시 읽곤 했지요. 그는 늘 배우는 데 열심이었으니까요.

그런데 어느 날 저녁 작은 한스가 자기 집 난롯가에 앉아 있노라니 요란하게 문 두드리는 소리가 났어요. 날씨가 아주 험악한 밤이었지요. 바람이 집 주위를 맴돌며 으르렁대고 있었기 때문에, 처음에는 그냥 폭풍 소리인가 했어요. 하지만 또다시 문 두드리는 소리가 났고, 그리고 또다시 더 요란한 소리가 났어요.

〈가엾은 길손인가 봐.〉 한스는 중얼거리며 문간으로 달려갔지요.

거기에는 밀러가 한 손에는 등불을, 다른 한 손에는 지팡이를 들고 서 있었어요.

〈친애하는 작은 한스.〉 밀러가 외쳤어요. 〈난 아주 곤경에 빠졌다네. 내 어린 아들이 사다리에서 떨어져 다쳤어. 그래서 의사를 부르러 가는 길인데, 의사네 집은 너무 멀고 오늘 밤 날씨도 이렇게 사나워서, 자네가 대신 가는 편이 낫겠다는 생각이 들더군. 알다시피 나는 자네에게 손수레를 주기로 했잖은가. 그러니 자네도 내게 보답으로 마땅히 뭔가를 해주어야지.〉

〈물론 그래야지.〉 작은 한스는 외쳤습니다. 〈자네가 내게 와주어서 기쁘네. 내 당장 출발하지. 그런데 자네 등불을 빌려주어야겠어. 너무 어두워서 도랑에라도 빠질까 봐 그래.〉

〈미안하지만〉 하고 밀러가 말했어요. 〈이건 내 새로 산 등불이라네. 만일 망가지기라도 한다면 내게 큰 손해가 아닌가.〉

〈그럼 그만두게. 등불 없이 가지, 뭐.〉 작은 한스는 외쳤고, 커다란 털외투를 꺼내 입고 목도리를 둘러 감고는 떠났지요.

정말 굉장한 폭풍이었답니다! 하도 캄캄해서 한스는 아무것도 보이지 않았어요. 바람이 어찌나 센지 서 있기도 힘이 들 지경이었어요. 하지만 그는 용기를 냈고, 세 시간쯤 걸은 뒤 의사의 집에 도착해서 문을 두드렸지요.

〈누구시오?〉 의사가 침실 창문 밖으로 고개를 내밀며 외쳤어요.

〈작은 한스예요, 선생님.〉

〈무슨 일인가, 작은 한스?〉

〈밀러의 아들이 사다리에서 떨어져 다쳤대요. 밀러가 선

생님을 모셔 오래요.〉

〈좋소!〉의사는 말과 긴 장화와 등불을 준비시킨 뒤 아래
층으로 내려왔고, 밀러의 집을 향해 출발했어요. 작은 한스
는 그 뒤를 따라 터벅터벅 걸었고요.

하지만 폭풍이 점점 거세졌고, 억수 같은 비가 쏟아지기
시작했어요. 작은 한스는 자기가 어디로 가고 있는지, 말 뒤
를 제대로 따라가고 있는지조차 알 수 없었어요. 그러다가
마침내 길을 잃었고 늪터까지 헤매어 갔지요. 늪터는 아주
위험한 곳이에요. 곳곳에 깊은 구멍들이 나 있거든요. 가엾
은 한스는 그만 거기 빠지고 말았어요. 다음 날 염소지기들
이 커다란 물웅덩이에서 떠도는 그의 시체를 발견하여 그의
오두막으로 옮겼지요.

많은 사람들이 작은 한스의 장례식을 보러 왔어요. 모두
들 그를 아끼고 있었거든요. 장례 위원장은 밀러가 맡았답
니다.

〈나는 그의 가장 좋은 친구니까〉하고 밀러는 말했어요. 〈내
가 제일 좋은 자리를 차지하는 건 당연한 일이야.〉 그래서 그
는 길고 검은 옷을 입고 행렬의 선두에 서서 걸었고, 이따금
씩 커다란 손수건을 꺼내어 눈을 닦았지요.

〈작은 한스를 잃은 것은 우리 모두에게 큰 손실이에요.〉
대장장이가 말했어요. 장례가 끝나고, 모두들 마을 술집에
모여 향기로운 포도주를 마시고 달콤한 케이크를 먹을 때였
지요.

〈내 손실은 이루 말할 수 없어요.〉 밀러가 대답했어요. 〈나

는 그 친구에게 내 손수레를 준 거나 마찬가지였거든요. 그런데 이제 그걸 어떻게 해야 할지 모르겠어요. 집에 두자니 걸리적거리고, 워낙 많이 망가져서 팔 수도 없어요. 정말이지 앞으로는 남에게 무얼 준다든가 하지 말아야겠어요. 너그러운 행동을 하면 꼭 이렇게 괴로움을 당한다니까요.〉」

「그래서 어떻게 됐지?」 한참 만에야 물쥐가 말했습니다.

「어떻게 되긴, 그래서 끝이지요.」 방울새가 말했습니다.

「하지만 밀러는 어떻게 됐느냐 말이야.」 물쥐가 물었습니다.

「아, 그건 나도 몰라요.」 방울새가 대답했습니다. 「알고 싶지도 않고요.」

「넌 동정심이라고는 없는 게 분명해.」 물쥐가 말했습니다.

「당신은 이 이야기가 주는 교훈을 잘 모르시는 것 같은데요.」 방울새가 말했습니다.

「이야기가 뭘 준다고?」

「교훈 말예요.」

「아니 그럼 이 이야기에 교훈이 있단 말야?」

「물론이지요.」 방울새가 말했습니다.

「그렇다면」 하고 물쥐는 몹시 화가 난 듯 말했습니다. 「얘기를 시작하기 전에 그렇다고 말했어야지. 만일 그랬더라면 네 이야기를 듣지도 않았을 텐데. 정말이지 나도 그 평론가처럼 피식거렸을 거라고. 하지만 지금이라도 늦진 않았지.」 그러더니 목청을 있는 대로 높여 〈피식〉 하고는, 꼬리를 획 내두르며 구멍 속으로 들어가 버렸습니다.

「물쥐를 어떻게 생각해요?」 하고 잠시 후 헤엄쳐 온 오리가 물었습니다. 「그는 장점도 아주 많지만, 자식들 키우는 어미 입장에서 보자면, 저런 고집쟁이 독신주의자는 불쌍하기만 하군요.」

「내가 그의 기분을 거슬렀나 봐요.」 방울새가 대답했습니다. 「교훈이 담긴 이야기를 해주었거든요.」

「아아, 그건 언제고 아주 위험한 일이지요.」 오리가 말했습니다.

그리고 나도 오리의 말에 찬성이랍니다.

특출한 로켓 불꽃

왕자님이 결혼을 하게 되었고, 그래서 모두들 기뻐했습니다. 왕자님은 신부를 1년 꼬박 기다렸고, 마침내 신부가 도착했습니다. 러시아의 공주님인 신부는 여섯 마리 순록이 끄는 썰매를 타고 핀란드에서부터 먼 길을 달려왔습니다. 썰매는 커다란 황금 백조 모양이었고, 백조의 두 날개 사이에 어린 공주님이 앉아 있었습니다. 발끝까지 내려오는 흰 담비 외투를 입고, 은실로 짠 조그만 모자를 쓴 공주님은 자기가 살던 눈의 궁전만큼이나 희었습니다. 어찌나 희었던지, 공주가 거리를 지나갈 때 사람들은 놀라고 신기해했습니다. 〈마치 흰 장미 같구나!〉 하고 외치면서 집집마다 발코니에서 공주님에게 꽃을 던졌습니다.

성문 앞에서는 왕자님이 공주님을 맞아들이기 위해 기다리고 있었습니다. 그의 눈동자는 꿈꾸는 듯한 보랏빛이었고 머리칼은 순금과도 같았습니다. 공주님을 보자 그는 한쪽 무릎을 꿇고서 그녀의 손에 입 맞추었습니다.

「당신의 초상화는 아름다웠습니다.」 그는 속삭였습니다.

「하지만 당신은 초상화보다 더 아름답군요.」 그러자 어린 공주님은 얼굴을 붉혔습니다.

「아까는 흰 장미 같더니,」 하고 한 어린 시종이 옆 사람에게 말했습니다. 「이제는 붉은 장미 같으시네.」 그 말에 온 궁정이 기뻐했습니다.

그 후 사흘 동안 사람들은 너나없이 〈흰 장미, 붉은 장미, 붉은 장미, 흰 장미〉 얘기만 했습니다. 그러자 임금님은 시종의 급료를 두 배로 올려 주라고 명령했습니다. 시종은 애당초 급료라는 것을 받고 있지 않았으므로 크게 덕을 본 것은 없었지만, 그래도 그 일은 큰 명예로 여겨졌고 당연히 궁정 신문에도 실렸습니다.

사흘이 지나 결혼식이 거행되었습니다. 아주 성대한 예식이었고, 신랑 신부는 손을 맞잡고 자디잔 진주들로 수놓인 자주색 우단 차양 아래를 행진했습니다. 그러고는 궁중 연회가 열려 다섯 시간 동안이나 계속되었습니다. 왕자님과 공주님은 드넓은 대청의 맨 윗자리에 앉아 투명한 수정 잔으로 마셨습니다. 그 잔은 오직 진실한 연인들만이 쓸 수 있고, 거짓된 입술이 닿으면 흐린 잿빛으로 변하고 마는 것이었습니다.

「두 분은 서로 사랑하는 것이 분명해.」 어린 시종이 말했습니다. 「마치 수정처럼 또렷하게 비쳐 보인다니까!」 그러자 임금님은 다시금 그의 급료를 두 배로 올려 주었습니다. 「대단한 영광이로군!」 대신들이 입을 모아 외쳤습니다.

연회가 끝난 뒤에는 무도회가 있을 예정이었습니다. 신랑 신부는 함께 장미의 춤을 추기로 되어 있었고, 임금님은 몸소 플루트를 불기로 약속했었습니다. 사실 잘 불지는 못했지만 아무도 감히 그렇다고 말하지는 못했습니다. 어쨌든 그는 임금님이었으니까요. 실상 그는 단 두 곡밖에 몰랐고, 자신이 둘 중 어느 쪽을 연주하고 있는지도 잘 몰랐답니다. 하지만 별로 문제 될 건 없었어요. 임금님이 무엇을 하든 다들 〈멋집니다! 멋집니다!〉 하고 외쳐 댔으니까요.

프로그램의 마지막 순서는 정각 12시에 쏘아 올리기로 한 성대한 불꽃놀이였습니다. 어린 공주님은 아직 한 번도 불꽃놀이를 본 적이 없었으므로, 임금님은 왕실 폭죽 기술자에게 그녀의 결혼식에 꼭 참석하라고 명령했던 것입니다.

「불꽃놀이란 어떤 거지요?」 아침에 테라스를 걷다가, 그녀는 왕자님에게 물었습니다.

「그건 마치 북극광 같은 거란다.」 임금님은 말했습니다. 임금님은 다른 사람들이 받은 질문에도 늘 자신이 대답하는 것이었습니다. 「단지 훨씬 더 자연스러울 뿐이야. 나는 별들보다도 불꽃놀이를 더 좋아한단다. 불꽃들은 언제 나타날지 힝싱 알 수 있으니까 말이야. 마치 내 플루트 연주만큼이나 즐거운 것이거든. 너도 꼭 그걸 봐야 해.」

그래서 임금님의 정원 맨 끝에 커다란 단이 만들어졌고, 왕실 폭죽 기술자는 모든 준비를 갖추었습니다. 그러자 각자 제자리에 놓인 불꽃들 사이에 이야기가 오가기 시작했습니다.

「세상은 정말 아주 아름다워.」 작은 딱불이 외쳤습니다. 「저 노란 튤립들을 좀 봐. 진짜 딱총 불꽃이라 해도 저보다 예쁘진 않을 거야. 나는 먼 길을 온 것이 참 기뻐. 여행을 하면 놀랄 만큼 정신이 고양되고 편견이 없어지거든.」

「왕의 정원이 곧 세상은 아니란다, 이 어리석은 딱불아.」 커다란 로마식 양초 불꽃이 말했습니다. 「세상은 어마어마하게 크단 말야. 다 구경하자면 사흘은 걸릴걸.」

「자기가 사랑하는 곳이 곧 세상인 거야.」 생각에 잠긴 캐서린 회전 불꽃이 말했습니다. 그녀는 젊은 시절 한때 나이든 전나무 상자를 사랑한 적이 있었고, 실연한 것을 자랑으로 여겼습니다. 「하지만 사랑은 유행이 지났지. 시인들이 사랑을 죽여 버린 거야. 하도 사랑 얘기를 써대니까 아무도 믿지 않게 된 거지. 당연해. 진정한 사랑이란 괴롭고 말없는 것이거든. 나도 한때는……. 하지만 이젠 다 지난 일이지. 로맨스는 옛일이 되어 버렸어.」

「무슨 헛소리야!」 로마식 양초 불꽃이 말했습니다. 「로맨스는 결코 죽지 않아. 그건 마치 하늘의 달과도 같아서 영원히 사는 거야. 가령 저 신랑 신부만 해도 서로 깊이 사랑하고 있거든. 나는 오늘 아침에 갈색 종이 탄환에게서 그들에 관한 얘기를 다 들었다고. 종이 탄환과 나는 우연히 같은 서랍에 있게 되었는데, 그는 궁정의 최신 소식을 다 알고 있었어.」

하지만 캐서린 회전 불꽃은 고개를 흔들었습니다. 「로맨스는 죽었어. 로맨스는 죽었어. 로맨스는 죽었어.」 그녀는 중얼거렸습니다. 그녀는 같은 말을 자꾸 반복하다 보면 결국 사실이 된다고 믿는 이들 중 하나였습니다.

갑자기 날카롭고 메마른 기침 소리가 들려와서, 모두들 돌아보았습니다.

그 소리는 아주 키가 크고 거만해 보이는 로켓 불꽃이 낸 것이었습니다. 그는 긴 막대기 끝에 묶여 있었습니다. 그는 무슨 말을 하기 전에 주의를 끌려고 노상 헛기침을 하는 것이었습니다.

「에헴! 에헴!」 그가 헛기침을 하자 가엾은 캐서린 회전 불꽃 말고는 모두가 귀를 기울였습니다. 회전 불꽃은 여전히 고개를 흔들며 〈로맨스는 죽었어〉라고 중얼대고 있었습니다.

「정숙! 정숙!」 딱총 불꽃이 외쳤습니다. 그는 다소 정치가 다운 데가 있어서, 지방 선거 때면 항상 중요한 역할을 맡곤 했습니다. 그래서 의회에서 쓰는 말들을 제법 알고 있었습니다.

「아주 죽었다니까.」 캐서린 회전 불꽃은 들릴락 말락 한 소리로 뇌까리더니 잠들어 버렸습니다.

사방이 완전히 조용해지자, 로켓 불꽃은 세 번째로 헛기침을 하고는 말하기 시작했습니다. 그는 아주 느리고 분명하게, 마치 회상록을 받아쓰게 하는 것 같은 목소리로 말했습니다. 그리고 항상 자기가 말하는 상대의 어깨 너머를 응시하는 것이었습니다. 사실, 그의 그런 태도에는 상당한 위엄이 있었습니다.

「왕자님은 참 행운아야.」 그는 말했습니다. 「내가 하늘로 쏘아 올려지는 바로 오늘 결혼을 하시다니 말이야! 사실 미리 예정을 잡았다 해도, 이보다 더 운이 좋을 수는 없었을 거야. 하기야 왕자들은 늘 행운아지만.」

「어머나!」 작은 딱불이 말했습니다. 「난 그 반대인 줄 알았는데. 우리는 왕자님의 결혼식을 기념하여 쏘아 올려지는 거잖아.」

「너는 그럴 수도 있겠지.」 로켓 불꽃이 대답했습니다. 「당연히 그럴 거야. 하지만 나는 다르거든. 나는 아주 특출한 로켓 불꽃으로, 특출한 부모에게서 태어났으니까. 내 어머니는 당대에 가장 유명한 캐서린 회전 불꽃이었고 우아한 춤솜씨로 이름났었지. 대대적인 공연을 했을 때, 자그마치 열아홉 번이나 회전하다 꺼졌는데, 매번 회전할 때마다 일곱 개의 분홍 별들을 공중에 뿌렸다는 거야. 지름이 3피트 반이나 되었고 최고급 화약으로 만들어졌었대. 내 아버지는 나처럼 로켓 불꽃으로, 프랑스 출신이었지. 하도 높이 날아가서 다시는 내려오지 않을 것만 같았대. 하지만 그는 내려왔어. 아주 친절한 성격의 소유자였거든. 그래서 황금 비를 뿌리며 더없이 찬란한 낙하를 보여 주었지. 신문들은 그의 공연에 아낌없는 찬사를 보냈고, 궁정 신문은 그를 폭주 예술의 승리라고 불렀대.」

「폭죽 예술, 폭죽 예술이란 말이지?」 벵갈 불꽃이 말했습니다. 「폭죽 예술이 맞을 거야. 내 깡통 위에 쓰여 있는 걸 봤거든.」

「난 폭주 예술이라고 했어.」 로켓 불꽃은 딱딱한 어조로 말했고, 벵갈 불꽃은 무안한 나머지 작은 딱불들을 들볶기 시작했습니다. 자기가 여전히 중요한 인물이라는 걸 보여 주기 위해서 말입니다.

「내가 말하려는 건」 하고 로켓 불꽃이 말을 이었습니다. 「내가 말하려는 건 — 내가 무슨 말을 했더라?」

「넌 네 얘기를 하고 있었잖아.」 로마식 양초 불꽃이 대꾸했습니다.

「그야 물론 그렇지. 난 아주 재미있는 이야기를 하려던 참인데, 누가 무례하게도 말을 가로막은 거야. 난 무례하고 무식한 태도는 질색이야. 난 아주 예민하거든. 세상 그 누구도 나처럼 예민하진 않을 거야. 난 그 점을 확신해.」

「예민한 게 뭐야?」 딱총 불꽃이 로마식 양초 불꽃에게 말했습니다.

「자기 발가락에 티눈이 났다고 해서 항상 다른 사람 발가락을 밟으려고 하는 거지.」 로마식 양초 불꽃이 소곤소곤 대답해 주었습니다. 그러자 딱총 불꽃은 웃음이 터질 뻔했습니다.

「아니, 뭐 때문에 웃는 거야?」 로켓 불꽃이 물었습니다. 「난 웃지 않는데.」

「그냥 행복해서 그래.」 딱총 불꽃이 대답했습니다.

「그건 너무 이기적인 이유야.」 로켓 불꽃은 화가 나서 말했습니다. 「네가 무슨 권리로 행복해하니? 다른 사람들 생각도 해야지. 내 생각을 좀 하란 말이야. 난 항상 나에 관해 생각을 하고, 모두가 그래 주기를 바라. 그게 이른바 이해심이라는 거지. 이해심은 아름다운 미덕이고 난 그걸 아주 많이 가지고 있거든. 가령 오늘 밤 내게 무슨 일이 생긴다고 해봐. 모든 사람들에게 얼마나 큰 불행이겠느냔 말이야! 왕자님과 공주님은 결코 다시는 행복할 수 없을 거고, 두 분의 결혼 생활도 엉망이 될 테지. 그리고 그런 일이 일어나면 임금님도 불행해지실 게 뻔해. 정말이지, 난 내가 얼마나 중요한 존재인가를 생각하면 너무나 감동해서 눈물이 날 것만 같아.」

「네가 다른 사람들에게 기쁨을 주고 싶다면」 하고 로마식 양초 불꽃이 말했습니다. 「몸이 젖지 않게 해야지.」

「물론이야.」 조금 기분이 나아진 벵갈 불꽃도 맞장구를 쳤습니다. 「그 정도야 상식이지.」

「상식이라고?」 로켓 불꽃은 분개하여 말했습니다. 「넌 내가 상식 이상의 존재라는 걸 잊고 있구나. 난 아주 특출하다니까. 물론 상상력이 없다면야 상식을 가질 수도 있겠지. 하지만 난 상상력이 있기 때문에 어떤 일도 있는 그대로 생각하는 법이 없거든. 난 어떤 일이든 실제와 아주 다르게 생각해. 몸을 젖지 않게 하는 것만 하더라도 그래. 여기 있는 아무도 풍부한 감정이라는 걸 이해하지 못하는 모양인데, 다행히도 난 그런 거 상관하지 않아. 일생 동안 자신을 지탱해 주는 단 한 가지는 다른 모든 사람이 나보다 훨씬 못났다는 생각이지. 그리고 그거야말로 내가 늘 갈고닦는 느낌이란다. 하지만 너희에게는 도대체 감정이라는 게 없어. 너희는 왕자님과 공주님이 방금 결혼했다는 걸 잊기나 한 듯이 웃고 떠들고 있지 않니.」

「하지만 왜」 하고 작은 풍선 불꽃이 말했습니다. 「그러면 왜 안 된다는 거야? 아주 기쁜 일이잖아. 난 공중에 높이 솟아오르게 되면 별들에게 전부 얘기해 줄 참인데. 어여쁜 신부 얘기를 해주면 별들도 한층 더 반짝일걸.」

「아, 이 무슨 시시한 인생관이람!」로켓 불꽃이 말했습니다. 「하지만 그럴 수밖에. 네 속에는 아무것도 안 들어 있으니 말이야. 넌 그냥 텅 비어 있지 않니. 생각 좀 해보렴. 왕자님과 공주님은 어쩌면 깊은 강이 있는 나라에서 살게 될지도 몰라. 그리고 또 어쩌면 외아들을 낳을지도 모르지. 왕자님처럼 금발에 보랏빛 눈동자를 가진 아이를 말이야. 그런데 그 애가 어느 날 유모와 함께 산책을 갔다고 쳐. 유모는 커다란 딱총나무 밑에서 잠들어 버리고, 아이는 깊은 강에 빠져 죽을지도 몰라. 무서운 재난이지! 가엾게도 하나뿐인 아들을 잃어버리다니! 정말 너무 끔찍해! 난 도저히 견딜 수 없을 거야.」

「하지만 그분들은 외아들을 잃어버리지 않았잖아.」로마식 양초 불꽃이 말했습니다. 「그분들에겐 아무런 재난도 일어나지 않았어.」

「외아들을 잃었다고는 하지 않았어.」로켓 불꽃이 대꾸했습니다. 「잃을 수도 있다고 했을 뿐이야. 만일 정말로 외아들을 잃어버렸다면, 더 얘기해 봤자 무슨 소용이겠어. 지난 일을 가지고 징징대는 사람들이 난 제일 싫더라. 하지만 두 분이 하나뿐인 아들을 잃어버릴 수도 있다고 생각하면, 난 정말 체하고 말 거야.」

「넌 정말 그럴 거야!」뱅갈 불꽃이 외쳤습니다. 「사실 난 너처럼 잘난 체하는 이는 본 적이 없어.」

「나도 너처럼 무례한 녀석은 본 적이 없어.」로켓 불꽃이

말했습니다. 「게다가 넌 왕자님에 대한 내 우정도 알 리가
없지.」

「뭐라고, 넌 왕자님을 알지도 못하잖아.」 로마식 양초 불
꽃이 볼멘소리를 했습니다.

「안다고는 하지 않았어.」 로켓 불꽃이 대답했습니다. 「만
일 그를 알게 된다 해도, 절대 그의 친구는 되지 않을 거야.
친구를 사귄다는 건 아주 위험한 일이니까 말이야.」

「어쨌든 넌 몸이 젖지 않도록 하는 게 좋겠어.」 풍선 불꽃
이 말했습니다. 「중요한 건 바로 그거야.」

「너한테야 중요하겠지. 암, 그렇겠지.」 로켓 불꽃이 대답
했습니다. 「하지만 난 울고 싶을 땐 울 거야.」 그러더니 정말
로 눈물을 흘리기 시작했고, 눈물은 빗방울처럼 그의 막대기
를 타고 흘러내렸습니다. 그 눈물 때문에, 마른 곳을 찾아 집
을 지으려던 딱정벌레 두 마리가 하마터면 빠져 죽을 뻔했
습니다.

「그는 정말 낭만적인 성격인가 봐.」 캐서린 회전 불꽃이
말했습니다. 「전혀 울 일이 아닌데도 울다니 말이야.」 그러
고는 깊이 한숨지으며 전나무 상자를 생각했습니다.

하지만 로마식 양초 불꽃과 뱅갈 불꽃은 화가 잔뜩 나서
〈헛소리! 헛소리!〉 하고 고래고래 소리 질렀습니다. 그들은
대단히 현실적이었으므로, 자기들이 반대하는 것은 뭐든지
〈헛소리〉라고 불렀던 것입니다.

그때 멋진 은 방패 모양의 달이 떠올랐습니다. 별들도 빛
나기 시작했고 궁전에서는 음악 소리가 들려왔습니다.

왕자님과 공주님이 춤을 이끌고 있었습니다. 그들이 어찌나 아름답게 춤추었던지, 키 큰 백합꽃들은 창문 안을 들여다보며 구경을 했고 커다란 붉은 양귀비꽃들은 고개를 까딱이며 박자를 맞추었습니다.

그러다 시계가 10시를 치고, 11시를 치고, 마침내 12시를 쳤습니다. 자정을 알리는 마지막 종이 치자, 모두가 테라스 위로 나왔고, 임금님은 왕실 폭죽 기술자를 불러오게 했습니다.

「불꽃놀이를 시작하라.」 임금님이 말하자 왕실 폭죽 기술자는 깊이 고개 숙여 절하고는 정원 끝으로 걸어 나갔습니다. 여섯 명의 조수가 장대에 횃불을 켜 들고 그 뒤를 따랐습니다.

그것은 정말 볼만한 광경이었습니다.

피잉! 피잉! 캐서린 회전 불꽃이 빙글빙글 돌면서 올라갔습니다. 쿵! 쾅! 로마식 양초 불꽃이 올라갔습니다. 그러고는 작은 딱불들이 사방에서 춤추었고, 뱅갈 불꽃들은 주위를 온통 붉게 물들였습니다. 〈안녕!〉 하고 외치며 풍선 불꽃들이 솟구쳐 오르자 삭고 푸른 불꽃들이 흩날렸습니다. 탕! 탕! 딱총 불꽃들은 신이 나서 대답했습니다. 특출한 로켓 불꽃 하나만 빼고는 모두들 대단한 성공을 거두었습니다. 로켓 불꽃은 우는 바람에 축축해져서 쏘아 올려지지 못했습니다. 그에게서 가장 중요한 것은 화약이었는데, 화약이 눈물에 젖어 쓸모없게 된 것입니다. 그가 비웃음 없이는 말 한 마디 건네려 하지 않았던 시시한 불꽃들도 모두 다 하늘로 쏘아 올려져 찬란히 불타는 황금 꽃들을 피웠는데 말입니다. 만세! 만세! 만세! 온 궁정이 떠나갈 듯했습니다. 어린 공주님도 즐겁게 웃었습니다.

「난 좀 더 근사한 순서를 위해 남겨졌을 거야.」 로켓 불꽃은 말했습니다. 「분명 그래서일 거야.」 그래서 그는 한층 더 거만한 표정을 지었습니다.

다음 날 일꾼들이 뒷정리를 하러 왔습니다. 「저 사람들은 틀림없이 대표단일 거야.」 로켓 불꽃은 말했습니다. 「격에 맞는 위엄을 갖추고 맞이해야지.」 그래서 그는 코를 높이 쳐들고 뭔가 아주 중요한 일이라도 생각하는 듯이 심각한 표정을 지었습니다. 하지만 그들은 그에게는 눈길도 주지 않은 채 가버리려 했습니다. 그때 한 사람이 그를 발견했습니다. 「아니, 형편없는 로켓 불꽃이로구나!」 하더니, 그를 담장 너머 도랑으로 던져 버렸습니다.

「형편없는 로켓 불꽃? 형편없는 로켓 불꽃이라고?」 그는 공중을 날아가며 말했습니다. 「그럴 리가 있나! 둘도 없는 불꽃이라고 했겠지. 〈형편없는〉과 〈둘도 없는〉은 꽤 비슷하게 들리거든.[9] 사실 그게 그거일 때도 많고 말이야.」 그러고는 진창에 처박혔습니다.

「별로 편안하진 않군.」 그는 말했습니다. 「하지만 분명 요즘 유행하는 온천장일 거야. 내 건강을 회복시키려고 보낸 거겠지. 난 신경이 몹시 지쳐서 휴식이 필요하거든.」

그때, 반짝이는 보석 같은 눈에 알록달록한 녹색 외투를

9 원문은 〈Bad〉과 〈Grand〉.

입은 개구리가 그에게로 헤엄쳐 왔습니다.

「새 식구로구나!」 개구리가 말했습니다. 「그래, 어쨌든 진 창만 한 곳도 없으니까. 비 오는 날 도랑 속에 있으면 정말 즐겁다니까. 오늘도 비가 올 것 같지 않니? 그랬으면 정말 좋겠는데. 하지만 하늘은 파랗고 구름 한 점 없으니, 애석한 일이야!」

「에헴! 에헴!」 로켓 불꽃은 헛기침을 했습니다.

「참 근사한 목소리로구나!」 개구리가 외쳤습니다. 「꼭 개 굴거리는 거 같은데. 개굴개굴 소리야말로 세상에서 가장 음악적인 소리 아니겠니. 오늘 저녁엔 우리 합창단의 노래를 들을 수 있을 거야. 우린 농사꾼 집 근처 오래된 오리 연못에 앉아 있다가, 달이 뜨자마자 노랠 시작하지. 무지 매혹적인 합창이라서 모두들 잠도 안 자고 우리 노래를 듣는단다. 바로 어제만 해도 농사꾼 아낙이 자기 엄마한테 하는 말이 우리 때문에 한잠도 못 잤다는 거야. 자기가 그렇게 인기가 있다는 말을 듣는 건 정말 기분 좋은 일이더라.」

「에헴! 에헴!」 로켓 불꽃은 화가 나서 말했습니다. 그는 한 마디도 끼어들 틈이 없어서 짜증이 났던 것입니다.

「정말 근사한 목소리야.」 개구리는 말을 계속했습니다. 「너도 오리 연못에 와주기 바라. 난 이제 내 딸들을 찾으러 가봐야겠어. 난 예쁜 딸이 여섯이나 있는데, 그 애들이 곤들매기 눈에 뜨일까 봐 걱정이 돼. 그 녀석은 대단한 괴물이라, 그 애들을 아침밥으로 몽땅 먹어 치울 거거든. 그럼 잘 있어. 대화를 나누게 되어 즐거웠어.」

「대화라고? 기가 막혀서!」 로켓 불꽃이 말했습니다. 「넌 줄곧 혼자 떠들었잖아. 그건 대화도 아냐.」

「듣는 쪽도 있어야지.」 개구리가 대답했습니다. 「말은 나 혼자서 하는 게 좋아. 그러면 시간도 절약되고 논쟁할 필요도 없거든.」

「하지만 난 논쟁이 좋은데.」 로켓 불꽃이 말했습니다.

「설마」 하고 개구리가 뻐기듯이 말했습니다. 「논쟁이란 아주 천박한 거야. 상류 사회에선 누구나 똑같은 의견을 갖는 법이거든. 자 그럼 다시 한 번 안녕. 저기 내 딸들이 보이는군.」 그러더니 작은 개구리는 헤엄쳐 가버렸습니다.

「넌 정말이지 짜증 나는 녀석이야.」 로켓 불꽃은 말했습니다. 「배워 먹지 못했다니까. 난 내가 내 얘길 하고 싶을 때 자기 얘길 하는 애들이 제일 싫더라. 꼭 너처럼 말이야. 그게 바로 이기심이라는 건데, 이기심은 누구나 가장 싫어하는 거지만 특히 나 같은 기질에겐 참을 수 없는 거라고. 난 이해심이 많기로 유명하거든. 사실 넌 날 좀 본받아야 해. 나보다 더 훌륭한 본보기도 없을걸. 기회가 있을 때 이용하는 게 좋을 거야. 난 이제 곧 궁전으로 돌아갈 테니까. 난 궁정에서 아주 총애를 받고 있지. 어제는 왕자님과 공주님이 날 기리기 위해 결혼식까지 올렸다니까. 물론 너 같은 촌뜨기가 알 리 없는 얘기지만 말이야.」

「그렇게 말해 봐야 소용없어.」 커다란 갈색 갈대 위에 앉아 있던 잠자리가 말했습니다. 「아무 소용 없다고. 개구리는 가버렸는걸.」

「아, 그래. 그래 봤자 자기 손해지 내 손해는 아냐.」로켓 불꽃은 대꾸했습니다. 「그가 듣지 않는다고 해서 내 얘길 그만두진 않을 거야. 난 내 말소리를 듣는 게 좋거든. 사실 내가 가장 좋아하는 일들 중 하나야. 난 가끔 혼자서 긴 대화를 하기도 해. 어떤 때는 하도 어려운 얘기를 해서 나도 내가 하는 얘기를 한 마디도 못 알아듣는다니까.」

「그럼 넌 철학 강의나 해야겠군.」잠자리는 그렇게 말하더니 고운 망사 같은 날개를 펼쳐 하늘로 날아가 버렸습니다.

「여기 그냥 있지 않고 가버리다니 참 바보야!」로켓 불꽃은 말했습니다. 「이렇게 배울 기회를 별로 가져 보지 못한 게 분명해. 하지만 무슨 상관이람. 나 같은 천재는 언젠가는 꼭 인정받고야 말걸.」그러면서 그는 진창 속으로 조금 더 깊이 가라앉았습니다.

얼마 후 크고 하얀 오리가 그에게로 헤엄쳐 왔습니다. 오리는 노란 다리에 물갈퀴가 달린 발을 가지고 있었는데, 사람들은 그 발로 뒤뚱뒤뚱 걷는 모습을 아주 아름답다고 생각했습니다.

「꽥, 꽥, 꽥.」오리는 말했습니다. 「넌 참 재미나게 생겼구나! 미안한 질문이지만, 넌 태어날 때부터 그렇게 생겼니, 아니면 사고를 당한 거니?」

「넌 내내 시골에서만 살았던 모양이구나.」로켓 불꽃이 대답했습니다. 「안 그러면 내가 누군지쯤은 알 텐데. 하지만 네 무식함은 용서하기로 하지. 다른 사람들이 다 나처럼 특출하기를 바라는 건 무리니까 말이야. 내가 하늘 높이 날아올랐다가 황금 비를 뿌리며 내려올 수 있다고 하면 넌 분명 놀라 자빠질걸.」

「글쎄, 그게 뭐 대단한지 모르겠네.」 오리가 말했습니다. 「무슨 쓸모가 있을 것 같지도 않고. 만일 네가 소처럼 밭을 갈 수 있다거나, 말처럼 수레를 끌 수 있다거나, 양치기 개처럼 양들을 돌볼 수 있다면야 쓸모가 있겠지만.」

「아니, 이거야 원.」 로켓 불꽃은 아주 거만한 어조로 외쳤습니다. 「이제 보니 넌 하층 계급이로구나. 나 같은 신분은 결코 쓸모를 위해 있는 게 아니란다. 우리가 해내는 일들은 쓸모라든가 하는 것 이상이지. 난 본래 허드렛일에는 취미가 없는 데다, 네가 말하는 그런 일들이라면 정말 질색이야. 내가 늘 생각해 온 바로는, 그런 중노동이란 달리 아무것도 할 일이 없는 자들의 도피처에 지나지 않아.」

「그래, 잘 알았어.」 오리가 말했습니다. 오리는 아주 온순한 성격이라 아무와도 다투는 법이 없었습니다. 「취향은 누구나 다른 거니까. 어쨌든 넌 여기서 살 모양이지?」

「아니, 천만에!」 로켓 불꽃이 외쳤습니다. 「난 그저 손님일 뿐이야. 아주 귀한 손님이지. 사실 여긴 좀 따분한 것 같아. 사교계도 없고, 그렇다고 고독한 분위기도 없고, 그저 시골일 뿐이지. 난 아마 궁전으로 돌아가게 될 거야. 난 세상이 깜짝 놀랄 만한 일을 해낼 운명을 타고났거든.」

「한때는 나도 공적인 생활을 생각해 본 적이 있어.」 오리가 말했습니다. 「개혁해야 할 일들이 한두 가지가 아니거든. 사실 얼마 전엔 어떤 회의에서 의장을 맡기도 했어. 그리고 우리 마음에 안 드는 건 뭐든지 유죄라는 결정을 내렸었지. 하지만 그래 봐야 별 효과가 없던데. 그래서 난 가정으로 돌아가 가족을 돌보고 있어.」

「난 공적인 생활을 위해 만들어졌지.」 로켓 불꽃이 말했습니다. 「내 친척들도 다 그래. 가장 하찮은 친척들까지도 말이야. 우린 나타날 때마다 대단한 관심을 끌곤 해. 난 아직 직접 사람들 앞에 나타나 보진 않았지만, 아마 굉장한 광경일 거야. 가정? 가정이란 사람을 빨리 늙게 하고 드높은 이상들을 잊게 하지.」

「아! 인생의 드높은 이상들! 정말 멋지기도 하지!」 오리는 말했습니다. 「그런데 듣다 보니 난 무척 배가 고프군.」 그러더니 물길을 따라 헤엄쳐 갔습니다. 「꽥, 꽥.」 하는 소리가 들려왔습니다.

「돌아와! 돌아오란 말이야!」 로켓 불꽃은 목청껏 외쳤습니다. 「너한테 해줄 얘기가 아주 많아.」 하지만 오리는 그를 돌아보지도 않았습니다. 「가려면 가라고 해.」 그는 중얼거렸습니다. 「생각하는 게 중산층 그 자체라니까.」 그러고는 진창 속으로 조금 더 깊이 가라앉으며, 천재란 얼마나 고독한가 생각하기 시작했습니다. 그런데 그때 하얀 놀이옷을 입은 어린 소년 둘이 주전자와 나뭇단을 들고 둑 아래로 달려왔습니다.

「나를 맞으러 온 대표단이 분명해.」 로켓 불꽃은 위엄 있게 보이려 애썼습니다.

「어, 헌 막대기가 있네.」 한 소년이 외쳤습니다. 「이게 어떻게 여기까지 왔는지 몰라.」 그러더니 로켓 불꽃을 도랑에서 꺼내 들었습니다.

「헌 막대기라고!」 로켓 불꽃은 말했습니다. 「그럴 리가! 〈황금 막대기〉라고 했겠지.[10] 〈황금 막대기〉라니, 참 대단한 찬사로군. 날 궁정 대신들 중 하나로 알았는가 봐.」

「이것도 불에 넣자.」 다른 소년이 말했습니다. 「그러면 주전자가 더 잘 끓을 거야.」

그래서 그들은 함께 나뭇단을 쌓고는 맨 꼭대기에 로켓 불꽃을 올려놓고 불을 붙였습니다.

「이거 굉장하군.」 로켓 불꽃이 외쳤습니다. 「밝은 대낮에 날 쏘아 올리려나 봐. 누구나 날 볼 수 있게 말이지.」

「이제 한잠 자자.」 소년들은 말했습니다. 「우리가 일어나 보면 주전자가 끓고 있을 거야.」 그러더니 풀밭에 누워 눈을 감았습니다.

로켓 불꽃은 아주 축축했기 때문에 타는 데 시간이 오래 걸렸습니다. 하지만 마침내 불이 붙었습니다.

「자, 이제 간다!」 외치면서, 그는 온몸을 빳빳이 곧추세웠습니다. 「난 별들보다 훨씬 더 높이, 달보다도 더 높이, 아니 해보다도 훨씬 더 높이 갈 거야. 아주아주 높이 날아올라서 ─」

슈욱! 슈욱! 슈욱! 그는 똑바로 공중으로 올라갔습니다.

「아아, 기분 좋아!」 그는 외쳤습니다. 「이렇게 끝없이 날아가야지. 난 정말 성공했어!」

하지만 그를 보는 이는 아무도 없었습니다.

10 원문은 〈*Old Stick*〉과 〈*Gold Stick*〉.

그는 문득 온몸이 이상하게 따끔거리는 것을 느꼈습니다.

「이제 폭발하려나 봐.」 그는 외쳤습니다. 「난 온 세상에 불을 붙일 거야. 모두들 1년 내내 그 얘기만 할 만큼 어마어마한 소리를 내면서 말야.」 그러고는 정말로 폭발했습니다. 탕! 탕! 탕! 화약이 터졌습니다. 의심할 여지가 없었습니다.

하지만 그 소리를 들은 이는 아무도 없었습니다. 두 어린 소년조차도 듣지 못했습니다. 깊이 잠들어 있었던 것입니다.

그리하여 그에게서 남은 것이라고는 막대기뿐이었고, 그것은 도랑가를 산책하고 있던 거위의 등에 떨어졌습니다.

「원, 세상에!」 거위는 외쳤습니다. 「이젠 막대기 비가 올 모양이네.」 그러고는 물속으로 뛰어들었습니다.

「내 이렇게 세상을 놀래킬 줄 알았다니까.」 로켓 불꽃은 가쁜 숨을 헐떡였습니다. 그러고는 꺼져 버렸습니다.

석류의 집

콘스탄스 메어리 와일드에게

어린 왕

마거릿, 레이디 브루크에게[11]

대관식 전날 밤이었습니다. 어린 왕은 아름다운 침실에 혼자 앉아 있었습니다. 신하들은 모두 물러가고 없었습니다. 그들은 당시의 거창한 예법에 따라 머리를 땅에 조아려 절한 뒤, 궁전의 대청으로 물러 나가서 예법 교수님으로부터 몇 가지 마지막 훈시를 듣고 있었습니다. 그들 중에는 아직도 퍽 자연스러운 태도를 지닌 자들이 있었는데, 궁정 신하에게 있어 자연스럽다는 것은 두말할 것도 없이 중대한 무례였던 것입니다.

소년은 — 왜냐하면 그는 아직 열여섯 살밖에 안 된 소년이었으니까요 — 그들이 가버린 것이 그리 서운하지 않았고, 오히려 깊은 안도의 숨을 내쉬며 수놓인 안락의자의 푹신한 쿠션들에 기대 누웠습니다. 그렇게 야생적인 눈매에 입을 약간 벌린 그 모습은 삼림 지대의 갈색 목신(牧神)[12]이나

11 마거릿 드 빈트Margaret de Windt(1849~1936). 1869년 사라와크(보르네오 섬 서북 해안의 영국 보호령) 왕 찰스 앤서니 존슨 브루크 경과 결혼했다. 강인하고 지적인 여성으로 유명했다. 와일드와는 1891년 파리에서 알게 되었을 것으로 추정된다.

아니면 사냥꾼들의 덫에 막 걸려든 숲의 어린 짐승과도 같았습니다.

그리고 사실 그를 찾아낸 것도 사냥꾼들이었습니다. 맨발로 손에는 피리를 든 채 염소 떼를 몰고 가던 그가 우연히도 사냥꾼들의 눈에 띄었던 것입니다. 그는 내내 자신이 가난한 염소지기의 아들인 줄로만 알고 자랐습니다. 그런데 실은 늙은 왕의 외동딸이 신분이 낮은 사람과 비밀리에 결혼하여 낳은 아이가 바로 그였습니다. 들리는 말에 의하면, 그 사람은 타국인으로, 류트[13]를 타는 재주가 비상하여 젊은 공주님의 사랑을 받게 되었다고 합니다. 공주님으로부터 영예를, 어쩌면 지나친 영예를 얻은, 그리고 성당에서 하던 일을 미완성인 채 버려두고 어느 날 갑자기 도시에서 사라져 버린 리미니[14] 출신의 그 예술가에 대한 소문이 나돌 무렵, 생후 일주일밖에 되지 않았던 그는 잠든 어머니의 품으로부터 훔쳐 내어져 가난한 농부 내외에게 맡겨졌습니다. 그들은 자식이 없었고, 도시로부터 말을 타고 하룻길도 더 가야 하는 숲의 외진 곳에 살고 있었습니다. 그를 낳아 준 그 새하얀 아가씨는 슬픔 때문인지, 아니면 궁정 의사의 말대로 역병 때문인지, 아니면 어떤 이들이 수군대는 말대로 향료 넣은 포도주에 탄 강한 이탈리아 독약 때문인지, 잠에서 깨어난 지 한 시간도 못 되어 죽었다고 합니다. 말안장 앞쪽에 아이를 실

12 파우누스. 상체는 사람이고 하체는 양의 모습을 한 삼림의 신.
13 기타 비슷하게 생긴 현악기.
14 이탈리아의 도시.

은 충직한 심부름꾼이 지친 말에서 몸을 굽혀 염소지기 오두막의 허름한 문을 두드릴 무렵, 공주의 시신은 성문 밖 황폐한 교회 묘지에 파놓은 시체 구덩이에 버려졌습니다. 그 구덩이에는 또 다른 시신이 누워 있었으니 그것은 놀라운 이국적 아름다움을 지닌 청년의 시신으로, 그의 손은 등 뒤로 돌려져 단단히 결박 지어져 있었으며, 그의 가슴에는 무수히 칼에 찔린 붉은 상처들이 나 있었다고 합니다.

대강 이러한 것이 입에서 입으로 전해지는 이야기였습니다. 늙은 왕은 세상을 떠날 날이 다가오자, 자신의 큰 죄에 대한 뉘우침에서였는지, 아니면 왕국이 자신의 후손이 아닌 사람에게 계승되는 것을 원치 않았기 때문인지, 아이를 찾아오게 했고 대신들이 지켜보는 가운데 그를 자신의 후계자로 인정했습니다.

그런데 왕의 후계자로 인정된 직후부터 그는 아름다움에 대한 기이한 열정, 이후 그의 생애에 크나큰 영향을 미치게 될 열정의 징후들을 보였던 듯합니다. 그를 위해 따로 마련된 별실들로 그를 따라갔던 사람들은, 자신을 위해 준비된 정교한 의복과 호화로운 보석들을 보는 순간 그의 입술에서 터져 나왔던 환희의 외침에 대해, 또 그가 입고 있던 허술한 가죽 윗도리와 거친 양가죽 외투를 벗어 던지면서 나타냈던 거의 사나운 기쁨에 대해 종종 이야기하곤 했습니다. 사실 그도 때로는 숲 생활의 자유를 그리워하기도 했고, 하루 일과의 대부분을 차지하는 따분한 궁정 예식들에는 짜증이 날 지경이었지만, 이제 자신이 주인이 된 그 기막히게 아름다운 궁전 — 사람들은 그것을 〈기쁨의 궁전〉이라고 불렀지요 —
만은 그의 기쁨을 위해 갓 지어진 신세계처럼 보였습니다.
그는 회의장이나 알현실에서 빠져나올 틈만 생기면, 도금된
사자상들이 있고 밝은 줄무늬 대리석이 깔린 커다란 계단을
달려 내려가, 이 방 저 방, 이 복도 저 복도를 헤매 다니곤 했
습니다. 마치 아름다움에서 고통으로부터의 진정제를, 병으
로부터의 회복과도 같은 것을 구하는 사람처럼 말입니다.

　이러한 발견 여행들 — 그는 그것들을 그렇게 불렀고, 실
제로도 그것들은 그에게 경이로운 나라로의 여행이나 다름
없었지요 — 에 그는 때로 늘씬한 금발 머리에 외투 자락을
휘날리며 화려하게 팔락이는 리본을 단 시동들을 데려가기
도 했지만 대개는 혼자였습니다. 마치 계시와도 같은 민감
한 본능으로, 그는 느끼고 있었던 것입니다. 예술의 비밀은
은밀함 가운데서 가장 잘 이해되며, 아름다움이란 지혜와
마찬가지로, 고독한 숭배자를 사랑한다는 것을.

　이 무렵의 그에 대해서는 여러 가지 신기한 이야기들이 나
돌았습니다. 시민들을 대표하여 화려하고 웅변적인 연설을
하러 왔던 한 뚱뚱한 시장 나리는 그가 베네치아에서 방금
가져온 훌륭한 그림 앞에서 경외감에 사로잡혀 무릎 꿇는 것
을 보았는데, 그것은 마치 새로운 신들에 대한 경배를 예고하
는 것만 같았다고 합니다. 또 한번은 그가 몇 시간이나 보이
질 않아서 한참 만에 찾아내 보니, 궁전의 북쪽 탑들 중 하나
에 틀어박혀서, 마치 황홀경에 빠진 사람처럼 아도니스[15]의

초상이 새겨진 그리스 보석을 들여다보고 있더라는 것입니다. 또 떠도는 이야기로는, 그는 돌다리를 놓던 중 강바닥에서 발견된 고대의 대리석상, 하드리아누스 황제의 비티니아 노예[16]의 이름이 새겨진 석상의 이마에 뜨거운 입술을 맞추기도 했답니다. 그는 은으로 만든 엔디미온[17]상에 달빛이 비치면 어떻게 될까를 지켜보느라 온밤을 새우기도 했습니다.

온갖 진귀하고 값진 물건들이 그에게는 매혹의 대상이었고, 그런 물건들을 손에 넣기 위해 그는 수많은 상인들을 파견했습니다. 어떤 상인들에게는 북해의 거친 어부들에게서 호박(琥珀)을 사 오게 했고, 어떤 상인들에게는 이집트에 가서 왕들의 무덤에서만 발견되며 마법을 지녔다는 진기한 녹색 터키석을 구해 오게도 했습니다. 또 어떤 상인들은 페르시아에 보내 비단실로 짠 카펫과 채색 토기들을 사 오게 했고, 어떤 상인들은 인도로 보내 박사(薄紗)와 물들인 상아, 월장석이며 비취 팔찌, 백단향이며 푸른 법랑, 고운 모직 숄 등을 사 오게 했습니다.

그러나 뭐니 뭐니 해도 그의 가장 큰 관심사는 대관식 때 자신이 입을 금실로 짠 옷과 루비를 박은 왕관과 진주로 휘감긴 왕홀이었습니다. 바로 오늘 밤도 그는 그것들에 대해

15 그리스 신화에서 미의 여신 아프로디테의 사랑을 받았다는 미소년.
16 로마의 하드리아누스 황제가 총애하던 미소년 안티누스를 가리킨다. 황제와 함께 여행하던 중 나일 강에서 익사한 안티누스를 기리기 위해 많은 조상(彫像)들이 만들어졌고, 그에 대한 숭배 의식도 성행했다고 한다. 비티니아는 소아시아 동북 지방으로, 오늘날은 터키의 영토가 되었다.
17 그리스 신화에서 달의 여신 셀레네의 사랑을 받았다는 미소년.

생각하고 있었습니다. 호화로운 안락의자에 기대 누워 벽난로에서 굵은 소나무 장작이 타오르는 것을 바라보면서 말입니다. 그 옷이며 왕관의 디자인은 당대의 가장 유명한 예술가들이 고안해 내어 여러 달 전에 그에게 바친 것으로, 그는 장인들에게 밤낮없이 일해 그대로 만들라는 명령을 내리고, 온 세상을 뒤져서라도 그럴 만한 값어치가 있는 보석을 찾아내게 했습니다. 그는 왕의 화려한 의상을 입고 성당의 높은 제단에 서 있는 자신의 모습을 그려 보았습니다. 그러자 소년다운 입가에 미소가 감돌았고, 어두운 숲 속 같은 그의 눈에는 밝은 광채가 떠올랐습니다.

잠시 후 그는 자리에서 일어나, 조각을 아로새긴 벽난로 가장자리에 기대서서, 어둑한 방 안을 둘러보았습니다. 사방의 벽에는 미(美)의 승리[18]를 나타내는 호화로운 태피스트리들이 걸려 있었습니다. 방 한쪽에는 마노와 청금석으로 무늬를 박아 넣은 커다란 장롱이 자리해 있었고, 창문 맞은편에는 금 조각을 이어 붙이고 금가루를 뿌려 장식한 옻칠 판자들로 정교하게 만든 장식장이 서 있었는데, 그 안에는 베네치아 유리로 만든 정교한 술잔들과 줄무늬 얼룩 마노로 만든 잔이 들어 있었습니다. 침대의 비단 이불에는 마치 잠의 지친 손길로부터 떨어져 내린 듯 엷은 빛깔의 양귀비들이 수놓여 있었고, 키 큰 갈대 모양의 줄무늬 상아 기둥들이 우

18 이른바 파리스의 심판, 즉 트로이 왕자 파리스가 헤라, 아테나, 아프로디테, 세 여신 중 미의 여신 아프로디테를 가장 아름다운 여신으로 택해 황금 사과를 수여한 일을 가리킨다.

단 차양을 받들고 있었으며, 차양에서는 커다란 타조 깃털 다발이 마치 새하얀 구름처럼 솟아나 격자 세공을 한 은빛 천장을 향하고 있었습니다. 미소 띤 나르키소스[19]의 청동상이 잘 닦인 거울을 머리 위로 받쳐 들고 있었고, 테이블 위에는 우묵한 자수정 쟁반이 놓여 있었습니다.

창밖으로는, 성당의 거대한 원형 지붕이 어둠에 잠긴 집들 위로 거품 방울처럼 떠 있는 것이며, 지친 보초병들이 강가의 안개 낀 둑을 오르내리는 것이 보였습니다. 멀리 어느 과수원에서 나이팅게일이 노래하고 있었습니다. 희미한 재스민 향기가 열린 창으로 흘러들었습니다. 그는 이마에 흘러내린 갈색 고수머리를 쓸어 올리고는 류트를 집어 들어 손가는 대로 타기 시작했습니다. 눈꺼풀이 무겁게 처지면서 이상한 나른함이 덮쳐 왔습니다. 그는 일찍이 그처럼 생생하게, 그처럼 감미로운 기쁨으로, 아름다운 것들이 갖는 마법과 신비를 느껴 본 적이 없었습니다.

시계탑으로부터 자정을 알리는 소리가 들려오자, 그는 벨을 울렸습니다. 그러자 시동들이 들어와 격식을 차리며 그의 옷을 벗겨 주었고 그의 손에 장미수를 뿌리고 베개에 꽃을 흩뿌렸습니다. 그들이 방을 떠난 지 얼마 안 되어 그는 잠이 들었습니다.

그는 자면서 꿈을 꾸었는데, 그 꿈은 이런 것이었습니다.

그는 천장이 낮은 기다란 다락방에서 수많은 베틀이 윙윙

19 수면에 비친 자신의 모습과 사랑에 빠졌다는 미소년.

대고 덜걱대는 가운데 서 있었습니다. 희미한 햇빛이 창살 박힌 창문들을 통해 비쳐 들어, 베틀 위에 몸을 수그려 베를 짜고 있는 직조공들의 수척한 모습을 그에게 보여 주었습니다. 해쓱하고 병약해 보이는 어린아이들이 거대한 대들보 위에 쭈그리고 있었습니다. 날실 사이로 북이 움직이면 그들은 무거운 바디를 들어 올렸고, 북이 멈추면 바디를 내려 실들이 가지런히 눌리게 했습니다. 그들의 얼굴은 굶주림으로 찌들었고, 가느다란 손은 힘없이 떨리고 있었습니다. 초췌한 여자들 몇이 테이블 앞에 앉아 바느질을 하고 있었습니다. 방에는 지독한 냄새가 가득했습니다. 공기는 탁하고 묵직했으며, 벽은 눅눅하여 습기가 배어나고 있었습니다.

어린 왕은 직조공 중 한 명에게로 다가가, 곁에 서서 지켜보았습니다.

그러자 직조공은 성난 눈으로 그를 보며 말했습니다. 「왜 나를 지켜보는 거요? 주인이 보낸 첩자라도 되오?」

「당신 주인이 누구요?」 어린 왕은 물었습니다.

「우리 주인 말이오!」 직조공은 쓰디쓴 어조로 말했습니다. 「그도 나와 같은 사람이지. 사실 그와 우리 사이에 차이가 있다면, 내가 누더기를 걸칠 때 그는 고운 옷을 입고, 내가 허기져 힘이 없을 때 그는 배불리 먹으며 고통이라고는 모른다는 것뿐이라오.」

「이 나라는 자유로운 나라요.」 어린 왕이 말했습니다. 「그리고 당신은 그 누구의 노예도 아니지 않소.」

「전쟁을 할 때는」 하고 직조공이 대답했습니다. 「강한 자들이 약한 자들을 노예로 삼고, 평화로울 때에는 부자들이 가난한 자들을 노예로 삼는다오. 우리는 먹고살기 위해 일을 해야만 하는데 그들이 주는 삯은 우리 입에 풀칠하기도 어려울 정도요. 우리는 온종일 그들을 위해 일하고 그들은 금고에 황금을 쌓아 올리는데, 그러는 동안 우리 아이들은 제명을 다하지 못한 채 죽어 가고, 우리가 사랑하는 이들의 얼굴은 거칠고 흉해지지. 우리가 술틀의 포도를 밟으면 포도주는 다른 사람들의 입에 들어가고, 우리가 옥수수를 심어도, 우리 식탁은 텅 비어 있소. 그러니 비록 보이지는 않지만, 우리는 사슬에 매여 있는 거요. 사람들이 우리를 자유롭다 해도 우리는 노예요.」

「누구나 다 그렇소?」 그는 물었습니다.

「누구나 다 그렇다오.」 직조공은 대답했습니다. 「늙은이나 젊은이나, 남자나 여자나, 꼬부랑 노인이나 젖먹이 어린아이나, 모두 마찬가지요. 상인들은 우리를 닦달하고, 우리는 어쩔 수 없이 시키는 대로 해야만 하오. 사제는 말을 타고 지나가면서 묵주 기도나 드리고, 아무도 우리 처지에 아랑곳하지 않소. 우리가 사는 볕 들지 않는 골목에는 배고픈 눈을 한 가난이 기어다니고, 죄의 흐리멍덩한 얼굴이 그 뒤를 따른다오. 아침이면 비참함이 우리를 깨워 일으키고, 밤이면 수치가 우리와 함께 둘러앉지. 하지만 이런 일들이 당신과 무슨 상관이겠소? 당신은 우리 편이 아닌데. 당신 얼굴은 무척이나 행복해 보이니 말이오.」 그러더니 그는 찌푸린 얼굴로 돌아서 베틀의 북을 움직였습니다. 어린 왕이 보니 그것은 금실로 짜인 천이었습니다.

문득 그는 무시무시한 공포에 사로잡혀 물었습니다. 「당신이 짜고 있는 이것은 무슨 옷이오?」

「이건 어린 왕이 대관식 때 입을 옷이라오.」 그는 대답했습니다. 「하지만 당신과 무슨 상관이오?」

그 말에 어린 왕은 큰 비명을 질렀고 잠에서 깨었습니다. 어찌된 일일까요! 그는 자신의 침실에 있었고, 창밖에는 어두운 공중에 매달려 있는 꿀 빛깔의 달이 보였습니다.

그는 다시 잠이 들었고, 또 꿈을 꾸었습니다. 그 꿈은 이런 것이었습니다.

그는 백 명의 노예가 노를 젓는 거대한 갤리선의 갑판 위에 누워 있었습니다. 그의 옆에는 갤리선의 두목이 양탄자를 깔고 앉아 있었습니다. 그는 흑단처럼 검었고 머리에는 진홍빛 비단 터번을 감고 있었습니다. 두툼한 귓불은 커다란 은귀걸이로 늘어져 있었고 손에는 상아로 만든 저울을 들고 있었습니다.

노예들은 벌거벗은 채 허리에 낡아 빠진 천 조각을 둘렀고, 모두 옆 사람과 사슬로 묶여 있었습니다. 뜨거운 태양이 사정없이 내리쬐었고, 흑인들은 줄 맞춰 앉은 노예들 사이를 이리저리 돌아다니며 가죽 채찍을 휘둘러 댔습니다. 그러면 노예들은 비쩍 마른 팔을 내밀어 묵직하게 물에 잠긴 노를 잡아당겼습니다. 노깃에서 짠물이 물보라를 일으켰습니다.

마침내 그들은 작은 만에 도착했고, 닻을 내리기 시작했습니다. 뭍으로부터 가벼운 바람이 불어왔고, 갑판과 큰 삼각돛이 고운 흙먼지에 덮였습니다. 들나귀를 탄 아랍인 셋이 나타나 그들에게 창을 던졌습니다. 갤리선의 두목은 색칠한 활을 집어 들어 그들 중 한 명의 목을 쏘아 맞혔습니다. 그는 파도 속으로 떨어졌고, 그의 동료들은 달아났습니다. 노란 베일을 쓴 한 여인이 낙타를 이끌고, 죽은 사람을 이따금씩 돌아다보며 천천히 뒤따랐습니다.

닻을 내리고 돛을 감아 내리자마자, 흑인들은 선창으로 달려 내려가 무거운 납이 달린 긴 밧줄 사다리를 가져왔습니다. 갤리선의 두목은 그것을 뱃전 너머로 던지고는, 그 끝을 두 개의 쇠 말뚝에 단단히 매었습니다. 그러고 나서, 흑인들은 가장 어린 노예를 잡아다가 고랑을 풀어 주고 콧구멍과 귓구멍에 밀랍을 쑤셔 넣더니 큰 돌을 허리에 매었습니다. 그는 하릴없이 사다리를 기어 내려가 바닷속으로 사라졌습니다. 그가 가라앉은 곳에 작은 물거품들이 일었습니다. 몇몇 노예들은 호기심에 차서 뱃전을 내다보았습니다. 갤리선의 앞쪽에 앉은 상어 몰이꾼은 단조롭게 북을 치고 있었습니다.

잠시 후, 물에서 나온 어린 노예는 오른손에 진주를 쥔 채 숨을 헐떡이며 사다리에 매달렸습니다. 흑인들은 그에게서 진주를 빼앗고는 다시 그를 물속으로 밀어 넣었습니다. 다른 노예들은 노에 기댄 채 잠들어 있었습니다.

다시, 또다시, 어린 노예는 물에서 나왔고, 매번 아름다운 진주를 가져왔습니다. 갤리선의 두목은 진주들의 무게를 달아 보고는 조그만 녹색 가죽 주머니에 담아 두었습니다.

어린 왕은 무슨 말을 하려 했지만 혀가 입천장에 달라붙은 것만 같았고, 입술을 움직일 수가 없었습니다. 흑인들은 서로 한참 지껄이더니, 반짝이는 구슬 목걸이 하나를 놓고 말다툼을 시작했습니다. 황새 두 마리가 배 주위를 빙빙 돌고 있었습니다.

마지막으로 물에서 나온 어린 노예가 가져온 진주는 호르무즈[20]의 모든 진주들보다도 아름다웠습니다. 그것은 보름달 모양이었고, 새벽별보다 더 새하얬습니다. 하지만 그의 얼굴은 이상하리만치 창백했고, 갑판 위에 쓰러지자 그의 귀와 콧구멍에서는 피가 터져 나왔습니다. 그는 잠시 부르르 떨더니 더는 움직이지 않았습니다. 흑인들은 어깨를 으쓱하더니 시체를 배 밖으로 던져 버렸습니다.

그러자 갤리선의 두목은 소리 내어 웃으면서 그 큰 진주를 집어 들고는 이마에 가져다 대며 절을 했습니다. 「이 진주는 어린 왕의 왕홀을 위한 것이다.」 그러고는 흑인들에게 닻을 올리라는 손짓을 했습니다.

그 말에 어린 왕은 큰 비명을 질렀고, 잠에서 깨어났습니다. 창밖에는 새벽의 긴 잿빛 손가락들이 시들어 가는 별들을 움켜쥐는 것이 보였습니다.

그는 다시 잠이 들었고, 또 꿈을 꾸었습니다. 그 꿈은 이런 것이었습니다.

20 페르시아 만에 있는 상업 도시. 막대한 부로 유명하다.

그는 어두운 숲 속을 헤매었습니다. 나무들에는 이상한 열매와 아름답지만 독 있는 꽃들이 달려 있었습니다. 그가 지나가자 독사들이 쉭쉭거렸고, 알록달록한 앵무새들이 가지에서 가지로 소리 지르며 날았습니다. 뜨거운 진흙 위에 거대한 거북이들이 잠들어 있었습니다. 나무들은 수많은 원숭이며 공작새들로 그득했습니다.

그는 계속 나아가 마침내 숲의 가장자리에 이르렀습니다. 거기 물 마른 강바닥에서 무수한 사람들이 진땀을 흘리며 일하고 있는 것이 보였습니다. 울퉁불퉁한 바위틈에서 그들은 마치 개미 떼처럼 우글대고 있었습니다. 그들은 땅바닥에 깊은 웅덩이들을 파고 그리로 내려갔습니다. 어떤 이들은 커다란 도끼를 가지고 바위를 쪼갰고, 어떤 이들은 모래 속을 더듬고 있었습니다. 그들은 선인장을 뿌리에서부터 쪼개고 붉은 꽃송이들을 짓밟았습니다. 그들은 서로 고함쳐 부르며 바삐 일하고 있었으며 아무도 게으름을 부리지 않았습니다.

어두운 동굴 속에서 죽음과 탐욕이 그들을 지켜보다가, 죽음이 말했습니다. 「난 지쳤어. 저 사람들 중 3분의 1만 줘. 그러면 떠날게.」

그러나 탐욕은 고개를 저었습니다. 「그들은 내 하인이야.」

그러자 죽음이 말했습니다. 「네 손에 든 게 뭐지?」

「옥수수 세 알.」 탐욕이 대답했습니다. 「그게 너와 무슨 상관이지?」

「그중에서 하나만 줘.」 죽음은 외쳤습니다. 「내 정원에 심게 말이야. 딱 하나만 주면 물러가겠어.」

「난 네게 아무것도 주지 않겠어.」 탐욕이 말했고, 손을 옷
자락 사이로 감추었습니다.

그러자 죽음은 껄껄 웃더니, 잔을 들어 물웅덩이에 담갔
고 잔에서 학질이 넘쳐 나왔습니다. 학질은 군중 사이를 지
나갔고, 그러자 3분의 1이 쓰러져 죽었습니다. 차가운 안개
가 그 뒤를 따랐고 물뱀들이 그 곁을 달렸습니다.

군중의 3분의 1이 죽은 것을 보자, 탐욕은 가슴을 치며 울
었습니다. 메마른 가슴을 치며 소리 내어 울었습니다. 「너는
내 하인들을 3분의 1이나 죽였어.」 그녀는 외쳤습니다. 「그
러니 이제 꺼져 버려. 타르타리[21] 산에 전쟁이 났다던데. 양
쪽 왕들이 모두 너를 부르고 있어. 아프가니스탄[22] 사람들은
검은 황소를 죽인 뒤, 싸움터로 나가고 있지. 창이며 방패를
들고, 철 투구를 썼어. 내 골짜기가 대체 뭐기에 여기서 꾸물
대는 거야? 어서 가버려. 그리고 다시는 나타나지 말아.」

「아니.」 죽음이 대답했습니다. 「네가 옥수수 세 알 중 하
나를 주기 전엔 가지 않겠어.」

하지만 탐욕은 주먹을 움켜쥐며 이를 갈았습니다. 「절대
아무것도 주지 않겠어.」 탐욕은 중얼거렸습니다.

그러자 죽음은 껄껄 웃더니, 검은 돌을 하나 집어 숲 속으
로 던졌습니다. 야생 독당근 덤불에서 화염의 옷을 입은 열

21 볼가 강 중류 지방. 13세기에 몽고족의 후예로 터키 출신인 타타르족
이 이곳에 정착했다.
22 아프가니스탄은 이란, 중국, 인도로 통하는 대로들이 만나는 지역으
로, 이 여러 지방 출신 부족들의 지배를 받았다.

병이 나타났습니다. 열병이 군중 사이를 지나가며 건드리자 건드린 사람들은 모두 죽었습니다. 열병이 지나가는 발밑에서는 풀이 시들어 버렸습니다.

탐욕은 몸서리치며 머리에 재를 끼얹었습니다. 「너는 잔인해.」 그녀는 외쳤습니다. 「정말 잔인해. 인도의 도성들에는 기근이 들었고, 사마르칸트[23]의 저수지들은 말라붙었지. 이집트의 도성들에도 기근이 들었고, 사막에는 메뚜기들이 나타났어. 나일 강은 범람하지 않았고 사제들은 이시스와 오시리스[24]에게 빌고 있지. 너를 필요로 하는 자들에게 가버리고 나에게는 하인들을 남겨 줘.」

「아니.」 죽음이 대답했습니다. 「하지만 네가 옥수수 한 알을 주기 전에는 가지 않겠어.」

「나는 네게 아무것도 주지 않겠어.」 탐욕이 말했습니다.

그러자 죽음은 다시금 껄껄 웃더니 손가락을 입에 물고 휘파람을 불었습니다. 한 여자가 공중을 날아왔습니다. 그녀의 이마에는 역병이라 쓰여 있었고 비쩍 마른 독수리 떼가 주위를 맴돌았습니다. 그녀가 날개로 골짜기를 뒤덮자 아무도 살아남지 못했습니다.

그러자 탐욕은 비명을 지르며 숲 사이로 달아났고, 죽음은 붉은 말을 타고 바람보다 빨리 달렸습니다.

그러자 골짜기 밑바닥의 진흙에서 기어 나온 용들과 비늘

23 중앙아시아의 도시.
24 이시스는 이집트의 여신, 오시리스는 그녀의 오라비이자 남편으로 죽음의 신이다. 이들에 대한 제사는 이 지역 풍요의 원천인 나일 강의 연례적 범람과 관계가 있다.

달린 무시무시한 것들, 그리고 자칼[25]들이 콧구멍을 공중에 쿵쿵거리며 모래밭을 달려왔습니다.

어린 왕은 울며 말했습니다. 「저들은 대체 누구였고 무엇을 찾고 있었던 걸까?」

「왕의 왕관을 위한 루비를 찾고 있었다오.」 그의 뒤에 서 있던 누군가가 대답했습니다.

어린 왕은 깜짝 놀라 돌아보았습니다. 한 사람이 순례자의 옷을 입고 손에는 은거울을 들고 있었습니다.

그는 창백해져서 물었습니다. 「어떤 왕 말이오?」

순례자가 대답했습니다. 「이 거울을 들여다보시오. 그러면 그가 보일 거요.」

그는 거울을 들여다보았고, 자신의 얼굴을 발견하고는 큰 비명을 질렀고, 잠에서 깨어났습니다. 밝은 햇빛이 방 안으로 쏟아져 들고 있었으며, 정원과 유원지의 나무들에서는 새들이 노래하고 있었습니다.

궁내 장관과 고위 관리들이 들어와 그에게 공손히 절했고, 시동들은 금실로 짠 예복과 왕관, 그리고 왕홀을 그의 앞에 가져다 놓았습니다.

어린 왕은 그것들을 들여다보았습니다. 그것들은 아름다웠습니다. 그가 일찍이 본 어떤 것보다도 아름다웠습니다. 그러나 그는 자신의 꿈들을 기억했고, 신하들에게 말했습니다. 「이것들을 가져가시오. 입지 않겠소.」

25 늑대와 여우의 중간쯤 되는 짐승.

대신들은 어이가 없었고, 그가 농담하는 줄 알고 소리 내어 웃는 이들도 있었습니다.

그러나 그는 단호하게 다시 말했습니다. 「이것들을 가져다 내 눈에 뜨이지 않게 하시오. 내 대관식 날이기는 하지만, 이것들은 입지 않겠소. 이 옷은 슬픔의 베틀에서, 고통의 새하얀 손으로 짠 것이며, 루비 속에는 피가, 진주 속에는 죽음이 들어 있다오.」 그러고는 그들에게 세 가지 꿈을 이야기해 주었습니다.

이야기를 듣고 난 대신들은 얼굴을 마주 보며 수군댔습니다. 「분명히 미친 거야. 꿈은 그저 꿈일 뿐, 환상은 환상일 뿐이 아니겠어? 진짜가 아니니까 신경 쓸 필요 없어. 게다가 우리를 위해 일하는 자들의 삶이 우리와 무슨 상관이야? 씨 뿌리는 자를 보기 전엔 빵을 안 먹고, 포도 경작자와 이야기를 해보기 전엔 포도주를 안 마신단 말이야?」

그래서 궁내 장관은 어린 왕에게 말했습니다. 「전하, 그렇게 우울한 생각일랑 떨쳐 버리시고 이 아름다운 옷을 입으십시오. 이 왕관을 머리에 쓰십시오. 왕의 차림을 하지 않고서야 전하가 왕이신 줄을 백성들이 어떻게 알겠습니까?」

어린 왕은 그를 쳐다보았습니다. 「정말 그러하오?」 그는 물었습니다. 「내가 왕의 차림을 하지 않으면 내가 왕인 줄도 모른단 말이오?」

「모를 것입니다, 전하.」 궁내 장관이 큰 소리로 대답했습니다.

「나는 왕다운 사람들이 따로 있는 줄로 생각했는데,」 그는 대답했습니다. 「경의 말이 맞는지도 모르겠소. 하지만 이 옷을 입거나 이 왕관을 쓰지는 않겠소. 나는 내가 왕궁에 왔던 차림 그대로 가겠소.」

그는 그들을 모두 내보내고, 동무처럼 여기던 시동 한 명만 남게 했습니다. 그는 왕 자신보다 한 살 더 어린 소년이었습니다. 맑은 물에 몸을 씻고 난 왕은 커다란 채색 궤를 열고, 거기서 가죽 윗도리와 거친 양가죽 외투를 꺼냈습니다. 그가 언덕에서 염소지기의 누추한 염소 떼를 지킬 때 입던 바로 그 옷이었습니다. 그것들을 입고, 손에는 양치기의 거친 지팡이를 들었습니다.

어린 시동은 놀라서 푸른 눈이 휘둥그레지더니, 웃으며 말했습니다. 「전하, 예복과 왕홀은 있지만 왕관은 어디 있사옵니까?」

그러자 어린 왕은 발코니 위까지 자란 찔레나무를 한 가지 꺾어 구부려서 둥그렇게 만들어 가지고 머리에 썼습니다.

「이게 내 왕관이야.」 그는 대답했습니다.

그렇게 차려입은 다음 그는 침실을 나서서, 귀족들이 기다리고 있는 대청으로 나갔습니다.

귀족들은 깔깔대며 웃었고, 어떤 이들은 이렇게 소리쳤습니다. 「전하, 백성들은 왕을 기다리는데, 거지를 보여 주시렵니까.」 또 어떤 이들은 분노해서 말했습니다. 「나라 망신을 시키려는 게지. 우리 왕이 될 자격이 없어.」 그러나 그는 한 마디도 대꾸하지 않고, 그대로 지나쳐서, 밝은 줄무늬 대리석 계단을 내려갔고, 청동 대문을 지나 말을 타고 성당을 향해 갔습니다. 어린 시동이 그의 곁에서 따라갔습니다.

백성들은 소리 내어 웃으며 말했습니다. 「왕의 어릿광대가 지나가는구나.」 그러면서 그를 조롱했습니다.

그러자 그는 고삐를 당기며 말했습니다. 「아니, 내가 왕이다.」 그러고는 그들에게 세 가지 꿈 이야기를 들려주었습니다.

그러자 군중 가운데서 한 사람이 나와 쓰라린 어조로 말했습니다. 「전하, 부자들의 사치로부터 가난한 자들의 삶이 나온다는 것을 모르시나이까? 당신의 위세로 우리는 먹고살고, 당신의 악덕들이 우리에게 빵을 주나이다. 모진 주인을 위해 일하는 것은 쓰라리지만, 위해서 일할 주인이 없다는 것은 한층 더 쓰라린 일이외다. 까마귀 떼가 우리를 먹여 살릴 줄로 아시나이까? 대관절 이 모든 일에 대해 무슨 해결책이라도 갖고 계시나이까? 전하께서 물건을 사는 자에게 〈너는 이 가격에 물건을 사라〉 하고, 물건을 파는 자에게 〈너는 이 가격에 팔라〉 말씀하실 수가 있나이까? 그러지 못할 거외다. 그러니 왕궁으로 돌아가 자색 옷과 고운 베옷을 입으소서. 전하께서 우리와 무슨 상관이며, 우리 고통과 무슨 상관이십니까?」

「부자나 가난한 자나 모두 형제가 아니오?」 어린 왕이 물었습니다.

「그렇지요.」 그 사람이 대답했습니다. 「부자 형의 이름이 카인이라던가요.」

어린 왕은 눈물이 앞을 가리는 가운데, 수런대는 백성들 사이를 지나갔고, 어린 시동은 겁이 나서 그를 버려두고 달아났습니다.

대성당의 입구에 도착하자, 군인들이 미늘창을 겨누며 말했습니다. 「여기서 무엇을 찾느냐? 이 문은 왕 말고는 아무도 들어가지 못한다.」

그는 화가 나서 얼굴을 붉히며 말했습니다. 「내가 왕이다.」 그러고는 미늘창들을 밀어젖히며 들어갔습니다.

그가 염소지기의 옷을 입고 들어오는 것을 본 늙은 주교는 놀라서 자리에서 일어나 그를 맞이하러 갔습니다. 「내 아들이여, 이것이 왕의 차림이오? 이러면 내 그대에게 무슨 관을 씌우며, 그대 손에 무슨 홀을 들려 주리오? 오늘은 분명 그대에게 기쁨의 날이지 굴욕의 날이 아니오.」

「기쁨이 어찌 슬픔이 만든 옷을 입겠습니까?」 어린 왕은 이렇게 말하고는, 주교에게 세 가지 꿈 이야기를 들려주었습니다.

이야기를 들은 주교는 이맛살을 찌푸리며 말했습니다. 「내 아들이여, 내가 노인이 되어 인생의 겨울에 이르고 보니, 넓고 넓은 세상에 많은 악행이 있다는 것도 알겠소. 산에서는 잔인한 강도들이 내려와 어린아이들을 잡아다 무어인들에게 팔아넘긴다오. 사자들은 대상(隊商)을 기다리다가 낙타들에게 달려들기도 하고, 멧돼지는 골짜기의 옥수수들을 파헤치며, 여우들은 언덕의 포도원을 망쳐 놓지요. 해적들은 해안을 약탈하고, 어부들의 배를 불사르며, 그물을 빼앗아 가기 일쑤요. 바닷물이 드나드는 늪지에는 문둥이들이 사는데, 갈대를 엮어 만든 오두막에 사는 그들에게 아무도 가까이 가지 않소. 거지들은 도시에서 도시로 떠돌아다니고, 개들과 함께 먹소. 이런 일들을 없게 할 수 있겠소? 문둥이와 함께 자고, 거지와 한 상에서 먹을 수 있겠소? 사자가 당신의 명령을 들으며, 멧돼지가 당신에게 복종하겠소? 비참함을 만드신 이가 당신보다 현명하지 않겠소? 그러므로 나는 그대가 한 일에 대해 그대를 칭찬할 수 없소. 그대는 왕궁으로 돌아가 기쁜 얼굴을 하고, 왕에게 어울리는 옷을 입으시오. 그러면 나는 그대에게 금관을 씌우고, 손에는 진주 박힌 왕홀을 들려 주겠소. 그리고, 그대의 꿈으로 말할 것 같으면, 그에 대해 더는 생각하지 마시오. 이 세상의 짐은 한 사람이 지기에는 너무나 무겁고, 이 세상의 슬픔은 한 사람의 심장이 견디기에는 너무나 버겁다오.」

「이 집에서 어찌 그런 말씀을 하십니까?」 어린 왕은 말했고, 주교 앞을 성큼성큼 지나 제단의 계단들을 올라가서는 그리스도상 앞에 섰습니다.

그리스도상 앞에 선 그의 좌우에는 금빛 포도주가 담긴 성찬배며 성유가 담긴 병 같은 훌륭한 금 그릇들이 있었습니다. 그는 그리스도상 앞에 무릎을 꿇었습니다. 보석 박힌 감실 곁에서는 커다란 양초들이 밝게 타고 있었고, 향연이 푸르게 감기며 둥근 천장을 향해 올라가고 있었습니다. 그는 머리 숙여 기도했고, 빳빳한 예복을 입은 사제들은 살금살금 제단을 떠나갔습니다.

갑자기 바깥 길거리로부터 떠들썩한 소리가 들려오더니, 잘 닦인 철 방패를 든 귀족들이 칼을 빼 들고 깃털을 휘날리며 들어왔습니다. 「그 꿈꾸는 자는 어디 있느냐?」 그들은 소리쳤습니다. 「거지 행색을 한 왕, 나라 망신을 시킨 어린 녀석은 어디 있느냐? 그는 우리를 다스릴 자격이 없으니 죽이고야 말겠다.」

어린 왕은 다시금 머리 숙여 기도했습니다. 기도를 마치자 그는 일어나 돌아서서 슬픈 눈길로 그들을 바라보았습니다.

그런데, 웬일입니까! 채색 유리창을 통해 햇살이 그에게 비쳐 들더니, 그가 자신의 기쁨을 위해 만들게 했던 옷보다 더 아름다운 옷을 짜내었습니다. 죽은 나무 지팡이에 꽃송이들이 맺히더니 진주보다 더 흰 백합들이 피어났습니다. 마른 가시에 꽃이 피었고 루비보다 더 붉은 장미들이 피어났습니다. 백합은 진주보다 더 희었고 그 줄기는 은처럼 빛났습니다. 장미는 루비보다 더 붉었고 그 잎은 순금처럼 빛났습니다.

그는 왕의 의관을 갖추고 서 있었고, 보석 박힌 감실의 문들이 활짝 열리면서 수정처럼 찬란한 빛을 발하는 성체 현시대로부터 놀랍고 신비한 빛이 비쳐 나왔습니다. 그는 거기 왕의 의관을 갖추고 서 있었고, 하느님의 영광이 그곳을 채웠으며, 벽감에 조각되어 있는 성인들이 살아 움직이는 듯했습니다. 왕의 아름다운 의관으로 그는 사람들 앞에 서 있었고, 오르간이 음악을 연주했으며, 나팔수들은 나팔을 불었고, 성가대 소년들은 노래했습니다.

백성들은 경외감에 사로잡혀 무릎을 꿇었고, 귀족들은 칼을 칼집에 도로 넣고 경의를 표했으며, 주교는 창백한 얼굴로 손을 떨었습니다. 「나보다 위대하신 이가 그대에게 관을 씌우셨도다.」 그는 외치면서 왕 앞에 무릎을 꿇었습니다.

어린 왕은 높은 제단에서 내려와 백성들 가운데를 지나 돌아갔습니다. 아무도 감히 그의 얼굴을 쳐다보지 못했습니다. 마치 천사의 얼굴과도 같았기 때문입니다.

공주님의 생일

태플로 코트의 윌리엄 H. 그렌펠 여사에게[26]

    공주님의 생일이었습니다. 공주님은 이제 막 열두 살이 된 것입니다. 왕궁의 정원에는 해가 환히 빛나고 있었습니다.

    비록 진짜 공주이고 스페인의 왕녀[27]이긴 했지만, 공주님에게도 생일은 1년에 단 하루뿐이었습니다. 가난한 백성의 아이들과 꼭 마찬가지로 말입니다. 그러므로 공주님의 생일에 날씨가 좋아야 한다는 것은 온 나라에 대단히 중요한 일이었습니다. 그리고 정말 화창한 날이었습니다. 키 큰 줄무늬 튤립은 줄기 위에 똑바로 서서 마치 줄지어 선 군인들처럼 도전적인 태도로 잔디밭 건너편의 장미를 바라보며 말했

26 에설 페인Ethel Fane(1867~1952). 웨스트모어랜드 백작의 딸로, 1887년 버킹엄셔 태플로 코트의 윌리엄 그렌펠 경(데즈버러 남작)과 결혼했다. 그렌펠 부부는 상류 사회의 지적인 모임 〈더 소울즈〉에 속했으며, 와일드는 태플로 코트를 자주 방문했다.

27 와일드는 이 이야기가 〈벨라스케스가 그린 창백한 어린 왕녀에 관한 것〉이라고 말한 바 있다. 스페인 왕 펠리페 4세의 전속 화가였던 벨라스케스의 「시녀들Las Meninas」이라는 그림은 와일드가 묘사한 것 같은 어린 왕녀(마르가리타 테레사)와 그 주위에 모여 있는 시녀들과 보모, 호위병, 그리고 두 명의 난쟁이와 개를 보여 준다.

습니다. 「우리도 너 못지않게 근사하단다.」 날개에 금가루를 뿌린 듯한 보랏빛 나비들은 이 꽃 저 꽃을 찾아다니느라 팔랑거렸고, 조그만 도마뱀들은 벽 틈에서 기어 나와 눈부신 햇볕을 쪼였습니다. 석류들은 더위를 못 이겨 짜개지면서 피 흐르는 붉은 심장들을 내보였습니다. 서늘한 회랑을 따라 이어진 낡은 시렁에 무수히 매달린 연노랑 레몬들조차도 찬란한 햇빛을 받아 선명한 빛깔을 띠었고, 목련나무들은 커다란 겹겹의 상아빛 꽃송이들을 틔우면서 짙은 향기를 내뿜었습니다.

어린 공주님 자신은 동무들과 함께 테라스를 이리저리 돌아다니면서, 돌 항아리들과 이끼 긴 낡은 석상들 주위에서 숨바꼭질을 하고 놀았습니다. 보통날 같으면 공주님은 자기와 신분이 같은 아이들과 밖에는 놀 수 없었고, 그래서 항상 혼자 놀게 마련이었지만, 생일날만은 예외라서 공주님이 좋아하는 어린 친구들을 모두 초대하여 함께 놀아도 좋다는 왕의 허락을 받았던 것입니다. 이 호리호리한 스페인 어린이들이 미끄러지듯 조용히 돌아다니는 모습에는 우아한 기품이 있었습니다. 소년들은 커다란 깃털이 달린 모자를 쓰고 펄럭이는 외투를 입었으며, 소녀들은 긴 주단 드레스의 끌리는 자락을 치켜들고 검정색과 은색의 거대한 부채로 눈부신 햇빛을 가리고 있었습니다. 하지만 공주님은 그 가운데서도 가장 우아했고, 당대의 다소 거추장스러운 유행에 따라, 가장 고상한 차림을 하고 있었습니다. 드레스는 회색 공단으로 만든 것이었는데, 치마와 잔뜩 부풀린 소매는 은실로 촘

105

촘히 수놓였고, 빳빳하게 조인 동의(胴衣)에는 자디잔 진주들이 줄지어 박혀 있었습니다. 걸어다닐 때면 드레스 자락 아래로 커다란 분홍 장미꽃 장식을 단 조그만 구두가 살짝 내다보였습니다. 박사(薄紗)로 만든 커다란 부채는 분홍색과 진주색이었고, 공주님의 창백한 작은 얼굴을 바랜 금빛 후광과도 같이 둘러싼 머릿단에는 아름다운 흰 장미가 꽂혀 있었습니다.

왕궁의 한 창가에서는 슬프고 울적한 왕[28]이 그들을 바라보고 있었습니다. 그의 등 뒤에는 그가 싫어하는 동생인 아라곤[29]의 돈 페드로가 서 있었고, 옆에는 그의 고해 신부인 그라나다의 대심문관[30]이 앉아 있었습니다. 왕은 평소보다도 더 슬펐습니다. 왜냐하면 공주님이 모여든 대신들에게 어린아이다운 위엄을 가지고서 절하는 모습이나, 항상 공주님을 따라다니게 되어 있는 엄격한 알부케르크 공작 부인을 놀리며 부채 뒤에서 웃어 대는 모습을 보고 있노라니, 공주님의 어머니였던 어린 왕비님이 생각났기 때문입니다. 불과

28 펠리페 4세(1605~1665)는 10세 때 프랑스 왕 앙리 4세의 딸인 엘리자베트 드 부르봉과 결혼했는데, 1644년 그녀가 41세의 나이로 죽은 데 이어 2년 후에는 일곱 자녀 중 외아들이던 왕세자가 16세의 나이로 그 뒤를 따랐다. 펠리페는 1646년 왕세자가 죽은 후 재혼했고, 그림 속의 왕녀 마르가리타 테레사는 1651년에 태어났다. 여기서 와일드가 들려주는 스페인 왕과 왕비의 이야기는 다분히 허구적이다.

29 스페인의 동북 지방. 16~17세기 동안 이베리아 반도 내의 왕국들이 점차 스페인으로 통합되었지만, 아라곤은 1707년까지 독자적인 법제를 지닌 왕국으로 남아 있었다.

30 스페인 종교 재판의 최고 심문관.

얼마 전 — 정말 그런 것만 같았습니다 — 에 저 명랑한 나라 프랑스에서 건너온 왕비님은 호화롭고도 음침한 스페인 궁정에서 시들어 가다가, 아이를 낳은 지 겨우 여섯 달 만에 죽었던 것입니다. 과수원의 편도나무가 꽃 피는 것을 두 번도 보기 전에, 이제는 풀이 우거진 궁정 뜰 한복판에 서 있던 늙고 옹이진 무화과나무에서 이태째의 열매를 따보기도 전에 말입니다. 왕은 왕비를 너무나 사랑했으므로, 그녀를 무덤에 묻어 버리는 것을 견딜 수 없었습니다. 그래서 그녀의 시신은 향을 넣어 보존되었고, 이단과 사술의 혐의로 종교 재판소에서 사형을 선고받았다던 무어인 의사는 그 일을 한 대가로 목숨을 건졌습니다. 그리하여 왕비님은 아직도 왕궁의 검은 대리석 예배당 안에 화려하게 장식된 관 위에 누워 있습니다. 거의 열두 해 전 그 바람 불던 3월 어느 날 수도사들이 그녀를 거기 눕혀 놓은 그대로 말입니다. 한 달에 한 번씩 왕은 어두운 빛깔의 외투로 몸을 감싼 채 천으로 덮은 작은 등불을 손에 들고는, 예배당에 들어가 그녀의 곁에 무릎을 꿇고 〈나의 왕비여! 나의 왕비여!〉하고 불렀습니다. 스페인에서는 언제 어떤 경우에나 형식적인 예의를 지켜야 했으므로 왕은 마음대로 슬퍼할 수조차 없었지만, 때로는 예의고 뭐고 없이 격렬한 슬픔에 사로잡혀 보석으로 장식된 창백한 손을 움켜잡고는 미친 듯한 입맞춤으로 차디찬 얼굴을 깨우려 했습니다.

오늘 그는 마치 그녀를 다시 보는 것만 같았습니다. 그가 겨우 열다섯 살, 그녀는 그보다 훨씬 더 어렸을 때, 퐁텐블로[31]

성에서 그가 그녀를 처음 보았던 그대로였습니다. 그들은 그때 프랑스 왕과 온 궁정이 지켜보는 가운데 교황 대사의 주례하에 공식적으로 약혼했고, 그는 금빛 고수머리 약간과, 그가 마차에 타려 했을 때 고개 숙여 그의 손에 입 맞추던 앳된 입술에 대한 추억을 소중히 간직한 채 에스쿠리알[32]로 돌아갔습니다. 얼마 후 결혼식이 두 나라의 국경 지대에 있는 작은 마을 부르고스에서 서둘러 거행되었습니다. 하지만 마드리드에 입성할 때는 온 백성이 나와 맞이했고, 라 아토차 교회에서는 관례대로 성대한 미사가 드려졌으며, 보통 때보다 훨씬 더 장엄한 이단자 화형식[33]이 있었습니다. 그 화형식에서는 3백 명의 이단자들이 — 그중에는 영국인들도 많았습니다 — 세속의 팔[34]에 넘겨져 불태워졌습니다.

분명 그는 그녀를 미치도록 사랑했고, 많은 사람들은 그 사랑이 나라를 망치고 말리라고 생각했습니다. — 당시 스페인은 신대륙에 제국을 소유하는 문제로 영국과 전쟁을 하고 있었던 것입니다. 그는 그녀가 잠시도 눈앞을 떠나지 못하게 했으며 그녀 때문에 국가의 중대사들을 몽땅 잊어버렸

31 프랑스 왕의 별궁이 있는, 파리 근교의 도시.

32 스페인의 궁정이자 수도원. 수도인 마드리드의 북서쪽에 있다.

33 오토 다 페(*auto-da-fé* 또는 *auto-de-fé*)란 〈신앙 행위*act of faith*〉라는 뜻으로, 스페인 종교 재판에서 이단자들에게 행해지는 유죄 선고식을 말한다. 종교 재판에서 심문당한 이단자들이 어느 정도 인원수가 차면 광장으로 끌려 나가 공개적으로 판결을 선고받은 후 형벌(대개는 화형)에 처해졌다.

34 교회는 직접 사형을 집행하는 대신 유죄 판결받은 자를 〈세속의 팔〉에 넘기면서 형식적으로나마 자비를 구하고 극형을 피할 수 없는 경우 〈피 흘림 없이〉, 즉 화형에 처하라고 당부했다.

습니다. 적어도 그렇게 보였습니다. 열정에 눈이 먼 나머지, 그는 자신이 그녀를 기쁘게 해주기 위해 거행하는 복잡한 예식들이 그녀가 앓고 있는 이상한 병을 악화시킬 따름이라는 것을 알아채지 못했습니다. 그녀가 죽었을 때, 그는 한동안 이성을 잃은 것만 같았습니다. 어린 공주님의 앞날에 대한 근심만 아니었더라면 그는 왕위를 버리고 자신이 이미 명예 수도원장으로 있던 그라나다의 트라피스트[35] 수도원에 들어갔을 것입니다. 하지만 그렇게 되면 스페인 안에서도 잔인하기로 이름 높은 그의 동생이 왕이 될 터인데, 그런 동생에게 딸을 맡길 수는 없었습니다. 많은 사람들이 의심하는 바로는, 왕의 동생이 아라곤에 있는 자기 성을 찾아온 왕비님께 독이 묻은 장갑을 선사하여 죽게 했다는 것입니다. 전국에 왕명을 내려 지키게 한 삼년상이 끝난 뒤에도, 왕은 대신들이 재혼 이야기도 꺼내지 못하게 했습니다. 다른 사람 아닌 황제가 그에게 대사들을 보내어 황제의 조카딸인 아리따운 보헤미아 여 공작과의 결혼을 제의했을 때도, 그는 대사들에게 스페인의 왕은 이미 슬픔과 결혼했으며 비록 살아 있지 않은 신부일망정 어떤 미인보다 더 사랑하고 있노라는 대답을 주어 보냈습니다. 이 대답 때문에 그는 네덜란드의 풍요로운 고장들을 잃게 되었으니, 이 고장들은 황제의 부추김을 받아 개혁 교회의 몇몇 광신자들이 이끄는 가운데 그에게 반기를 들었던 것입니다.

오늘 테라스에서 노는 공주님을 지켜보고 있노라니, 그는

35 17세기에 세워진 가톨릭 수도회로, 침묵과 고행을 강조했다.

자신의 결혼 시절, 그토록 격렬하고 열화 같은 기쁨들과 갑작스레 끝나 버림으로 해서 극도의 고뇌를 가져다주었던 결혼 시절이 생생히 되살아나는 듯했습니다. 공주님은 왕비님의 어여쁘고 새침한 태도를 그대로 지니고 있었습니다. 고집스레 고개를 쳐드는 모양하며, 자존심 강한 또렷하고 아름다운 입매, 그리고 저 놀라운 미소 — 진짜 프랑스식 미소 — 모두가 왕비님과 꼭 같았습니다. 그런 모습으로 공주님은 이따금씩 왕이 서 있는 창문을 올려다보거나, 근엄한 스페인 신사들에게 작은 손을 내밀어 입 맞추게 하거나 하고 있었습니다. 하지만 아이들의 날카로운 웃음소리가 그의 귀를 따갑게 했고, 밝고 무자비한 햇살은 그의 슬픔을 비웃었으며, 시체에 향을 넣는 이들이 쓰는 것 같은 이상한 향료의 후덥지근한 향내가 — 글쎄, 착각이었을까요? — 맑은 아침 공기를 흐려 놓는 듯했습니다. 그는 두 손에 얼굴을 묻었습니다. 공주님이 다시 창문을 올려다보았을 때, 창에는 커튼이 드리워졌고, 왕은 들어가고 없었습니다.

공주님은 실망한 듯 조금 뾰로통하더니 어깨를 으쓱했습니다. 생일날쯤은 함께 지내 주실 수도 있을 텐데요. 바보 같은 국사(國事)가 뭐 그리 중요하단 말입니까? 아니면 또 저 음침한 예배당, 안에는 항상 촛불이 타고 있고, 공주님은 절대로 못 들어가게 하는, 저 예배당에 가신 것일까요? 햇살이 이렇게 밝게 빛나고 모두들 이렇게 행복한 날, 어리석기 짝이 없는 일이 아닙니까! 이제 막 나팔이 울려 퍼지고 투우사 놀이가 시작되려는데, 구경도 못 하시겠지요. 인형극이랑 다

른 재미난 것들도 얼마나 많은데요! 숙부님과 대심문관님이
훨씬 낫습니다. 그들은 테라스로 나와 공주님에게 기분 좋
은 말들을 해주었습니다. 그래서 공주님은 어여쁜 고개를
쳐들며, 돈 페드로의 손을 잡고, 정원 끝에 세워진 자주색 비
단 천막을 향해 천천히 계단을 내려갔습니다. 다른 어린이들
은 엄격한 서열을 지키며 뒤따라갔습니다. 즉, 가장 긴 이름
을 가진[36] 어린이가 제일 앞에 서서 말입니다.

투우사 복장을 한 귀족 소년들의 행렬이 나와 공주님을
맞이했습니다. 티에라 누에바의 어린 백작은 열네 살 난 아
주 잘생긴 소년으로, 타고난 스페인 귀족 신사의 우아한 태
도로 모자를 벗어 들고는, 공주님을 경기장이 내려다보이는
높은 단 위의 금칠한 작은 상아 의자로 안내했습니다. 어린
이들은 그 주위에 몰려들어 커다란 부채를 부치거나 서로 소
곤대거나 하며 들떠 있었고, 돈 페드로와 대심문관은 문간에
서서 웃고 있었습니다. 노란 주름 장식 깃을 달고 있는 빼빼
마르고 무서운 인상을 한 공작 부인 — 이른바 〈카마레라 마
요르〉[37]라는 직책이지요 — 조차도 여느 때처럼 사나와 보
이지 않았고, 주름진 얼굴에 냉랭한 미소와도 같은 것을 띤
채 얇고 핏기 없는 입술을 실룩이고 있었습니다.

36 즉, 〈가장 많은 작위를 지닌〉.
37 카마레라 마요르Camarera Mayor란 왕비의 의장(衣欌) 곧 옷장 담당
관이라는 뜻인데, 시녀장(長)에 해당하는 직책으로 왕비를 가장 가까이서 보
필하는 역할이다. 왕비가 어린 경우 나이가 지긋한 귀족 여성이 이 직책을 맡
았다.

111

정말이지 근사한 투우였고, 공주님의 생각에는 전에 파르마[38]의 공작이 아버지를 찾아왔을 때 세비야[39]에 가서 보았던 진짜 투우보다 훨씬 멋졌습니다. 소년들 몇몇은 울긋불긋하게 옷 입힌 목마를 타고 화려한 리본 장식이 달린 긴 투창을 휘두르며 위용을 뽐냈고, 다른 몇몇은 황소 앞에서 새빨간 외투를 펼쳐 흔들다가 소가 공격을 해오면 울타리를 가볍게 뛰어넘곤 했습니다. 황소로 말할 것 같으면, 등나무로 뼈대를 만들고 가죽을 팽팽히 씌운 것이었지만 진짜 살아 있는 황소처럼 보였고, 때로는 뒷발로 서서 경기장 주위를 뛰어다니곤 했습니다. 진짜 황소라면 꿈도 꿀 수 없는 일이지만요. 황소도 싸움을 아주 잘해서, 어린이들은 흥분한 나머지 벤치에서 일어나 레이스 손수건을 흔들면서 〈황소 이겨라! 황소 이겨라!〉 하고 외쳐 댔습니다. 마치 어른이나 되는 것처럼 점잖은 태도로 말입니다. 하지만 결국 여러 마리 목마가 쇠뿔에 찔리고 기수들이 말에서 떨어지는 긴 싸움 끝에, 티에라 누에바의 어린 백작은 황소를 무릎 꿇리고 공주님으로부터 최후의 일격을 허락받은 뒤 나무칼로 소의 목을 찔렀습니다. 어찌나 세게 찔렀던지 황소의 머리가 부러지면서, 마드리드 주재 프랑스 대사의 아들인 므시외 드 로렌의 웃는 얼굴이 나타났습니다.

그러고 나자 박수갈채 속에서 경기장이 치워졌고, 죽은 목마들은 검정과 노랑의 제복을 입은 무어인 시동 두 명에

<hr>

38 이탈리아 중부 지방의 도시.
39 스페인 남부 지방의 도시.

게 엄숙하게 끌려 나갔습니다. 짧은 막간에 프랑스인 곡예사가 밧줄 타기를 보여 준 뒤, 특별히 세워진 작은 극장의 무대에서 이탈리아 인형 몇이 고전풍 비극 「소포니스바」[40]를 연기했습니다. 인형들이 하도 연기를 잘하고 동작도 자연스러워서, 연극이 끝날 무렵 공주님은 눈물로 눈앞이 흐려질 정도였습니다. 몇몇 어린이들은 정말로 엉엉 울었으므로 사탕절임을 주어 달래야 했으며, 대심문관조차도 너무나 감격한 나머지 돈 페드로에게 말하지 않을 수 없었습니다. 그저 나무토막과 물들인 밀랍으로 만들어져서 철사로 조종되는 물건들이 그토록 불행하고 그토록 무서운 재난들을 만나다니 참을 수 없는 일이라고 말입니다.

이어 아프리카인 마술사가 등장했습니다. 그는 붉은 천을 씌운 큼직한 바구니를 가지고 와서 경기장 한복판에 내려놓더니, 터번에서 신기한 갈대 피리를 꺼내 불었습니다. 잠시후 천이 움직이기 시작했고, 피리 소리가 점점 날카로워지자 초록과 금빛이 섞인 두 마리 뱀이 쐐기 모양으로 이상하게 생긴 머리를 내밀었습니다. 마치 물살에 흔들리는 식물처럼 음악에 따라 이리저리 요동하면서 천천히 몸을 세웠습니다. 하지만 어린이들은 뱀의 얼룩덜룩한 머리와 날름대는 혀에 겁이 나서, 마술사가 모래밭에서 작은 오렌지 나무를 자라게 하여 새하얀 꽃이 피고 진짜 열매를 맺게 하자 훨씬 더 기

---

40 소포니스바는 제2차 포에니 전쟁(B.C. 218~B.C. 202) 때 카르타고의 장군 하스드루발의 딸인데, 로마에 예속되기보다 독약을 마시고 죽는 편을 택했다. 이 이야기는 유럽의 많은 연극 소재가 되었다.

뻐했습니다. 그리고 그가 라스 토레스 후작 부인의 어린 딸이 가진 부채를 가져다가 파랑새로 만들어 천막 주위를 맴돌며 노래하게 하자 어린이들은 끝없이 기뻐하며 즐거워했습니다. 누에스트라 세뇨라 델 필라르 교회[41]에서 온 소년들이 춘 장엄한 미뉴에트도 근사했습니다. 공주님은 매년 5월 성처녀의 높은 제단 앞에서 성처녀를 기려 거행되는 이 놀라운 예식을 전에 본 적이 없었던 것입니다. 그리고 사실 스페인 왕가의 사람은 아무도 사라고사[42]의 대성당에 들어간 적이 없었습니다. 어떤 신부가 영국의 엘리자베스 여왕의 사주를 받아 ─ 그런 소문이 있었습니다 ─ 아스투리아스 대공[43]에게 독이 든 성체를 배령하게 하려 했던 이후로는 말입니다. 그래서 이른바 〈성모님의 춤〉이라는 것을 공주님은 그저 말로만 들었던 것인데, 실제로 보니 정말 아름다웠습니다. 소년들은 하얀 우단으로 만든 구식 궁정 예복을 입었고, 커다란 타조 깃털을 꽂고 은빛 술을 단 기묘한 삼각 모자를 쓰고 있었습니다. 햇빛 속에서 움직이는 소년들의 새하얀 의상은 그들의 가무스레한 얼굴과 긴 검은 머리 때문에 한층 돋보였습니다. 복잡한 대형(隊形)의 춤을 추어 나가는 그들의 위엄 있는 태도와 느린 동작의 세련된 우아함, 그리고 위엄 있는 경례에 모두가 매혹되었습니다. 춤을 마친 그들이 커다란 깃털 달린 모자를 벗어 공주님께 경의를 표하자, 공

41 사라고사에 있는 유명한 수도원으로, 〈제단의 성모〉라는 뜻.
42 아라곤의 옛 수도.
43 아스투리아스(스페인 북동부 해안 지방) 대공이라는 칭호는 1388년 이래로 스페인 왕좌의 계승자를 가리킨다.

주님은 아주 상냥하게 인사를 받으며 제단의 성모님께서 주신 즐거움에 대한 보답으로 성모님의 예배당에 커다란 양초를 보내겠다고 맹세했습니다.

그러고 나자 한 무리의 잘생긴 이집트인들 — 당시에는 집시들을 그렇게 불렀습니다 — 이 경기장으로 들어왔습니다. 그들은 다리를 마주 꼬고 빙 둘러앉아서 가락에 맞추어 몸을 흔들며 낮고 꿈꾸는 듯한 곡조를 흥얼거렸고 수금(手琴)을 탔습니다. 돈 페드로가 눈에 들어오자, 그들은 얼굴을 찡그렸고, 몇몇은 겁에 질린 듯했습니다. 불과 몇 주 전에 그는 세비야의 장터에서 그들 부족의 두 사람을 사술을 행한 죄로 목매달았던 것입니다. 하지만 그들은 상아 의자에 기대앉아 부채 뒤에서 커다란 푸른 눈으로 내다보고 있는 어여쁜 공주님에게 마음이 끌린 나머지, 그처럼 사랑스러운 이는 결코 아무에게도 잔인할 수 없으리라고 확신했습니다. 그래서 그들은 수금의 현들을 길고 뾰족한 손톱으로 그저 건드리는 정도로 매우 부드럽게 연주하면서, 마치 잠이라도 드는 듯 고개를 끄덕거렸습니다. 그러다 갑자기, 모든 어린이들이 놀라서 펄쩍 뛰어오르고 돈 페드로가 단도의 마노 손잡이를 움켜쥘 만큼 날카로운 비명 소리와 함께, 그들은 벌떡 일어서서 경기장 안을 미친 듯이 맴돌면서 탬버린을 치고 헉헉대는 듯한 이상한 말로 사나운 사랑 노래를 불렀습니다. 그러더니 또 다른 신호가 있자, 모두 다시 땅바닥에 주저앉아 조용히 드러누웠습니다. 나직한 수금 소리만이 침묵을 깨뜨렸습니다. 몇 번인가 이런 일을 거듭한 뒤, 그들은 잠시 나갔다가, 사슬에 매인 갈색 곰 한 마리를 끌고 어깨 위에는 작은 베르베르 원숭이[44]들을 얹어 가지고 들어왔습니다. 곰은 더할 나위 없이 육중하게 물구나무를 섰고, 쭈글쭈글한 원숭이들은 주인인 듯 싶은 두 명의 집시 소년들과 함께 온갖 재미난 재주들을 부렸습니다. 그러고는 조그만 칼로 싸움을 하거나 총을 쏘거나 하면서 마치 왕의 친위 부대처럼 정식 훈련을 선보였습니다. 집시들의 공연은 대성공이었습니다.

하지만 아침 내내 이어진 여흥들 중에 가장 우스웠던 것은 두말할 것도 없이 어린 난쟁이의 춤이었습니다. 난쟁이가 휘어진 다리를 어기적거리며 커다란 기형의 머리를 이리저리 흔들면서 경기장으로 비틀비틀 들어오자, 어린이들은 기쁜 함성을 질러 댔고, 공주님 자신도 너무나 웃어서 카마레라에게 잔소리를 들을 정도였습니다. 스페인에서는 왕의 딸되는 이가 대등한 지위의 사람들 앞에서 울음을 보인 예는 있어도, 왕의 혈통을 타고난 공주님이 지체 낮은 사람들 앞에서 그처럼 즐거워한 적은 없었다고 말입니다. 하지만 그 난쟁이를 보고서야 웃음을 터뜨리지 않을 수 없었으니, 심지어 괴이한 것에 대한 세련된 열정으로 유명한 스페인 궁정에서조차 그렇게 희한한 작은 괴물을 보기는 처음이었습니다. 한편 난쟁이도 이런 자리에 서는 것은 처음이었습니다. 바로 전날 숲 속을 마구 뛰어 돌아다니던 그를 도시 주변 드넓은

---

44 Barbary apes. 16~19세기 유럽인들은 북아프리카 중서부 연안 지방을 Barbary Coast 또는 Berber Coast라 불렀다. 오늘날의 마그레브 지역에 해당한다.

코르크나무 숲에서 사냥을 하던 두 명의 귀족이 발견하여, 공주님을 놀래 주기 위한 선물로 궁정으로 데려왔던 것입니다. 가난한 숯장수였던 그의 아버지는 그렇게 흉측하고 쓸모없는 아이를 떠나보내게 되어 아주 기뻐했습니다. 그런데 그에게 있어 가장 재미난 점은 그가 자신의 괴상한 모습을 전혀 깨닫지 못하고 있다는 점이었습니다. 정말이지 그는 퍽 행복하고 유쾌한 듯했습니다. 어린이들이 웃어 대자, 그는 어느 아이 못지않게 명랑하게 마음껏 웃었고, 매번 춤이 끝날 때마다 어린이들 한 명 한 명에게 더없이 우스꽝스러운 절을 했습니다. 마치 자기가 자연이 다른 이들의 조롱거리로 장난 삼아 만든 작고 꼴사나운 물건이 아니라, 정말로 그 어린이들과 한패라는 듯이 웃으며 고개를 끄덕이는 것이었습니다. 공주님은 그의 마음을 완전히 사로잡았습니다. 그는 공주님에게서 눈을 뗄 수가 없었고, 오로지 공주님만을 위해 춤추는 듯했습니다. 공연이 끝나자, 공주님은 왕의 우울증을 아름다운 음성으로 고칠 수 있으리라며 교황이 자신의 예배당에서 직접 뽑아 마드리드로 보내 주었던 저 유명한 이탈리아 고음 가수 카파렐리에게 궁정의 귀부인들이 꽃다발을 던지던 것을 기억해 내고는, 자기 머리에 꽂았던 하얀 장미를 뽑아 반은 장난으로, 반은 카마레라를 약 올릴 뜻으로, 경기장 저 아래 난쟁이에게 던졌습니다. 더없이 다정한 미소와 함께 말입니다. 난쟁이는 이 모든 일을 아주 진지하게 받아들였고, 그래서 거칠고 부르튼 입술에 꽃을 가져다 대며 손을 가슴에 얹고는 공주님 앞에 한쪽 무릎을 꿇고 앉아 입이 째지라고 웃어 보였습니다. 그의 작고 빛나는 두 눈은 기쁨으로 반짝이고 있었습니다.

그 광경을 본 공주님은 더 이상 참지 못하고 웃음을 터뜨렸고, 어린 난쟁이가 경기장 밖으로 달려 나간 뒤에도 한참 동안이나 웃음을 그칠 수 없었습니다. 그러고는 난쟁이의 춤을 다시 보여 달라고 숙부를 졸라 댔습니다. 하지만 카마레라는 해가 너무 뜨겁다는 핑계를 대며 더 늦기 전에 공주님이 궁전으로 돌아가야 한다고 주장했습니다. 궁전에도 공주님을 위해 놀라운 연회가 마련되어 있었던 것입니다. 물들인 설탕으로 공주님의 이름자를 쓰고 꼭대기에 예쁜 은 깃발을 단 생일 케이크도 물론 있었습니다. 공주님은 위엄 있는 태도로 자리에서 일어나더니 낮잠을 자고 나서 다시 난쟁이를 춤추게 하라는 명령을 내리고, 티에라 누에바의 어린 백작에게 그처럼 멋진 환대에 대한 감사를 전한 뒤, 궁전으로 돌아갔습니다. 어린이들은 올 때와 같은 순서로 그 뒤를 따랐습니다.

어린 난쟁이는 공주님 앞에서 다시 춤추게 되었으며, 그것도 공주님이 친히 명령하신 것이라는 말을 듣고는, 너무나 자랑스러운 나머지 정원으로 달려 나갔습니다. 괴상망측한 황홀감에 비틀거리며 하얀 장미에 입을 맞추고, 뒤퉁스런 몸짓으로 볼썽사납게 날뛰며 기쁨을 표현했습니다.

꽃들은 자기들의 아름다운 집에 감히 그가 들어오는 것에 분개했고, 그가 이리저리 뛰어 돌아다니며 우스꽝스러운 몸

118

짓으로 팔을 흔드는 것을 보고는 더 이상 참지 못했습니다.

「저 녀석은 우리가 있는 곳에 들어와 놀기에는 너무 흉측하게 생겼어.」튤립이 외쳤습니다.

「저런 녀석은 양귀비 주스[45]나 마시고 천 년쯤 잠이나 잤으면 좋겠다.」커다란 빨간 나리꽃이 말했습니다. 꽃들은 정말 열이 오르고 화가 났습니다.

「끔찍해!」선인장이 비명을 질렀습니다. 「팔다리는 뒤꼬인 데다 땅딸막하고, 머리는 다리에 비해 어이없이 커다랗지. 그를 보면 정말이지 난 온몸에 소름이 돋는다니까. 곁에 오기만 하면 가시로 확 찔러 버릴 테야.」

「게다가 내 가장 예쁜 꽃송이 하나를 갖기까지 했어.」하얀 장미나무가 탄식했습니다. 「오늘 아침 공주님께 생일 선물로 드린 건데, 그가 그걸 훔쳤다니까.」 그러면서 장미나무는 목청껏 소리쳤습니다. 「도둑놈! 도둑놈! 도둑놈!」

자기들도 초라한 친척을 많이 가진 것으로 소문이 나서 보통 때는 좀처럼 뻐기지 않는 빨간 제라늄도 그를 보자 경멸하는 듯 몸을 움츠렸고, 그가 그렇게 지독히 못생겼다고는 해도 그로서는 어쩔 수 없는 일이 아니냐고 제비꽃이 조심스레 말을 꺼내자, 제라늄은 그거야말로 그의 주된 결점이며, 누가 고칠 수 없는 결점을 가졌다는 것이 그를 좋게 보아 줄 이유는 못 된다고 딱 부러지게 응수했습니다. 그리고 사실 제비꽃이 보기에도 어린 난쟁이의 흉측한 모습은 거의 당당할 지경이어서, 그렇게 신나게 뛰어 돌아다니면서 괴상하고

45 아편을 뜻한다.

우스꽝스런 몸짓을 할 것이 아니라 좀 슬퍼 보인다든가, 최소한 좀 생각에 잠긴 듯이 보인다면 훨씬 고상해 보이리라는 느낌이 들었습니다.

늙은 해시계로 말할 것 같으면, 다른 사람도 아닌 카를로스 5세[46] 황제에게 시간을 가르쳐 준 적이 있을 정도로 대단한 경력의 소유자였는데, 어린 난쟁이의 모습을 보자 너무나 놀란 나머지 긴 그림자 팔로 시간을 나타내는 일을 2분 동안이나 잊어버렸습니다. 그러고는 난간에서 햇볕을 쬐는 우유처럼 새하얀 공작새에게, 왕의 자식은 왕이고 숯장수 자식은 숯장수이며, 안 그런 척하는 것은 미친 짓이라고 한마디 하지 않고는 못 배겼습니다. 그러자 공작새는 그 말에 전적으로 찬성한다며 소리를 질렀습니다. 「그렇고말고, 그렇고말고.」 그 소리가 하도 크고 새되어서, 서늘한 분수가 뿜어 나오는 수반에 살고 있던 금붕어들은 물 밖으로 머리를 내밀고 거대한 트리톤[47] 석상들에게 물었습니다. 땅 위에서 대체 무슨 일이 일어난 거냐고 말입니다.

하지만 새들은 그를 좋아했습니다. 새들은 숲에서 가끔 그를 본 적이 있었습니다. 소용돌이치는 나뭇잎들을 따라가며 장난꾸러기 요정처럼 춤추거나, 늙은 참나무의 옹이 구멍에 들어앉아 다람쥐와 도토리를 나누어 먹는 것을 말입니

---

46 1500~1558. 1516년 이후 스페인 왕, 1519년 이후 신성 로마 제국 황제로, 1556년 동생 페르디난드 1세에게 신성 로마 제국 제위를, 아들 펠리페 2세에게 스페인 왕위를 이양했다.

47 그리스 신화에 나오는 바다의 신 포세이돈의 아들들로, 인어의 모습을 하고 있다.

다. 새들은 그가 못생긴 것을 조금도 꺼려하지 않았습니다. 뭐, 밤이면 오렌지 나무 숲 속에서 고운 노래를 불러 때로 달님까지 귀 기울이게 하는 나이팅게일도 생긴 거야 별로이지 않습니까. 게다가 그는 새들에게 친절했습니다. 나무에 열매라고는 남아 있지 않고 땅은 강철처럼 딱딱해져서 늑대들이 먹이를 찾으러 도시의 성문 앞까지 내려갈 정도로 무섭게 추웠던 겨울 동안 그는 한 번도 새들을 잊지 않았고, 항상 자신의 조그만 흑빵 덩이에서 부스러기를 떼어 주었으며 보잘 것없는 식사일망정 새들과 함께 나눠 먹었던 것입니다.

그래서 새들은 날개로 그의 뺨을 스칠 듯이 그의 주위를 빙빙 돌며 저희들끼리 조잘거렸고, 어린 난쟁이는 너무나 기분이 좋아서 아름다운 하얀 장미를 새들에게 보여 주며 공주님이 그를 사랑해서 준 것이라고 말하지 않고는 못 배겼습니다.

새들은 그가 하는 말을 한 마디도 이해하지 못했지만, 그래도 상관없었습니다. 왜냐하면 새들은 고개를 갸우뚱하며 생각하는 듯이 보였기 때문입니다. 그것은 실제로 이해하는 것 못지않았고, 훨씬 더 쉬운 일이었습니다.

도마뱀들도 그를 대단히 좋아했습니다. 그래서 그가 뛰어 돌아다니다 지쳐서 쉬려고 풀밭에 주저앉자, 그들은 그의 주위에서 뛰놀며 그를 즐겁게 해주려 했습니다. 「누구나 다 도마뱀처럼 아름다울 수는 없잖아.」 그들은 외쳤습니다. 「그건 무리한 요구야. 그리고 좀 이상하게 들릴지도 모르지만, 그도 그렇게 못생긴 건 아니거든. 물론 눈을 감고, 그를 보지 않는다면 말이야.」 도마뱀들은 천성이 매우 철학적이라, 다른 할 일이 없거나 날씨가 궂어서 밖에 나갈 수 없을 때면, 몇 시간씩이나 모여 앉아서 생각에 잠기곤 했습니다.

그러나 꽃들은 도마뱀과 새들이 하는 양을 보고는 몹시 성이 났습니다. 「저렇게 끊임없이 돌아다니고 날아다니다 보면 천박해지기 마련이라니까.」 그들은 말했습니다. 「교양 있는 이들은 우리처럼 지긋이 한곳에 머물러 있는 법이지. 우리는 절대로 오솔길을 팔짝거리며 돌아다닌다거나 잠자리를 쫓아 풀밭을 헤치고 다닌다든가 하지 않거든. 기분 전환이 필요할 때면 우리는 정원사에게 부탁을 하고, 그러면 그가 우리를 다른 꽃밭에다 옮겨 주지. 그게 점잖은 태도이고, 마땅히 그래야 하는 거야. 하지만 도마뱀이며 새들은 안정감이라고는 없고, 특히 새들은 도무지 정한 주소라는 게 없다니까. 저들은 집시나 다름없는 떠돌이들이고, 그러니 그런 대접을 받는 게 마땅해.」 그래서 꽃들은 콧대를 세우고 매우 거만한 표정을 지었습니다. 잠시 후 어린 난쟁이가 풀밭에서 일어나 궁전을 향해 테라스를 가로질러 가자 꽃들은 안도의 한숨을 쉬었습니다.

「앞으로는 영영 집 안에 가두어 둬야 해.」 그들은 말했습니다. 「저 곱사등을 좀 봐. 꾸부러진 다리는 또 어떻고.」 그러면서 킥킥거렸습니다.

하지만 어린 난쟁이는 그런 것은 전혀 몰랐습니다. 그는 새와 도마뱀을 아주 좋아했고, 꽃이란 세상에서 가장 — 물론 공주님만은 빼놓고 — 경이로운 것이라고 생각했습니다.

그런데 공주님이 그에게 아름다운 하얀 장미를 주었으며, 공주님이 그를 사랑하는 것입니다. 이 얼마나 대단한 사건입니까! 그는 공주님과 같이 돌아갔더라면 했습니다. 그러면 공주님은 그를 자기 오른쪽에 앉히고 다정히 웃어 주었을 것이며, 그는 결코 공주님 곁을 떠나지 않고 함께 놀며 온갖 재미난 장난들을 가르쳐 주었을 텐데요. 그는 비록 궁전에는 와본 일이 없었지만 신기한 것들을 아주 많이 알고 있었습니다. 그는 골풀로 메뚜기가 그 안에서 노래할 작은 새장을 만들 줄도 알았고, 마디 긴 대나무로 피리를 만들어 판[48]이라도 듣고 싶어 할 노래를 불 줄도 알았습니다. 그는 온갖 새들의 노랫소리를 구별할 줄 알았고, 나무 꼭대기에서 찌르레기를, 연못에서 왜가리를 불러낼 줄도 알았습니다. 그는 온갖 짐승들의 자취를 알고 있었고, 산토끼의 섬세한 발자국이나 멧돼지가 나뭇잎을 짓밟고 간 자국을 따라가는 법도 알았습니다. 또 바람의 온갖 춤을 출 줄 알았습니다. 붉은 옷을 입고 가을과 함께 추는 미친 춤, 푸른 샌들을 신고 옥수수 밭 위에서 추는 경쾌한 춤, 겨울에 하얀 눈의 화환을 걸고 추는 춤, 그리고 봄이면 과수원들을 쏘다니며 추는 꽃피는 춤 등등을 말입니다. 그는 멧비둘기가 어디에 둥지를 트는지도 알고 있었고, 한번은 새 사냥꾼이 엄마 아빠 새들을 잡아가는 바람에 아기 새들을 직접 키워 준 적도 있었습니다. 가지를 쳐낸 느릅나무의 갈라진 틈에 조그만 비둘기

---

48 그리스 신화에 나오는 산과 들의 목동 신. 염소의 뿔과 다리를 가졌으며 피리를 분다.

집을 지었더랬지요. 아기 비둘기들은 길이 잘 들어서 아침마다 그의 손에서 모이를 먹곤 했습니다. 공주님도 그 새들을 좋아할 것입니다. 긴 고사리 덤불 안에서 달음박질하는 토끼들, 빳빳한 깃에 검정 부리를 한 어치들, 온몸을 밤송이처럼 만들 수 있는 고슴도치들, 고개를 흔들며 연한 잎들을 씹으면서 느릿느릿 기어다니는 현명한 큰 거북들을 좋아할 것입니다. 그래요, 공주님은 반드시 숲에 와서 그와 함께 놀아야만 합니다. 그는 공주님께 자기의 작은 침대를 내주고, 사납고 뿔 달린 짐승들이 공주님을 해치지 못하도록, 굶주린 늑대들이 오두막 가까이 다가오지 못하도록 새벽까지 창밖에서 지켜 줄 것입니다. 새벽이 되면 덧창을 두들겨 공주님을 깨워야지요. 그러고는 함께 나가 온종일 춤을 출 것입니다. 숲 속은 전혀 쓸쓸하지 않습니다. 때로는 주교님이 하얀 노새를 타고 색칠한 책을 읽으며 지나가시기도 하고, 때로는 녹색 우단 모자에 무두질한 사슴 가죽 조끼를 입은 매 사냥꾼들이 두건 씌운 매를 손목에 앉힌 채 지나가기도 했습니다. 포도 수확 철이면 윤나는 담쟁이 화환을 쓴 포도 밟는 이들이 손발에 자줏빛 물이 든 채 포도주 방울이 뚝뚝 떨어지는 가죽 부대를 날랐습니다. 밤이면 숯장수들은 커다란 숯가마 둘레에 앉아 마른 통나무들이 불 속에서 천천히 숯이 되어 가는 것을 지켜보며 잿더미에 군밤을 구워 먹었습니다. 그럴 때면 도둑들도 소굴에서 나와 함께 즐겁게 놀았지요. 또 한번은 아름다운 행렬이 톨레도[49]로 가는 길고 먼지

49 마드리드에서 남쪽으로 그리 멀지 않은 도시.

나는 길을 꾸불꾸불 돌아가는 것을 본 적도 있습니다. 앞서 가는 사제들은 부드러운 노래를 부르며 밝은 빛깔의 깃발들과 황금 십자가들을 나르고 있었습니다. 그 뒤에는 은 갑옷을 입고 화승총과 창을 든 군인들이 있었고, 행렬 가운데에는 온통 신기한 그림이 그려진 이상한 노란 옷을 입고 불 켜진 양초를 든 사람 셋이 맨발로 걷고 있었습니다.[50] 숲에는 정말로 구경거리가 많습니다. 공주님이 고단해지면 그는 부드러운 이끼 위에 쉴 자리를 마련하거나, 아니면 안아서 나를 것입니다. 키가 크지 않은 대신 그는 힘이 아주 세었으니까요. 빨간 까치밥 열매로 목걸이도 만들어 줄 것입니다. 그건 공주님의 옷에 달려 있는 하얀 열매들 못지않게 예쁠 테고, 싫증이 나면 내버릴 수도 있습니다. 그가 또 새로 만들어 주면 되니까요. 그는 공주님께 도토리 모자며 이슬에 젖은 아네모네, 엷은 금발 위에서 별처럼 반짝일 조그만 반딧불들도 잡아다 줄 수 있을 것입니다.

그런데 공주님은 어디 있는 것일까요? 그는 하얀 장미에게 물어보았지만, 꽃은 대답하지 않았습니다. 궁전 전체가 잠든 것만 같았고, 덧문이 닫히지 않은 창에도 안을 들여다볼 수 없도록 묵직한 커튼이 드리워져 있었습니다. 그는 입구를 찾느라 한참을 돌아다닌 끝에, 방싯이 열려 있는 작은 샛문을 발견했습니다. 살그머니 들어가 보니 호화찬란한 대청이었습니다. 숲보다도 훨씬 더 찬란한 것만 같았고, 온통

---

50 이단자들이 잡혀 가는 광경을 난쟁이는 이해하지 못했다.

금으로 칠해 놓았으며, 바닥조차도 기하학적 무늬로 짜 맞춘 빛깔 있는 돌로 되어 있었습니다. 하지만 어린 공주님은 거기 없었습니다. 벽옥으로 만든 단 위에서 하얀 석상들만이 시선 없는 슬픈 눈으로 입에는 기이한 미소를 띤 채 그를 내려다보고 있었습니다.

대청 끝에는 화려하게 수놓인 까만 우단 커튼이 드리워져 있었습니다. 왕이 가장 좋아하는 빛깔의 천에 왕이 가장 좋아하는 무늬인 해와 별들을 흩뿌려 놓은 것이었습니다. 아마도 공주님은 그 뒤에 숨어 있는지? 어쨌든 찾아봐야지요.

그래서 그는 조용히 다가가 커튼을 젖혔습니다. 하지만 거기에는 또 다른 방이, 먼저 방보다도 훨씬 더 예뻐 보이는 방이 있었습니다. 벽에 걸린 초록색 아라스 천[51]은 사냥하는 그림을 넣어 짠 것으로, 플랑드르의 예술가들이 7년 이상이나 걸려 만든 것이었습니다. 그것은 한때 미친 왕 후안[52]의 방이었습니다. 그 왕은 그 사냥 장면을 너무나 좋아한 나머지 발광할 때면 그 뒷발질하는 거대한 말들을 타려 하거나, 사냥개들에게 몰린 수사슴에 달려들어 사냥 나팔을 불어 대면서 창백하게 달아나는 사슴을 단검으로 찌르기도 했습니다. 이제 그 방은 회의실로 사용되고 있었으며, 중앙의 테이블 위에는 스페인의 상징인 황금 백합과 합스부르크 왕가[53]

51 실크나 리넨으로 양면에 무늬가 드러나게 짠 두꺼운 직물.
52 원문에는 〈Jean le Fou〉인데, 스페인에도 프랑스에도 〈미친 왕 후안(장)〉이라는 실제 인물은 없다. 스페인에서는 펠리페 4세의 아들 카를로스 2세(1661~1700)가 〈미친 왕el Hechizado〉으로 불렸다. 와일드의 〈미친 왕 후안〉은 역시 허구일 터이다.

의 문장과 표장들이 찍힌 장관들의 빨간 서류철들이 놓여 있었습니다.

놀라서 주위를 둘러보던 어린 난쟁이는 더 나아가기가 두려울 지경이었습니다. 긴 숲길 사이로 소리 없이 질주하는 저 이상한 기수들은 마치 그가 숯장수들에게서 들은 이야기에 나오는 무시무시한 유령들, 밤에만 사냥을 하며, 사람을 만나면 사슴으로 만들어 뒤쫓는다는 콤프라치코스[54]들처럼 보였습니다. 하지만 그는 어린 공주님을 생각했고, 용기를 냈습니다. 그는 공주님이 혼자 있을 때 만났으면 싶었습니다. 자기도 공주님을 사랑한다는 말을 하고 싶었던 것입니다. 아마 다음 방에는 공주님이 있을지도 모르지요.

그는 부드러운 아라비아 카펫 위를 달려가 문을 열었습니다. 하지만 공주님은 거기에도 없었습니다. 방은 텅 비어 있었습니다.

그것은 왕좌가 있는 방으로 외국 대사들을 맞이할 때, 요즘에는 좀처럼 없는 일이었지만, 왕이 친히 대사들을 만날 때 사용되는 방이었습니다. 여러 해 전, 당시 유럽의 가톨릭 군주들 중 하나이던 영국 여왕과 스페인 왕의 맏아들의 결혼을 성사시키기 위해 영국 사신들이 찾아온 곳도 그 방이었습니다. 벽 장식들은 금박을 입힌 코르도바[55]산 가죽으로 되

53 1278~1918년에 걸쳐 오스트리아를 다스린 왕가. 정략 결혼을 통해 유럽 여러 나라로 세력을 넓혔으며, 스페인은 15세기 말부터 약 2백 년간 합스부르크 왕가의 지배를 받았다.

54 아이들을 유괴해 팔아넘기는 장사꾼.

55 스페인 남부 지방의 도시. 질 좋은 가죽의 산지로 유명하다.

어 있었고, 흑백의 천장에는 3백 개의 촛불을 꽂을 수 있는 육중한 금빛 샹들리에가 매달려 있었습니다. 금실로 짠 천에 자디잔 진주들로 카스티야[56]의 탑들과 사자들을 수놓은 거대한 닫집 아래, 은빛 튤립들이 수놓이고 은과 진주로 가장자리를 정교히 두른 까만 우단 보를 씌운 왕좌가 놓여 있었습니다. 왕좌보다 한 단 아래에는 공주님의 무릎 꿇는 걸상이 은실로 짠 쿠션과 함께 놓여 있었고, 그 한 단 아래, 닫집 바깥에는 교황 대사의 의자가 있었습니다. 어떤 공식 행사에서든 왕이 보는 앞에서 앉을 수 있는 것은 교황 대사뿐이었습니다. 그 앞의 자주색 걸상 위에는 교황 대사의 빨간 술이 달린 모자가 놓여 있었습니다. 왕좌 맞은편의 벽에는 사냥복을 입고 마스티프 개를 옆에 데리고 있는 카를로스 5세의 실물 크기 초상화가 걸려 있었고, 네덜란드의 충성 서약을 받는 펠리페 2세의 초상이 다른 쪽 벽의 중앙을 차지하고 있었습니다. 창문 사이에는 상아로 상감 장식을 한 흑단 장이 서 있었는데, 거기에는 홀바인[57]의 「죽음의 무도」가 새겨져 있었습니다. 어떤 이들의 말로는 그것이 그 유명한 대가의 손으로 직접 만든 것이라고도 했습니다.

　그러나 어린 난쟁이는 이런 으리으리한 것에는 아무 관심도 없었습니다. 닫집을 수놓은 진주들을 전부 다 준다 해도 그의 장미와는 바꾸지 않았을 것이고, 그 하얀 꽃잎 하나를 왕좌와도 바꾸지 않았을 것입니다. 그가 원하는 것은 공주

---

56 스페인의 중부 지방.
57 1497~1543. 독일, 프랑스, 영국 등에서 활동한 화가.

님이 정원의 천막으로 다시 내려가기 전에 만나 그의 춤이 끝나면 함께 가자고 말하는 것뿐이었습니다. 여기 궁전에서는 공기가 답답하고 묵직하지만, 숲에서는 바람이 자유로이 불고 햇살은 황금 손으로 바람에 흔들리는 나뭇잎들을 밀어 젖혔습니다. 숲에는, 아마 정원의 꽃들만큼 화려하지는 않겠지만, 훨씬 더 향기로운 꽃들이 있었습니다. 이른 봄 서늘한 골짜기와 잔디 동산들에 보랏빛 물결로 넘실거리는 히아신스, 참나무의 울퉁불퉁한 뿌리 둘레에 옹기종기 피어나는 노란 앵초, 밝은 빛깔의 미나리아재비, 파란 꼬리풀, 자줏빛과 금빛의 꽃창포 같은 것들 말입니다. 개암나무 위에는 잿빛 꽃차례가 있었고, 디기탈리스들은 꿀벌들이 드나드는 알록달록한 열매들의 무게로 휘늘어졌습니다. 밤나무에는 하얀 별 같은 원추형 꽃들이 피었고, 산사나무에는 창백한 달처럼 아름다운 꽃들이 피었습니다. 그렇습니다. 공주님을 찾아낼 수만 있다면, 공주님은 기꺼이 그와 함께 갈 것입니다! 공주님은 그와 함께 아름다운 숲으로 갈 것이고, 그는 공주님을 기쁘게 하기 위해 온종일 춤출 것입니다. 그 생각을 하자 그의 눈은 미소로 빛났고, 그는 다음 방으로 들어갔습니다.

모든 방 중에 이 방이 가장 밝고 가장 아름다웠습니다. 벽들은 분홍 꽃무늬의 루카 다마스크 천으로 씌워져 있었는데, 새들의 무늬와 앙증맞은 은빛 꽃송이들이 점점이 그려져 있었습니다. 가구들은 순은으로 만든 것으로, 화려한 화환과 아기 천사들로 장식되어 있었습니다. 두 군데 커다란 벽난로 앞에는 앵무새와 공작새들을 수놓은 커다란 가리개들이 서 있었고, 연녹색 줄무늬 마노로 만든 바닥은 끝없이 뻗어 있는 듯했습니다. 그런데 그는 혼자가 아니었습니다. 방의 맨 끝 문간의 그늘에 서 있던 그는 자기를 바라보는 조그만 모습을 발견했습니다. 그의 심장은 두근거렸고, 입에서는 기쁨의 외침이 터져 나오려 했습니다. 그는 밝은 데로 달려 나갔습니다. 그러자 그 모습도 따라 움직였고, 그는 그 형체를 똑똑히 보았습니다.

공주님이라니요! 그것은 괴물이었습니다. 그가 일찍이 본 적이 없는 흉측한 괴물이었습니다. 다른 모든 사람들처럼 제대로 생긴 것이 아니라, 곱사등에 사지는 뒤틀렸으며 커다란 머리통은 축 늘어졌고 시커먼 머리칼이 갈기처럼 자라 있었습니다. 어린 난쟁이는 얼굴을 찡그렸습니다. 그러자 괴물도 얼굴을 찡그리는 것이었습니다. 그는 웃었습니다. 그러자 괴물도 따라 웃었고, 그가 하는 그대로, 자기도 허리에 손을 얹었습니다. 놀려 주려고 절을 했더니, 역시 허리 굽혀 절했습니다. 가까이 다가가자, 그의 걸음걸이를 그대로 흉내 내어 마주 다가왔고, 그가 멈추어 서면 함께 섰습니다. 그는 재미가 나서 소리 지르며 앞으로 달려 나가 손을 뻗쳤습니다. 그러자 괴물의 손이 그의 손에 닿았는데 얼음처럼 찼습니다. 겁이 난 그가 손을 옆으로 치우자 괴물의 손도 재빨리 따라 움직였습니다. 그는 괴물의 손을 눌러 보려 했지만 무언가 매끄럽고도 딱딱한 것이 막아섰습니다. 괴물의 얼굴은 이제 그의 얼굴에 바짝 다가와 있었으며 공포에 질린 듯이 보였습니다. 그는 눈 위로 흘러내린 머리칼을 쓸어 올렸습니다. 괴물도 똑같이 했습니다. 그가 괴물을 치자 괴물도 지지 않고 그를 쳤습니다. 그는 괴물이 역겨워졌습니다. 그러자 괴물은 그에게 역겨운 얼굴을 보였습니다. 그가 물러서자 괴물도 물러섰습니다.

대체 무엇일까요? 그는 잠시 생각하다가 방 안을 둘러보았습니다. 이상한 일이었습니다. 방 안의 모든 것이, 이 맑은 물처럼 보이지 않는 벽 속에 똑같이 하나씩 더 있는 것이었습니다. 그렇습니다. 그림이 걸린 곳에는 그림이, 안락의자가 놓인 곳에는 안락의자가 있었습니다. 문간의 벽감에 누워 있는 잠자는 파우누스[58]의 쌍둥이 형제가 저 벽 안에서 자고 있었고, 햇빛 속에 서 있는 은빛 비너스는 자신과 꼭 같이 아름다운 비너스에게 팔을 내밀고 있었습니다.

메아리일까요? 그는 전에 골짜기에서 메아리를 불러 본 적이 있었습니다. 그러자 메아리는 그가 하는 말 그대로 대답을 했던 것입니다. 메아리는 목소리를 속이듯이 눈도 속일 수도 있는 것일까요? 진짜 세상과 똑같은 세상을 흉내 낼 수 있는 것일까요? 물건들의 그림자가 빛깔과 생명을 가지고 움직일 수 있는 것일까요? 그렇다면 —?

그는 놀라서 움찔했습니다. 그러고는 가슴에서 아름다운 하얀 장미를 꺼내 가지고 되돌아서서, 장미에 입 맞추었습니다. 괴물도 장미를 가지고 있었습니다. 꽃 이파리 하나까지도 꼭 같은 장미를 말입니다! 괴물 역시 장미에 입 맞추었고,

58 앞에 나왔던 그리스 신화의 판(Pan)에 해당하는 로마 신화의 목양신.

무시무시한 몸짓으로 장미를 가슴에 꼭 끌어안았습니다.

사태를 알아차린 그는 절망하여 사나운 외침을 내지르고는 바닥에 주저앉아 울음을 터뜨렸습니다. 그러니까 저 괴상한 곱사등이, 쳐다보기도 괴로울 만큼 흉측한 모습은 그 자신이었던 것입니다. 그가 바로 괴물이었던 것입니다. 어린이들은 그를 보고 웃어 대었으며, 그를 사랑하는 줄로만 믿었던 어린 공주님도 실은 그의 기괴한 모습을 조롱하며, 그의 비틀린 사지를 재미있어했던 것입니다. 왜 그들은 그를 숲 속에 그대로 내버려 두어 주지 않았던 것일까요? 숲 속에는 그가 얼마나 흉측한가를 보여 주는 거울 같은 것은 없었는데? 왜 그의 아버지는 그를 팔아넘겨 수치를 당하게 하느니 차라리 죽여 주지 않았던 것일까요? 뜨거운 눈물이 볼을 타고 흘러내렸습니다. 그는 하얀 장미를 짓찢었습니다. 웅크린 괴물도 똑같은 짓을 했고, 엷은 꽃잎들을 공중에 흩어 버렸습니다. 괴물은 땅바닥에서 몸을 뒤틀다, 그가 쳐다보자 고통으로 일그러진 얼굴을 들어 그를 마주 보았습니다. 그는 그것을 보지 않으려고 멀찍이 기어가 손으로 눈을 가렸습니다. 그러고는 마치 상처 입은 짐승과도 같이 그늘 속으로 기어 들어가 신음하며 누워 있었습니다.

그때, 열린 창문으로 공주님이 동무들과 함께 들어왔습니다. 그들은 못생긴 어린 난쟁이가 바닥에 엎드려 주먹으로 땅을 치는 것을 보고는, 그 괴상하고 과장된 몸짓에 모두들 행복한 웃음을 터뜨리며 그의 주위에 몰려들어 구경했습니다.

「춤추는 게 정말 우스웠어」 하고 공주님이 말했습니다. 「하

132

지만 연기는 훨씬 더 우스운데. 정말이지 인형극의 인형들 못지않아. 물론 그렇게 자연스럽진 않지만.」 그러고는 커다란 부채를 부쳐 대며 박수를 쳤습니다.

그러나 어린 난쟁이는 고개를 들지 않았고, 흐느낌이 점점 가늘어지더니, 갑자기 이상하게 숨을 몰아쉬며 옆구리를 움켜쥐었습니다. 그러더니 다시 쓰러져서는 꼼짝도 하지 않았습니다.

「이거야말로 근사해」 하고 말한 공주님은 잠시 후에 다시 말했습니다. 「하지만 이젠 날 위해 춤을 출 차례야.」

「그래, 그래.」 모든 어린이가 외쳤습니다. 「일어나서 춤을 춰야지. 넌 베르베르 원숭이만큼이나 영리한 데다 훨씬 더 웃기거든.」

그러나 어린 난쟁이는 대답하지 않았습니다.

그러자 공주님은 발을 구르며 숙부를 불렀습니다. 그는 시종장과 함께 테라스를 거닐며, 최근에 종교 재판소가 세워진 멕시코에서 방금 도착한 서신들을 읽고 있었습니다. 「내 어릿광대 난쟁이가 심술을 부리고 있어요.」 공주님은 소리쳤습니다. 「일으켜서 날 위해 춤을 추라고 해주세요.」

그들은 서로 마주 보며 웃고는 천천히 걸어 들어왔습니다. 돈 페드로는 몸을 굽혀 수놓인 장갑으로 난쟁이의 뺨을 후려쳤습니다. 「춤을 추라니까.」 그는 말했습니다. 「꼬마 괴물아. 춤을 추란 말이다. 스페인과 인도의 공주 전하께서 보시겠다지 않느냐.」

그러나 어린 난쟁이는 움직이지 않았습니다.

「회초리 치는 자를 불러와야겠다.」돈 페드로는 싫증 난 듯이 말하고는 테라스로 돌아갔습니다. 그러나 시종장은 굳어진 얼굴로 어린 난쟁이 곁에 무릎을 꿇고는 난쟁이의 가슴을 짚어 보았습니다. 잠시 후 그는 어깨를 으쓱하더니 일어나 공주님께 절을 하면서 말했습니다.

「공주 전하, 공주님의 어릿광대 난쟁이는 다시는 춤추지 않을 것입니다. 애석한 일이군요. 하도 못생겨서 폐하라도 웃겨 드릴 만했는데.」

「왜 다시는 못 추는데?」공주님은 웃으며 물었습니다.

「심장이 터져 버렸거든요.」시종장은 대답했습니다.

그러자 공주님은 얼굴을 찡그렸고, 앙증맞은 장미꽃 같은 입술을 예쁘게 오므리며 경멸을 나타냈습니다. 「앞으로 나하고 놀러 오는 사람들은 심장을 못 갖게 해.」이렇게 외치고는 정원으로 달려 나갔습니다.

어부와 그의 영혼

모나코 공녀 H. S. H. 앨리스에게[59]

　매일 저녁 젊은 어부는 바다로 나가 그물을 물에 던졌습니다.

　뭍에서 바람이 불어올 때면 아무것도 못 잡았고, 기껏해야 몇 마리 잡을 뿐이었습니다. 시커먼 날개를 편 매서운 바람이 불어와 거센 물결을 일으켰기 때문입니다. 그러나 바람이 뭍 쪽으로 불 때면, 깊은 데서부터 물고기들이 올라와 그의 그물 안으로 헤엄쳐 들어왔고, 그는 그것들을 잡아 시장에 내다 팔았습니다.

　매일 저녁 그는 바다로 나갔습니다. 어느 날 저녁, 그는 그물이 어찌나 무거운지 배 위로 끌어올릴 수가 없었습니다. 그는 웃으며 생각했습니다. 「물고기란 물고기는 죄다 잡은

---

　59 앨리스 하인(엔)Alice Heine(1858~1925)은 파리와 베를린에 기반을 둔 유대인 은행가 가문의 딸로 미국에서 태어나 1875년 리슐리외 7대 공작과 결혼했고, 1880년 남편을 여읜 후 1889년에 모나코 대공 알베르 1세와 결혼했다. 예술가들의 후원자로, 마르셀 프루스트의『잃어버린 시간을 찾아서』에 나오는 뤽상부르 공녀의 모델이 되었다. 와일드와는 1891년 파리에서 알게 되었을 것으로 추정된다.

모양이지. 아니면 사람들이 신기해할 어느 멍청한 괴물이나, 아니면 여왕님이 갖고 싶어 하실 뭔가 무시무시한 것을 잡았을까.」 그는 온 힘을 다해 거친 밧줄들을 끌어당겼고, 그의 팔뚝에는 청동 꽃병에 둘려진 푸른 에나멜 선 같은 기다란 핏줄들이 솟아났습니다. 그가 가느다란 밧줄들을 끌어당기자 납작한 부표들이 점점 모여들더니 마침내 그물이 물 위로 올라왔습니다.

그러나 그물 안에는 물고기라고는 없었고, 괴물도 무시무시한 것도 들어 있지 않았습니다. 깊이 잠든 작은 인어 아가씨가 있었을 뿐입니다.

그녀의 머릿단은 젖은 황금 양털 같았고, 머리칼 한 올 한 올은 유리잔에 담긴 금실 같았습니다. 몸은 하얀 상아와도 같았고, 은과 진주로 이루어진 꼬리에는 초록빛 해초들이 감겨 있었습니다. 귀는 조가비 같았고, 입술은 바다 산호 같았습니다. 차디찬 가슴 위로는 차가운 파도가 찰싹였고, 눈까풀 위에서는 소금이 하얗게 반짝였습니다.

그녀는 너무나도 아름다웠으므로, 젊은 어부는 넋을 잃고서 바라보다가 손을 뻗쳐 그물을 당겼습니다. 그러고는 뱃전 밖으로 몸을 내밀어 그녀를 팔에 안았습니다. 그가 건드리자 그녀는 놀란 바다 갈매기와도 같이 비명을 지르며 깨어났고, 자수정 같은 눈으로 겁에 질려 그를 바라보았습니다. 그러고는 달아나려 몸부림쳤지만, 그는 그녀를 꼭 붙들고 놓아주지 않았습니다.

도저히 그에게서 달아날 수 없다는 것을 알아챈 인어 아가씨는 울면서 말했습니다. 「제발 나를 보내 주세요. 나는 왕의 외동딸인데, 늙은 아버지가 홀로 계시답니다.」

그러나 젊은 어부는 대답했습니다. 「한 가지 약속을 해주기 전에는 놓아주지 않겠소. 그 약속이란 내가 당신을 부를 때마다 내게 와서 노래해 달라는 것이오. 왜냐하면 물고기들은 인어의 노래를 듣기 좋아하니까, 그러면 내 그물이 가득 찰 거요.」

「그러겠다고 약속하면 정말로 나를 놓아주시겠어요?」 인어 아가씨가 외쳤습니다.

「정말로 놓아주겠소.」 젊은 어부가 대답했습니다.

그래서 그녀는 그가 원하는 대로 약속했고 인어족의 명예를 걸고 맹세했습니다. 그는 그녀를 붙들고 있던 팔을 풀어 주었고, 그러자 그녀는 알지 못할 두려움으로 떨며 물속으로 사라져 갔습니다.

매일 저녁 젊은 어부는 바다에 나가 인어 아가씨를 불렀고, 그러면 그녀는 물 밖으로 나와 노래를 불러 주었습니다. 그럴 때면 돌고래들은 그녀 주위를 빙글빙글 돌며 헤엄쳤고, 갈매기들은 머리 위에서 맴을 돌았습니다.

그녀는 신기한 노래들을 불렀습니다. 동굴에서 동굴로 바다짐승 떼를 몰아가며 새끼들을 어깨에 메고 다니는 인어족에 대해, 긴 초록빛 수염을 하고 가슴에는 털이 났으며 왕이 지나갈 때면 소라고둥을 부는 트리톤들에 대해, 온통 호박으로 지어진 데다 지붕은 투명한 에메랄드이고 바닥에는 은

은히 진주가 깔려 있는 왕궁에 대해, 그리고 산호의 섬세한 줄무늬 부채가 온종일 살랑거리고 물고기들이 은빛 새처럼 날아다니며 바위에는 말미잘들이 붙어 자라고 이랑진 모래밭에서는 석죽이 피어나는 바다의 정원에 대해, 인어는 노래했습니다. 북쪽 바다로부터 내려오며 지느러미에 날카로운 고드름을 달고 있다는 큰 고래들에 대해, 하도 신기한 이야기들을 들려주어 그 소리를 듣다 물에 빠져 죽지 않으려고 장사꾼들이 밀랍으로 귀를 막고 다닌다는 세이렌[60]들에 대해, 높은 돛대가 달린 난파선들과 삭구에 매달린 채 얼어붙은 뱃사람들, 그리고 열린 현창으로 드나드는 고등어들에 대해, 배의 용골에 붙어 온 세상을 두루두루 여행하는 대단한 여행가인 조그만 삿갓조개들에 대해, 절벽 가장자리에 살며 길고 검은 팔을 뻗쳐 언제라도 밤이 되게 할 수 있다는 오징어들에 대해, 인어는 노래했습니다. 오팔로 깎아 비단 돛으로 나아가는 자기만의 배[舟]를 가진 앵무조개에 대해, 하프를 타서 크라켄[61]을 잠들게 하는 행복한 인어 사나이들에 대해, 미끄러운 돌고래를 잡아 올라타고 깔깔대는 어린아이들에 대해, 하얀 거품 속에 누워 수부(水夫)들에게 팔을 내미는 인어 아가씨들에 대해, 그리고 엄니가 멋있게 휜 바다사자들과 물살에 갈기를 휘날리는 해마들에 대해, 인어는 노래했습니다.

60 그리스 신화에 나오는 바다의 요정들로, 아름다운 노랫소리로 뱃사람들을 유인하여 죽였다고 한다.
61 노르웨이 앞바다에 나타난다는 전설 속 괴물.

인어 아가씨가 노래하노라면, 그 노래를 들으려고 깊은 데서부터 다랑어들이 몰려왔고, 그러면 젊은 어부는 그 주위에 그물이나 작살을 던져 그것들을 잡았습니다. 배가 가득 차면, 인어 아가씨는 그에게 미소 지으며 바닷속으로 사라지곤 했습니다.

하지만 그녀는 결코 그의 손이 닿을 만큼 가까이 오지는 않았습니다. 때로 그는 그녀를 부르며 간청했지만, 그녀는 다가오려 하지 않았습니다. 그가 그녀를 잡으려 하면, 그녀는 마치 물개와도 같이 물속으로 뛰어들었고, 그날은 그녀를 다시 볼 수 없었습니다. 날이 갈수록 그녀의 목소리는 그의 귀에 점점 더 아름답게 들렸습니다. 그녀의 음성이 하도 아름다워서, 그는 그물과 고기 잡는 재주도 잊어버렸고 배도 돌보지 않았습니다. 진홍빛 지느러미에 황금빛 눈알이 튀어나온 다랑어들이 떼를 지어 지나갔지만, 그는 아랑곳하지 않았습니다. 그의 작살은 손도 대지 않은 채 옆에 놓여 있었고, 고리버들로 짠 바구니는 비어 있었습니다. 감탄한 나머지 입은 헤벌리고 눈은 게슴츠레 감은 채, 그는 배 안에 멍하니 앉아 있었습니다. 주위에 바다 안개가 피어오르고 방랑하는 달이 그의 갈색 사지를 은빛으로 물들일 때까지, 인어의 노래를 듣고 있었습니다.

어느 날 저녁 그는 그녀를 불러내어 말했습니다. 「인어 아가씨, 인어 아가씨, 나는 당신을 사랑하오. 그러니 날 신랑으로 맞아 주오.」

그러나 인어는 고개를 저었습니다. 「당신은 인간의 영혼을 가지고 있어요.」 그녀는 대답했습니다. 「당신이 당신 영혼을 떠나보낼 수 있다면, 나도 당신을 사랑할 수 있을 거예요.」

젊은 어부는 생각했습니다. 〈내 영혼이 내게 무슨 소용이람? 볼 수도, 만질 수도, 알 수도 없는데. 영혼을 떠나보내야지. 그러면 많은 기쁨이 찾아올 거야.〉 그의 입술에서는 기쁨의 외침이 터져 나왔고, 그는 화려하게 칠한 배 위에 우뚝 선 채 인어를 향해 팔을 뻗쳤습니다. 「나는 내 영혼을 떠나보내겠소.」 그는 외쳤습니다. 「그러니 내 신부가 되어 주시오. 나는 당신의 신랑이 되리다. 우리는 깊은 바닷속에서 함께 삽시다. 당신은 내게 노래해 준 그 모든 것을 보여 주시오. 나는 당신이 원하는 것이라면 무엇이든 하리다. 우리는 평생 헤어지지 않을 것이오.」

그러자 인어 아가씨는 기뻐 웃으며 두 손으로 얼굴을 가렸습니다.

「하지만 내 영혼을 떠나보내려면 어떻게 해야 하오?」 젊은 어부가 외쳤습니다. 「어떻게 하는 건지 가르쳐 주시오. 그러면 당장 그렇게 하겠소.」

「아, 나도 몰라요.」 인어 아가씨가 말했습니다. 「인어족에게는 영혼이 없으니까요.」 그러더니 안타까운 듯 그를 바라보며 깊은 데로 들어가 버렸습니다.

다음 날 아침 일찍, 언덕 위로 해가 한 뼘도 채 올라오기 전에, 젊은 어부는 사제관을 찾아가 문을 세 번 두드렸습니다.

쪽문으로 내다본 수련 수사는 누가 왔는지 확인하고는 빗장을 열고 〈들어오시오〉 하고 말했습니다.

젊은 어부는 안으로 들어가서, 달콤한 향내가 나는 골풀이 깔린 바닥에 무릎을 꿇고는, 성서를 읽고 있던 사제를 소리쳐 불러 말했습니다. 「신부님, 저는 바다에 사는 인어와 사랑에 빠졌는데, 제 영혼이 그 사랑을 이루는 데 방해가 됩니다. 어떻게 해야 제 영혼을 제게서 떠나보낼 수 있는지 가르쳐 주십시오. 정말이지 제겐 영혼이 필요 없으니까요. 영혼이 제게 무슨 가치가 있단 말입니까? 볼 수도, 만질 수도, 알수도 없는데요.」

그러자 신부는 가슴을 치며 대답했습니다. 「슬픈 일이야, 슬픈 일. 자넨 미쳐 버렸군. 아니면 독이 든 풀이라도 먹은 건가? 영혼이란 인간의 가장 고귀한 부분이며, 하느님께서 우리에게 영혼을 주신 것은 그것을 고귀하게 사용하게 하기 위해서라네. 인간의 영혼보다 소중한 것은 없어. 이 세상 그 무엇도 영혼에 비길 수는 없지. 영혼은 이 세상에 있는 모든 금보다도, 왕들이 가진 루비보다도 값진 것일세. 그러니 젊은이, 이 일은 더 이상 생각지 말게. 그건 용서받을 수 없는 죄악이야. 인어들로 말하자면 버림받은 존재들이고, 인어들과 왕래하는 자들도 마찬가지라네. 그들은 선악도 분별하지 못하는 짐승에 불과해. 주님께서는 그들을 위해 돌아가신 것이 아닐세.」

신부님의 혹독한 말씀을 들은 젊은 어부의 두 눈은 눈물로 가득 찼습니다. 그는 무릎을 일으키며 말했습니다. 「신부님, 목신들은 숲에 살면서 행복하고, 바위 위에는 인어 사나이들이 앉아 금빛 하프를 연주한답니다. 그들은 꽃처럼 살다 죽어 가지요. 그러니 부디 저도 그들처럼 되게 해주십시오. 제 사랑을 방해하는 영혼이 제게 무슨 소용이란 말입니까?」

「육신의 사랑이란 천한 것일세.」 신부님은 이맛살을 찌푸리며 외쳤습니다. 「그런 천박하고 사악한 것은 이교도들에게나 속한 것이야. 하느님께서는 그런 것들이 세상을 떠돌아다니는 것을 참아 주실 뿐이지. 숲의 목신들에게 화 있을진저! 바다의 노래하는 것들에게 화 있을진저! 나도 밤에 그것들이 노래하는 것을 들었다네. 그것들은 묵주 기도를 드리는 나를 꾀어내려 했지. 창문을 두들기며 웃어 대더란 말일세. 내 귀에다 대고 자기들의 위험한 기쁨에 대해 소곤대면서 온갖 유혹으로 나를 시험하고, 내가 기도를 하려 하면 입을 삐죽이지. 그들은 타락한 존재야. 다시 말하지만, 타락했다고. 그들에게는 천국도 지옥도 없고, 그 어디서도 그들은 하느님의 성호를 찬양하지 않을 걸세.」

「신부님,」 젊은 어부는 외쳤습니다. 「모르시는 말씀이에요. 얼마 전에 제 그물에 걸린 것은 왕의 딸이었어요. 그녀는 새벽별보다도 아름답고 달보다도 순결해요. 그녀의 육신을 얻기 위해서라면 저는 제 영혼을 기꺼이 바치겠습니다. 그녀의 사랑을 얻기 위해서라면 천국도 포기하겠어요. 제가 여쭤본 것에 대답이나 해주시고 절 그냥 내버려 두세요.」

「물러가라! 썩 물러가!」 신부님은 외쳤습니다. 「자네 연인은 타락한 존재이고, 자네도 그녀와 함께 타락할 테니.」 그러고는 아무런 축복도 해주지 않고 그를 문 밖으로 내쫓았습니다.

젊은 어부는 장터 쪽으로 내려갔습니다. 슬픔에 빠진 사람처럼, 고개를 떨구고 천천히 걸었습니다.

상인들은 그가 오는 것을 보자 서로 수군거렸습니다. 그들 중 한 사람이 그의 이름을 부르며 다가와 물었습니다. 「뭘 팔려고 나왔소?」

「내 영혼을 팔겠소.」 그는 대답했습니다. 「제발 내 영혼을 사주시오. 난 내 영혼이 진절머리가 난다오. 내 영혼이 내게 무슨 소용이란 말이오? 볼 수도, 만질 수도, 알 수도 없는데?」

그러나 상인들은 그를 비웃으며 말했습니다. 「인간의 영혼이 우리에겐들 무슨 소용이겠나? 그건 닳아빠진 은화만 한 가치도 없다네. 차라리 몸을 노예로 팔게나. 그러면 우리는 자네에게 자색 옷을 입히고 손가락에는 반지를 끼워 여왕님의 시종으로 만들어 주겠네. 하지만 영혼일랑 말도 꺼내지 말게. 그건 우리한테 아무것도 아니고, 아무 쓸모도 없다네.」

그래서 젊은 어부는 생각했습니다. 〈이상한 일도 다 있지! 신부님 말로는 영혼이 세상의 모든 금보다 값진 것이라는데, 상인들은 그게 닳아빠진 은화만 한 가치도 없다고 하니 말이야.〉 그는 장터를 지나 바닷가로 내려가면서 어떻게 해야 할까를 궁리했습니다.

한낮이 되었을 때, 그는 문득 샘파이어[62]를 채집하는 한 친구가 해준 이야기가 생각났습니다. 만(灣)의 입구 쪽 동굴에 사는 젊은 마녀가 아주 마술에 능하다는 이야기였습니다.

영혼을 떠나보내고 싶은 마음이 어쩌나 간절한지 그는 마구 내닫기 시작했습니다. 바닷가 모래밭을 나는 듯이 달려가는 그의 뒤로 뿌얀 먼지구름이 일었습니다. 손바닥이 가려워진 젊은 마녀는 그가 오는 것을 알고 웃음을 터뜨리며 붉은 머리칼을 풀어 내렸습니다. 붉은 머리칼을 전신에 늘어뜨린 채, 그녀는 동굴 입구에 서 있었습니다. 손에는 꽃 피는 독당근 가지를 들고 있었습니다.

「뭐가 필요하지? 필요한 게 뭐야?」 그녀는 외쳤습니다. 그는 숨을 헐떡이며 절벽을 기어 올라가 그녀 앞에 무릎 꿇었습니다. 「바람이 거친 날, 그물에 고기가 많이 잡히게 해달라고? 내게 있는 작은 갈대 피리를 불면 숭어 떼가 만으로 헤엄쳐 오지. 하지만 대가가 있어야 해. 귀염둥아, 대가를 치러야 한단 말이야. 그런데 뭐가 필요하다고? 뭐가? 폭풍우로 배들을 파선시켜 보물 궤짝들이 바닷가로 밀려오게 해달라고? 나는 바람보다도 폭풍을 더 잘 일으킬 수 있지. 내가 섬기는 이는 바람보다 더 힘이 세거든. 물 한 통에 체 하나만 있으면 나는 저 큰 상선들을 바다 밑으로 보내 버릴 수 있어. 하지만 물론 값을 내야지, 귀염둥아, 값을 내야 하고말고. 뭐가 필요해? 뭐가? 나는 골짜기에 피는 꽃을 알고 있지. 나 말고는 아무도 몰라. 자주색 잎사귀 한가운데 별이 박힌, 우유처럼 새하얀 수액을 가진 꽃이지. 이 꽃으로 여왕님의 차가

---

62 유럽의 해안 바위들 위에서 자라는 미나릿과 식물. 잎은 허브로 이용된다. 샘파이어*samphire*라는 이름은 프랑스어 생 피에르*Saint Pierre*가 와전된 것으로, 일명 〈인어의 키스*mermaid's kiss*〉라고도 한다.

운 입술을 스치면, 여왕님은 어디라도 널 따라갈 거야. 왕의 침대에서 일어나 세상 끝까지라도 널 따라갈 테지. 하지만 그 값은 치러야 해, 귀염둥아, 값을 치러야 하고말고. 그런데 뭐가 필요하지? 뭐가? 나는 두꺼비를 절구에 찧어 약을 만들고, 죽은 사람의 손으로 그 약을 저을 줄도 알지. 네 원수가 잘 때 그 약을 그에게 뿌리면 그는 시커먼 독사로 변해 자기 어머니에게 죽임을 당하게 되지. 난 바퀴 하나로 하늘에서 달을 끌어내릴 수도 있고, 수정으로 네게 죽음을 보여 줄 수도 있어. 그런데 뭐가 필요해서 온 거야? 뭐가 필요하냐고. 네 소원을 말해 보렴, 내가 이루어 줄 테니. 그야 값은 치러야겠지만, 귀염둥아, 값은 치러야겠지만 말야.」

「내 소원은 아주 하찮은 거요.」 젊은 어부는 말했습니다. 「하지만 신부님은 화를 내며 나를 쫓아 버렸소. 아주 하찮은 건데 말이오. 상인들도 나를 비웃고 내 부탁을 거절했소. 그래서 당신에게 온 거요. 비록 사람들은 당신을 사악하다 하고, 또 어떤 대가를 치르게 되더라도 말이오.」

「뭘 원하는 거지?」 마녀는 그에게 다가오며 물었습니다.

「난 내 영혼을 내게서 떠나보내고 싶소.」 젊은 어부는 대답했습니다.

마녀는 하얗게 질리더니 부르르 몸을 떨며 푸른 망토로 얼굴을 가렸습니다. 「귀염둥아, 귀염둥아.」 그녀는 말을 더듬었습니다. 「그건 아주 무서운 일이란다.」

그는 갈색 고수머리를 젖히며 웃었습니다. 「나한테는 영혼이 아무것도 아니라오.」 그는 대답했습니다. 「볼 수도, 만

145

질 수도, 알 수도 없으니까.」

「그 방법을 일러 주면 넌 내게 무얼 줄 테냐?」 마녀는 아름다운 눈으로 그를 내려다보며 물었습니다.

「금화 다섯 개를 드리겠소.」 그는 말했습니다. 「그리고 내 그물과 내가 사는 윗가지로 엮은 집, 그리고 내가 타는 배를 드리리다. 그러니 어떻게 하면 내 영혼을 내게서 떠나보낼 수 있을지 말해 주시오. 그러면 내가 가진 모든 것을 내놓겠소.」

그녀는 그를 조롱하듯 웃으며 독당근 가지로 그를 쳤습니다. 「나는 낙엽들을 가지고 황금을 만들 수도 있어.」 그녀는 대답했습니다. 「마음만 먹으면 창백한 달빛을 엮어 은을 만들어 낼 수도 있지. 내가 섬기는 이는 이 세상의 모든 왕보다 부자이고, 그들을 지배하고 있거든.」

「그러면 무엇을 드리면 좋겠소?」 그는 외쳤습니다. 「당신이 원하는 대가가 금도 은도 아니라면 말이요.」

마녀는 가늘고 흰 손으로 그의 머리칼을 쓰다듬었습니다. 「넌 나와 춤을 추어야 해, 귀염둥아.」 그녀는 나직이 말하며 그에게 미소 지었습니다.

「그것뿐입니까?」 젊은 어부는 놀라서 외치며 벌떡 일어났습니다.

「그것뿐이야.」 마녀는 대답하며 또다시 그에게 미소 지었습니다.

「그러면 해 질 무렵 어딘가 눈에 안 띄는 데로 가서 춤을 춥시다.」 그는 말했습니다. 「춤을 추고 나면, 당신은 내게 내가 알고 싶어 하는 것을 말해 주어야만 하오.」

그녀는 고개를 저었습니다. 「보름달이 뜰 때, 보름달이 뜰 때라야 해.」 그녀는 웅얼거렸습니다. 그러더니 사방을 둘러보며 귀를 기울였습니다. 파랑새 한 마리가 둥지에서 비명을 지르며 솟구쳐 올라 언덕 위를 빙빙 돌았고, 알락무늬 새 세 마리가 거친 잿빛 풀밭에서 바스락대며 서로 휘파람을 불었습니다. 그러고는 저 아래쪽에서 둥근 자갈들을 닳아 뜨리는 파도 소리밖에는 아무 소리도 들리지 않았습니다. 그러자 그녀는 손을 뻗치더니, 그를 자기 쪽으로 끌어당기고는 메마른 입술로 그의 귓가에 속삭였습니다.

「오늘 밤 너는 산꼭대기로 와야 한다.」 그녀는 속삭였습니다. 「1년에 한 번 있는 잔칫날이거든. 그가 거기 오실 게다.」

젊은 어부는 깜짝 놀라서 그녀를 쳐다보았습니다. 그러자 그녀는 하얀 이를 드러내며 소리 내어 웃었습니다. 「당신이 말하는 그가 대체 누구요?」 그가 물었습니다.

「그건 중요하지 않아.」 그녀는 대답했습니다. 「오늘 밤에 오너라. 그리고 자작나무 가지 아래 서서 날 기다려. 만일 검둥개 한 마리가 너를 향해 가거든 버드나무 가지로 때려 주어라. 그러면 가버릴 게다. 만일 부엉이가 네게 말을 걸거들랑 대답하지 말아라. 달이 차면 내가 가마. 그리고 함께 풀밭에서 춤을 추는 거다.」

「그러면 당신은 내게 영혼을 떠나보내는 방법을 말해 주겠다고 맹세해 주겠소?」

마녀가 햇빛 속으로 들어가자 붉은 머리칼 새로 바람이 너울거렸습니다. 「염소의 발굽을 걸고 맹세하노라.」 그녀는 이렇게 대답했습니다.

「당신은 최고로 훌륭한 마녀요.」 젊은 어부는 외쳤습니다. 「나는 반드시 오늘 밤 산꼭대기에서 당신과 함께 춤추겠소. 당신이 금이나 은을 요구했더라면 물론 더 좋았겠지만, 어쨌든 당신의 요구대로 하겠소. 별로 어려운 일도 아니니 말이오.」 그는 모자를 들며 깊이 고개 숙여 인사하고는, 기쁨에 들떠 마을로 달려 돌아갔습니다.

마녀는 그가 가는 것을 지켜보고 있었습니다. 그가 사라지자, 그녀는 동굴로 들어가 조각을 새긴 삼나무 상자에서 거울을 꺼내 틀에 고정시키고는 그 앞에서 불붙인 석탄에 마편초를 태우며 연기가 휘말려 올라가는 것을 바라보았습니다. 그러더니 잠시 후 화가 나서 주먹을 불끈 쥐며 말했습니다. 「그는 내 것이 되어야 해.」 그녀는 웅얼거렸습니다. 「나도 인어만큼 예쁜걸.」

그날 저녁, 달이 뜨자 젊은 어부는 산꼭대기로 올라가 자작나무 가지 아래 섰습니다. 발아래 내려다보이는 바다는 마치 잘 닦은 금속 방패처럼 빛났고, 작은 만 안에서 고기잡이배들의 그림자가 움직이고 있었습니다. 노란 유황빛 눈알을 한 큰 부엉이가 그의 이름을 불렀지만, 그는 아무 대답도 하지 않았습니다. 검둥개 한 마리가 그를 향해 달려와서 이빨을 드러내며 으르렁댔지만, 버드나무 가지로 때리자 낑낑 울며 달아나 버렸습니다.

자정이 되자 마녀들이 박쥐처럼 공중을 날아왔습니다. 「휴

우!」 그녀들은 땅 위에 내려앉으며 외쳤습니다. 「모르는 녀석이 와 있는데!」 그러고는 코를 킁킁대고 서로 지껄여 대며 신호를 주고받았습니다. 젊은 마녀는 제일 마지막에, 바람에 붉은 머리칼을 휘날리며 왔습니다. 그녀는 금실로 짠 천에 공작새 깃털을 수놓은 드레스를 입고, 머리에는 조그만 초록색 우단 모자를 쓰고 있었습니다.

「그는 어디 있지? 어디 있지?」 마녀들은 그녀를 보자 꺅꺅거렸습니다. 그녀는 소리 내어 웃으며 자작나무 쪽으로 달려가 어부의 손을 잡고는 달빛 비치는 데로 끌고 나가 춤추기 시작했습니다.

그들은 빙글빙글 돌며 춤을 추었습니다. 젊은 마녀는 어찌나 높이 뛰어오르는지, 그는 그녀의 주홍색 구두 뒤축이 보일 지경이었습니다. 그러더니 춤추는 무리 한복판으로 달리는 말발굽 소리가 들려왔습니다. 하지만 말이라고는 보이지 않았으므로, 그는 두려운 느낌이 들었습니다.

「더 빨리」 하고 외치며 마녀는 그의 목을 끌어안았습니다. 그녀의 뜨거운 숨결이 그의 얼굴에 닿았습니다. 「더 빨리, 더 빨리!」 그녀가 외치자 그의 발밑에서 땅이 빙빙 도는 것만 같았습니다. 그는 머릿속이 혼란해졌고, 마치 무엇인가 사악한 것이 그를 지켜보고 있는 것만 같은 두려움에 사로잡혔습니다. 마침내 그는 바위 그늘 아래 조금 전까지 보이지 않던 누군가가 있는 것을 알아챘습니다.

그것은 스페인풍의 검은 우단 양복을 입은 남자였습니다. 얼굴은 이상할 정도로 창백했지만 입술은 오만한 붉은 꽃과도 같았습니다. 지친 듯이 보였고, 몸을 뒤로 기댄 채 따분한 듯 단검의 칼자루를 만지작거리고 있었습니다. 그 옆 풀밭에는 깃털 달린 모자와 승마 장갑 한 켤레가 놓여 있었습니다. 목이 긴 장갑에는 금박 레이스가 달리고 자잘한 진주들이 정교하게 수놓아져 있었습니다. 어깨에는 담비 털을 두른 짧은 외투를 걸치고 있었고, 희고 섬세한 손에는 여러 개의 보석 반지를 끼고 있었습니다. 묵직한 눈꺼풀이 눈 위로 처져 있었습니다.

젊은 어부는 마치 주문에 걸리기라도 한 것처럼 넋을 잃고 그를 바라보았습니다. 마침내 그들의 눈이 마주쳤습니다. 어부가 어디로 춤추어 가든, 남자의 눈은 그를 지켜보고 있는 듯했습니다. 그는 마녀가 웃는 소리를 들으며 그녀의 허리를 휘어잡고는 미친 듯이 빙글빙글 돌았습니다.

갑자기 숲 속에서 개 짖는 소리가 들려왔고, 그러자 마녀들은 춤을 멈추고, 둘씩 짝을 지어 나아가 무릎을 꿇고는 남자의 손에 입 맞추었습니다. 남자의 오만한 입술에는, 마치 새의 날개가 스친 수면에 파문이 일듯이, 엷은 미소가 떠올랐습니다. 그러나 그 미소에는 경멸이 섞여 있었습니다. 그는 줄곧 젊은 어부를 바라보고 있었습니다.

「자! 경배하러 가자!」 마녀가 속삭이며 그를 이끌었습니다. 그녀가 하자는 대로 하고 싶은 커다란 욕망이 그를 사로잡았고, 그는 그녀를 따라갔습니다. 그러나 가까이 다가갔을 때, 그는 자신도 모르게 가슴에 십자가 성호를 그으며 하느님의 이름을 불렀습니다.

그러자마자 마녀들은 매처럼 비명을 지르며 날아가 버렸고, 그를 바라보던 창백한 얼굴은 고통의 발작으로 일그러졌습니다. 남자는 작은 수풀 너머로 가서 휘파람을 불었습니다. 그러자 은장식을 단 암탕나귀가 달려왔습니다. 그는 안장 위로 뛰어오르며 고개를 돌려 슬픈 듯이 젊은 어부를 바라보았습니다.

　붉은 머리의 마녀도 역시 날아가 버리려 했지만 어부는 그녀의 손목을 꽉 잡고 놓아주지 않았습니다.

　「놓아줘,」 그녀는 외쳤습니다. 「날 보내 줘. 일이 이렇게 된 것은 네가 불러서는 안 될 이름을 부르고, 해서는 안 될 표시를 해 보였기 때문이야.」

　「아니,」 그는 대답했습니다. 「비밀을 말해 주기 전에는 놓아주지 않겠소.」

　「무슨 비밀?」 마녀는 그에게서 빠져나가려고 들고양이처럼 몸부림치며 게거품을 물었습니다.

　「당신이 알지 않소.」 어부는 대답했습니다.

　그녀는 풀빛 나는 두 눈에 눈물을 머금으며 어부에게 말했습니다. 「제발 그것만은 묻지 말아 줘!」

　그는 소리 내어 웃으며 그녀를 한층 더 꽉 붙들었습니다.

　도저히 빠져나갈 수 없다는 것을 알게 된 그녀는 그에게 속삭였습니다. 「나도 바다의 딸 못지않게 아름답고, 푸른 물 속에 사는 인어들 못지않게 날씬하잖아?」 그녀는 아양을 떨며 얼굴을 그의 얼굴 가까이 가져다 댔습니다.

　그러나 그는 찌푸린 얼굴로 그녀를 밀어내면서 말했습니

다. 「만일 내게 한 약속을 지키지 않으면, 거짓말을 한 대가로 죽여 버릴 테요.」

그녀는 얼굴이 딱총나무[63] 꽃처럼 잿빛이 되면서 몸서리를 쳤습니다. 「될 대로 되라지.」 그녀는 웅얼거렸습니다. 「네 영혼이지 내 영혼이 아니니까. 네 마음대로 해.」 그러면서 그녀는 허리띠에서 녹색 살무사 껍질로 만든 자루가 달린 작은 칼을 꺼내 그에게 주었습니다.

「이걸 가지고 어쩌라는 거요?」 그는 의아해하며 물었습니다.

그녀는 잠시 말이 없었고 얼굴에는 두려움이 어렸습니다. 그러더니 머리칼을 이마 위로 쓸어 올리며 이상한 웃음을 띠고는 말했습니다. 「사람들이 그림자라고 부르는 것은 사실 몸의 그림자가 아니라 영혼의 몸이란다. 바닷가에서 달을 등지고 서서 네 발에서 그림자를 잘라 버려. 몸의 그림자를 말이야. 그러고는 네 영혼에게 널 떠나라고 하면 돼.」

젊은 어부는 부르르 떨며 중얼거렸습니다. 「그게 정말이요?」

「정말이야. 하지만 네게 이런 걸 가르쳐 주지 않았더라면 좋았을 텐데.」 마녀는 탄식하더니 눈물을 흘리며 그의 무릎에 매달렸습니다.

그는 그녀를 떨쳐내 우거진 풀밭에 내버려 둔 채, 허리춤에 칼을 집어 넣고는 산을 내려가기 시작했습니다.

---

63 〈Judas tree〉란 영한사전에는 박태기나무, 일명 개소방목(蘇方木)으로 풀이되어 있는데, 실제로는 딱총나무 *elder tree*를 가리킨다. 딱총나무는 마녀의 나무로 알려져 있으며, 한여름에 연노랑에서 잿빛에 가까운 꽃이 핀다(참고로 박태기나무의 꽃은 짙은 분홍색이다). 가룟 유다가 목을 맨 나무라는 전설도 있다.

그러자 그의 안에 있던 영혼이 그를 부르며 말했습니다. 「이것 봐! 난 지금까지 네 안에 살면서 너를 섬겼어. 이제 와서 날 떠나보내지 말아 줘. 내가 네게 무슨 잘못을 했단 말이야?」

그러자 젊은 어부는 소리 내어 웃었습니다. 「네가 내게 잘못을 했다는 게 아니야. 내가 너를 필요로 하지 않는 것뿐이지.」 그는 대답했습니다. 「세상은 아주 넓어. 천국도 지옥도 있고, 그 중간에 어슴푸레 그늘진 나라도 있지. 그러니 가고 싶은 데로 가고, 날 귀찮게 하지 마. 내 사랑이 나를 부르고 있으니 말이야.」

그의 영혼은 애처롭게 간청했지만 그는 아랑곳하지 않은 채 들염소처럼 힘찬 걸음으로 바위와 바위를 건너뛰었고, 마침내 산을 내려와 바닷가 모래밭에 이르렀습니다.

마치 그리스의 조각과도 같이 구릿빛 팔다리에 건장한 체격으로, 그는 모래밭 위에서 달을 등지고 섰습니다. 그러자 물거품 속에서 하얀 팔들이 다가오며 그에게 손짓했고, 파도 속에 솟구치는 희미한 형체들이 그에게 경의를 표했습니다. 그의 앞에는 그의 그림자가, 그러니까 그의 영혼의 몸이 드리워져 있었고, 그의 뒤에는 꿀빛 하늘에 달이 걸려 있었습니다.

그의 영혼이 그에게 말했습니다. 「네가 정말 나를 내쫓아야겠거든, 마음 없이 보내진 말아 줘. 비정한 세상에 나와 함께 갈 수 있도록 네 마음을 내게 줘.」

그는 고개를 저으며 미소 지었습니다. 「내 마음을 네게 주어 버리면, 난 무엇으로 내 연인을 사랑하지?」

「하지만 자비를 베풀어 줘.」그의 영혼은 말했습니다. 「네 마음을 내게 줘. 세상은 너무나도 비정해서, 난 두려워.」

「내 마음은 내 사랑의 것이야.」그는 대답했습니다. 「그러니 꾸물거리지 말고 어서 가.」

「나도 사랑을 해야 하지 않겠어?」그의 영혼이 물었습니다.

「어서 가버려. 난 네가 필요 없다니까.」젊은 어부는 외치고는, 초록색 살무사 껍질로 만든 자루가 달린 작은 칼을 꺼내어 발치에서 그림자를 잘라 버렸습니다. 그러자 그림자는 일어나 그와 똑같은 모습으로 그의 앞에 서더니, 그를 바라보았습니다.

그는 뒤로 물러서며 칼을 도로 허리춤에 넣었습니다. 두렵고 엄숙한 느낌이 그를 덮쳤습니다. 「어서 가.」그는 중얼거렸습니다. 「그리고 다시는 내 앞에 나타나지 말아 줘.」

「아니, 우리는 다시 만나야만 해.」영혼이 말했습니다. 그 음성은 낮은 피리 소리처럼 들렸습니다. 하지만 말을 하면서도 입술은 거의 움직이지 않았습니다.

「어떻게 만나겠어?」젊은 어부는 외쳤습니다. 「깊은 바닷속까지 따라오진 못할걸?」

「해마다 난 여기 와서 널 부르겠어.」영혼이 말했습니다. 「네가 날 필요로 할지도 모르니까 말이야.」

「뭐 때문에 내가 너를 필요로 하겠어?」젊은 어부는 외쳤습니다. 「하지만 마음대로 해.」그러고는 물속으로 뛰어들었습니다. 트리톤들은 뿔 나팔을 불었고, 그를 맞이하러 나온 인어 아가씨는 그의 목을 끌어안고 입을 맞추었습니다.

영혼은 쓸쓸한 바닷가에 서서 그들을 지켜보았습니다. 그들이 바닷속으로 가라앉아 버리자, 영혼은 울면서 늪지대 너머로 사라져 갔습니다.

1년이 지난 후, 영혼은 바닷가로 내려가 젊은 어부를 불렀고, 그는 깊은 데서 올라와 물었습니다. 「왜 나를 부르는 거야?」

영혼이 대답했습니다. 「좀 더 가까이 와. 얘기나 하게. 난 신기한 일들을 많이 보았거든.」

그래서 그는 다가와 얕은 물에 기대 누운 채 머리를 손으로 고이고 귀 기울였습니다.

영혼이 그에게 말했습니다. 「너와 헤어진 뒤 나는 동쪽을 향해 여행을 했어. 모든 지혜는 동쪽에서 오는 법이거든. 엿새 동안 여행을 해서 일곱째 날에는 타타르족의 나라에 있는 한 언덕에 이르렀지. 난 뜨거운 햇살을 피해 위성류나무 아래 앉았어. 땅은 메마르고 열기에 타들어 가는 듯하더군. 평원 위에는 사람들이 잘 닦은 구리판 위를 기어가는 파리 떼처럼 오가고 있었어.

정오가 되자 땅의 평평한 가장자리에서 붉은 먼지구름이 일더군. 그걸 본 타타르인들은 색칠한 활을 메고는 조랑말을 타고 그것을 맞으러 달려 나갔어. 여자들은 비명을 지르며 마차로 도망가 펠트 커튼 뒤에 숨었지.

타타르 남자들은 땅거미가 질 무렵에 돌아왔어. 하지만 다섯 명이 돌아오지 못했고, 돌아온 사람들 중에도 부상자가 적지 않았지. 그들은 말을 마차에 매고는 급히 몰고 갔어.

동굴에서 자칼 세 마리가 나와 그들이 사라져 가는 것을 지켜보았어. 그러고는 코를 공중에 대고 킁킁거리더니 반대 방향으로 뛰어가더군.

달이 뜨자 평원에 모닥불 타는 것이 보이기에, 그쪽으로 가보았어. 그 주위에는 상인들이 카펫을 깔고 앉아 있더군. 그들 뒤에는 낙타들이 말뚝에 매여 있었고, 그들의 흑인 하인들은 모래밭에 가죽 천막을 세우고 선인장으로 높은 담장을 만들고 있었어.

내가 다가가자, 상인들의 두목이 일어나 검을 빼어 들고는 무슨 일이냐고 묻더군.

나는 내가 왕자인데 나를 노예로 삼으려는 타타르족에게서 도망쳤노라고 했지. 두목은 미소 지으며 내게 긴 대나무 화살에 꽂혀 있는 머리 다섯 개를 보여 주었어.

그러고는 내게 하느님의 선지자가 누구냐고 묻기에, 난 무함마드라고 대답했지.

거짓 선지자의 이름을 듣더니, 그는 절을 하며 내 손을 잡고 자기 옆에 앉혔어. 한 흑인이 나무 접시에 담긴 암말의 젖과 구운 양고기 한 조각을 가져다주더군.

날이 새자 우리는 길을 떠났어. 나는 붉은 털 낙타에 두목과 나란히 탔지. 우리 앞에는 창을 든 하인이 앞장서 달리고, 양옆에서는 군사들이 호위하고, 물건들을 실은 노새들이 뒤따랐어. 낙타가 40마리, 노새가 80마리나 되는 큰 대상(隊商)이었어.

우리는 타타르족의 나라로부터 달을 저주하는 종족의 나

라로 들어갔지. 하얀 바위 위에서 황금을 지키는 그리폰[64]들이며, 동굴에서 잠들어 있는 비늘 덮인 용들도 보았어. 산을 넘을 때는 눈사태가 날까 봐 숨을 죽였고 모두들 얼굴을 베일로 가렸지. 골짜기를 지나갈 때는 피그미족이 나무 구멍에 숨어 우리에게 화살을 쏘아 댔고, 밤이면 야만인들이 북 치는 소리가 들렸어. 원숭이 탑에 다다라서는 원숭이들 앞에 과일들을 놓아 주었더니 우릴 해치지 않고 지나가게 해주더군. 뱀 탑에 이르렀을 때는 황동 주발에 따뜻한 우유를 주었더니 지나가게 해주었고. 여행 중에 세 번이나 옥수스[65] 강둑에 이르렀어. 커다란 가죽 부대를 부풀려 띄운 뗏목을 타고 건너갔지. 하마들이 화가 나서 달려들어 우리를 죽이려고도 했어. 하마를 보자 낙타들은 부들부들 떨더군.

지나는 모든 도성에서 왕들은 우리에게 통행세를 걷었지만, 성문 안으로 들여보내 주지는 않았어. 성벽 너머로 빵을 던져 줄 뿐이었지. 꿀에 재어 구운 작은 옥수수빵과 대추야자로 속을 넣은 고운 밀 빵 같은 것들 말이야. 빵 바구니 백 개 값으로 호박 구슬 한 개씩을 냈지.

마을에 사는 사람들은 우리가 오는 것을 보고는 우물에 독을 타고 언덕 위로 도망쳤어. 우리는 많은 부족들과 싸움을 했지. 노인으로 태어나서 날이 갈수록 젊어지다가 아이가 되면 죽는다는 마가다이족, 자기들이 호랑이의 아들이라

---

64 〈그리핀〉이라고도 하며, 독수리의 머리와 날개에 사자의 몸을 한 괴수로 숨겨진 보물을 지킨다고 함.
65 아프가니스탄 지방에서 발원하여 아랄 해로 흘러드는 강.

면서 몸을 검정과 노랑으로 칠하는 락트로이족, 죽은 사람을 나무 위에 장사 지내고 살아 있는 사람들은 태양이 자기들을 죽일까 봐 어두운 동굴에서 사는 아우란테스족, 자신들이 숭배하는 악어들에게 푸른 풀 귀걸이를 만들어 주고 버터와 갓 잡은 새들을 먹이로 주는 크림니안족, 개의 얼굴을 한 아가존바이족, 말의 발을 하고 있어서 말보다 더 빨리 달릴 수 있는 시반족 등등과 말이야. 우리 일행의 3분의 1은 싸우다 죽었고, 다른 3분의 1은 굶어 죽었어. 나머지 사람들은 내가 악운을 가져왔다면서 불평을 했지. 그래서 나는 돌멩이 밑에서 뿔 달린 살무사를 꺼내 나를 물게 했어. 그래도 내가 멀쩡한 것을 보자 그들은 나를 두려워하더군.

네 번째 달에 우리는 일렐이라는 도시에 이르렀어. 성벽 바깥에 있는 작은 숲에 도착했을 때는 밤이었고, 공기는 후텁지근했어. 달이 전갈자리를 지나는 중이었거든. 우리는 나무에서 익은 석류들을 따서 그 달콤한 즙을 마셨지. 그러고는 자리를 깔고 누워 새벽이 오기를 기다렸어.

새벽에 우리는 일어나 성문을 두드렸어. 그 문은 붉은 구리로 만들어졌고 바다의 용들과 날개 달린 용들이 새겨져 있었어. 성벽 위에서 호위병들이 내려다보며 무슨 일이냐고 묻더군. 일행 중의 통역자가 대답했지. 우리는 시리아 섬[66]으로부터 많은 물건을 가지고 돌아오는 길이라고. 그러자 그들은 볼모를 데려가면서, 정오에 문을 열어 줄 테니 그때까지

---

66 시리아 섬(the island of Syria, Syrie)은 시칠리아 연안에 있다는 섬으로, 『오디세이아』를 비롯한 그리스 신화에 나온다.

기다리라고 했어.

정오가 되자 성문이 열렸고, 우리가 들어가자 사람들이 우리를 보려고 떼 지어 몰려들더군. 전령은 온 도시를 다니며 고등 나팔에 대고 외쳐 댔지. 우리는 장터에 서 있었어. 흑인들은 무늬 있는 옷들이 잔뜩 담긴 짐짝들을 풀고, 조각이 새겨진 단풍나무 궤짝들을 열었어. 그러고 나자 상인들은 가지고 온 진기한 물건들을 늘어놓았지. 이집트에서 온 밀랍 입힌 아마포, 에티오피아에서 온 물들인 아마포, 튀로스에서 온 자주색 해면과 시돈에서 온 푸른 벽걸이, 차가운 호박(琥珀)으로 만든 잔과 고운 유리 그릇들, 진흙을 구워 만든 진기한 그릇들을 말이야. 어느 집 지붕 위에서는 여자들이 모여서서 우리를 지켜보고 있었어. 그중 한 여자는 금박을 입힌 가죽 가면을 쓰고 있더군.

첫째 날에는 사제들이 와서 우리와 거래를 했고, 둘째 날에는 귀족들이 왔고, 셋째 날에는 수공업자들과 노예들이 왔어. 상인들이 도시에 머무는 한 그렇게 하는 것이 그들의 관습이었거든.

우리는 한 달쯤 머물렀을 거야. 달이 이울기 시작하자 나는 지루해져서 도시의 길거리를 쏘다니기 시작했어. 그러다가 그 도시에서 섬기는 신의 정원에 가게 되었지. 노란 옷을 입은 사제들이 녹음 사이로 말없이 움직이고 있었고, 검은 대리석이 깔린 길가에 신이 산다는 장밋빛 집이 서 있었어. 그 문들은 옻칠을 한 위에 금으로 황소와 공작을 양각한 것이었어. 경사진 지붕은 바다처럼 푸른 도자 기와로 되어 있있고, 튀어나온 처마들에는 작은 종들이 매달려 있었어. 하얀 비둘기들이 지나가면서 날개로 종들을 건드려 쟁그랑대게 했지.

사원 앞에는 바닥에 줄무늬 마노가 깔린 맑은 연못이 있었어. 나는 그 옆에 누워 파리한 손가락으로 널찍한 나뭇잎들을 만져 보았지. 사제들 중 한 사람이 다가와 내 뒤에 서더군. 그는 샌들을 신었는데, 한 짝은 부드러운 뱀가죽으로, 다른 한 짝은 새의 깃털로 만든 것이었어. 머리에는 은빛 초승달 장식들이 달린 까만 펠트 관을 쓰고 있었지. 그의 옷은 일곱 마리 나비를 짜 넣은 것이었고, 곱슬머리는 안티몬으로 물들이고 있었어.

잠시 후 그는 내게 말을 걸었고, 내 소원이 무엇이냐고 묻더군.

나는 대답했지. 내 소원은 신을 보는 것이라고.

〈신은 사냥 중이시오.〉 사제는 작고 찢어진 눈으로 나를 이상하게 보면서 말했어.

〈어떤 숲에서인지 말해 주시오. 그러면 그와 함께 말을 타리다.〉 나는 대답했지.

그는 긴 손톱으로 윗도리의 부드러운 술을 빗어 내렸어. 〈신은 주무시는 중이라오.〉 그는 웅얼거리더군.

〈어느 침대에서인지 말해 주시오. 그러면 내가 그를 지켜 드리리다.〉 나는 대답했지.

〈신은 잔치를 베풀고 계시다오.〉 그는 외쳤어.

〈만일 포도주가 달면 함께 마실 테고, 설령 쓰다 해도 함께 마시리다〉라는 것이 내 대답이었지.

그는 놀라서 고개 숙여 절을 하고는 내 손을 잡고 일으키더니 사원으로 데려갔어.

첫 번째 방에서 나는 우상을 보았지. 가장자리에 동방의 커다란 진주들을 박은 녹옥 보좌에 좌정한 우상은 흑단을 깎아 만든 것이었는데, 크기가 사람만 했어. 이마에는 루비가 박혔고, 머리칼에서 다리 위로 진한 기름이 흘러내리고 있었어. 발은 새로 잡은 양가죽의 피로 붉었고, 허리에는 일곱 개의 녹주석을 박은 구리 벨트를 두르고 있었어.

그래서 나는 사제에게 물었지. 〈이것이 신이오?〉 그러자 그는 대답했어. 〈이것이 신이라오.〉

〈내게 신을 보여 주시오.〉 나는 외쳤어. 〈안 그러면 당신을 죽여 버리겠소.〉 그러면서 그의 손을 건드렸더니 손이 그만 시들어 버리더군.

그러자 사제가 내게 애원하며 말했어. 〈부디 고쳐 주옵소서. 그러면 신을 보여 드리겠나이다.〉

그래서 그의 손에 입김을 불었더니 손이 본디대로 되더군. 그러자 그는 덜덜 떨며 나를 두 번째 방으로 데려갔어. 거기에 나는 커다란 에메랄드들이 달린 비취 연꽃 위에 서 있는 우상을 보았지. 그것은 상아를 깎아 만든 것으로 크기가 사람의 두 배만 했어. 그 이마에는 귀감람석이 박혀 있었고, 가슴에는 몰약과 계피가 발라져 있었어. 한 손에는 구부러진 비취 홀을 들고, 다른 손에는 둥근 수정을 들고 있었어. 발에는 놋쇠 장화를 신고, 두툼한 목에는 투명 석고 목걸이를 두르고 있었어.

나는 사제에게 말했지. 〈이것이 신이오?〉 그러자 그는 대답했어. 〈이것이 신이라오.〉

〈내게 신을 보여 주시오.〉 나는 외쳤어. 〈안 그러면 당신을 죽여 버리겠소.〉 그러면서 그의 눈을 만지자 눈이 멀어 버리더군.

그러자 사제가 내게 애원하며 말했어. 〈부디 고쳐 주소서. 그러면 신을 보여 드리겠나이다.〉

그래서 나는 그의 눈에 대고 숨을 내쉬었어. 그러자 눈이 다시 보이게 되었지. 그는 또다시 몸을 떨면서 나를 세 번째 방으로 데려갔어. 그런데 거기에는 우상도, 아무런 형상도 없고, 그저 돌 제단 위에 둥그런 거울이 있을 뿐이었어.

그래서 나는 사제에게 말했지. 〈신이 어디 계시오?〉

그러자 그는 대답했어. 〈당신이 보는 이 거울 말고는 신이라곤 없소. 이것은 하늘과 땅에 있는 모든 것을 비추는 지혜의 거울이라오. 단, 들여다보는 자의 얼굴만 빼고 말이오. 들여다보는 자가 현명해지도록 그것만은 비추지 않는 것이오. 세상에는 다른 거울들도 많지만 모두 견해의 거울들일 뿐, 오직 이것만이 지혜의 거울이라오. 이 거울을 갖는 자들은 모든 것을 알게 되며, 그들에게는 아무것도 숨겨진 것이 없게 되오. 이 거울 없이는 지혜를 가질 수 없는 것이오. 그러므로 이것이 신이고, 우리는 그것을 숭배하오.〉 그래서 거울을 들여다보았더니, 그가 말한 그대로였어.

그래서 나는 이상한 짓을 했어. 무슨 짓을 했느냐는 말할 것 없지만. 난 여기서 하룻길쯤 떨어진 어느 골짜기에 지혜의 거울을 숨겨 놓았어. 제발 내가 다시 네 안에 들어가서 널 섬기게 해줘. 그러면 너는 어떤 현자보다도 더 현명해질 테고, 지혜는 네 것이 될 거야. 내가 네 안에 들어가게 해줘. 아무도 너만큼 지혜롭지는 못할 거야.」

그러나 젊은 어부는 웃었습니다. 「사랑은 지혜보다 더 좋은 거야.」 그는 외쳤습니다. 「그리고 인어 아가씨도 날 사랑하거든.」

「아냐, 지혜보다 더 좋은 것은 없어.」 영혼이 말했습니다.

「사랑이 더 좋은 거야.」 젊은 어부는 이렇게 대답하고는 깊은 데로 뛰어들었고, 영혼은 울면서 늪지대 너머로 사라져 갔습니다.

2년이 지난 후, 영혼은 바닷가로 내려가 젊은 어부를 불렀고, 그는 깊은 데서 나와 물었습니다. 「왜 나를 부르는 거지?」

영혼이 대답했습니다. 「좀 더 가까이 와. 얘기나 하게. 난 신기한 일들을 많이 보았거든.」

그래서 그는 다가와 얕은 물에 기대 누워 머리를 손으로 고인 채 귀 기울였습니다.

영혼이 그에게 말했습니다. 「너와 헤어진 뒤 나는 남쪽을 향해 여행했지. 모든 보배는 남쪽에서 오는 법이거든. 엿새 동안 나는 아슈타르 시(市)로 가는 대로를 따라 여행했어. 순례자들이 다니는 붉게 물들인 먼지투성이 대로를 따라서 말이야. 그리고 일곱 번째 날 아침에 눈을 들어 보니, 도시가 내 발아래 놓여 있었어. 골짜기에 있는 도시였거든.

그 도시에는 문이 아홉 개인데, 문 앞마다 청동 말이 서 있어. 그 말은 베두인족이 산에서 내려올 때면 힝힝 운다더군. 성벽들은 구리로 덮였고, 벽마다 감시탑에는 놋쇠 지붕이 씌워져 있어. 탑마다 활을 든 사수가 서 있지. 해가 뜰 때면 사수는 화살로 공을 쏘아 맞히고, 해가 질 때면 뿔 피리를 부는 거야.

내가 들어가려 하자 보초들이 나를 가로막으며 누구냐고 물었어. 나는 메카 시로 가는 탁발승이라고 했지. 그곳에는 천사들이 은빛 글자들로 코란을 수놓은 녹색 베일이 있다고 말이야. 그랬더니 보초들은 감탄하며 내게 들어오기를 청하더군.

그 안은 마치 저잣거리 같았어. 너도 나와 함께 갔더라면 좋았을 텐데. 좁은 골목마다 명랑한 불빛을 내는 지등들이 커다란 나비처럼 펄럭이지. 지붕들 위로 바람이 불 때면 지등들은 마치 오색 풍선처럼 부풀어 오르내리곤 해. 상인들은 자기 가게 앞 비단 카펫 위에 앉아 있지. 그들은 뻣뻣하고 까만 수염을 길렀는데, 터번에는 조그만 금장식들이 달려 있고, 차가운 손가락 사이로는 길게 엮은 호박이며 무늬 새긴 복숭아 씨들을 꿰고 있지. 어떤 상인들은 풍지향[67]과 감송향,[68] 인도양의 여러 섬에서 가져온 진기한 향료들, 붉은 장미에서 난 진한 장미 기름, 몰약과 작은 손톱 모양으로 생긴 정향 같

67 고무질 수지의 일종.
68 〈나드〉라고도 함. 향기로운 수지의 일종.

은 것들을 팔고 있어. 말을 걸려고 멈춰 서면, 그들은 유향[69]을 조금 집어 숯불에 던져 넣어 공기를 향긋하게 만드는 거야. 나는 손에 갈대처럼 가느다란 막대기를 든 시리아 사람을 보았어. 그 막대기에서는 잿빛 연기 가닥들이 피어올랐는데, 그것이 탈 때 나는 향내는 봄철의 분홍 편도 향기와도 같더군. 또 어떤 상인들은 연푸른 터키석이 잔뜩 박힌 은팔찌들, 작은 진주들이 빙 둘러 박힌 놋쇠 발찌, 금으로 세팅한 호랑이 앞발, 도금한 고양이의 앞발, 역시 금으로 세팅한 표범, 에메랄드를 뚫어 만든 귀걸이, 옥을 파서 만든 반지 등등을 팔고 있어. 찻집들에서는 기타 소리가 울려 나오고, 아편쟁이들은 새하얀 얼굴에 웃음을 띤 채 지나가는 사람들을 내다보고 있지.

정말이지 너도 나와 함께 가야만 했는데. 포도주 장수들은 어깨에 커다란 검은 가죽 부대를 메고 팔꿈치로 군중을 밀치며 나아가지. 그들은 대개 시라즈의 포도주를 파는데 그건 꿀처럼 달거든. 조그만 금속 잔에 따라서 장미 잎을 그 위에 띄워 주는 거야. 장터에는 과일 장수들도 있어서 온갖 종류의 과일들을 팔고 있어. 멍든 자줏빛으로 살이 익은 무화과, 사향 냄새가 나고 황옥처럼 누런 빛깔의 멜론, 레몬과 능금과 백포도 송이들, 붉은 금빛을 내는 둥그런 오렌지, 그리고 푸르스름한 금빛의 갸름한 레몬들. 한번은 코끼리가 한 마리 지나가는 것을 보았어. 코에는 진사와 심황을 칠했

69 동아프리카 및 아라비아에서 나는 올리브의 일종. 이스라엘 민족이 예식 때 쓰던 고급 향료.

고 귀에는 진홍 비단 끈을 늘어뜨리고 있었지. 그런데 그 코끼리가 한 가게 맞은편에 서더니 오렌지를 먹기 시작했어. 가게 주인은 그냥 웃더군. 사람들이 얼마나 이상한지 넌 생각도 할 수 없을 거야. 그들은 기쁠 때면 새 장수에게 가서 새장에 든 새를 사서 그걸 놓아주며 더 기뻐하지. 슬플 때는 슬픔이 줄어들지 않도록 가시 회초리로 제 몸을 치고.

어느 날 저녁 나는 장터 한복판으로 무거운 가마를 메고 가는 흑인들과 마주쳤어. 가마는 도금한 대나무로 만들어졌는데, 기둥들에는 붉은 옻칠을 하고 놋쇠로 된 공작새를 장식해 놓았더군. 창에는 딱정벌레의 날개와 자잘한 진주들로 수놓은 얇은 모슬린 커튼이 드리워져 있었는데, 가마가 지날 때 한 창백한 얼굴의 시르카시아[70] 사람이 내다보고는 내게 웃어 보였어. 나는 그 뒤를 따라갔지. 흑인들은 걸음을 재촉하며 험악한 얼굴을 해 보이더군. 하지만 난 개의치 않았어. 정말 궁금했거든.

마침내 그들은 네모난 하얀 집에 멈추어 섰어. 그 집에는 창이라고는 없고 마치 무덤의 문처럼 작은 문이 하나 있을 뿐이었어. 그들은 가마를 내려놓고 구리 망치로 문을 세 번 두드렸어. 그랬더니 녹색 가죽 카프탄[71]을 입은 한 아르메니아[72] 사람이 쪽문으로 내다보더니 문을 열고는 땅바닥에 카펫을 깔았어. 그러자 가마에서 여자가 내려섰지. 집 안으로

---

70 흑해와 카스피 해를 잇는 코카서스 산맥의 북쪽 산록 지방.
71 터키 사람들이 입는 띠 달린 긴 소매 옷.
72 코카서스 산맥의 남쪽 지방.

들어가면서 그녀는 나를 돌아보고 다시금 미소 짓더군. 난 그렇게 창백한 사람은 처음 보았어.

달이 뜨자 나는 같은 곳으로 돌아가 그 집을 찾아보았지만, 집은 거기 없었어. 그제야 나는 그 여자가 누구인지, 왜 나를 보고 미소 지었는지 알게 되었지.

정말이지 너도 나와 함께 가야만 했는데. 초승달이 뜨자 잔치가 열렸고, 젊은 황제가 궁전에서 나와 사원으로 기도하러 갔어. 머리칼과 수염은 장미 잎으로 물들였고, 볼에는 고운 금가루를 발랐더군. 손바닥과 발바닥은 사프란[73]으로 샛노랗게 칠해져 있었어.

황제는 해가 뜨자 은빛 옷을 입고 궁전에서 나왔고, 해가 지자 금빛 옷을 입고 궁전으로 돌아갔지. 사람들은 땅바닥에 엎드려 얼굴을 가렸지만, 나는 그렇게 하지 않았어. 나는 대추야자 가게 옆에 서서 기다렸지. 황제는 나를 보자 색칠한 눈썹을 치켜뜨며 걸음을 멈추더군. 나는 묵묵히 선 채 그에게 아무런 존경의 표시도 하지 않았어. 나의 대담함에 놀란 사람들은 도시에서 도망치라고 권했지. 나는 그들의 말에 아랑곳하지 않고, 낯선 신상들을 파는 사람들 곁에 가서 앉았어. 신상을 만들어 파는 사람들은 그 직업 때문에 미움을 사고 있거든. 내가 한 일을 이야기하자, 그들은 모두 내게 신상을 하나씩 주며 자기들에게서 떠나 달라고 애원하더군.

그날 밤, 석류나무 거리에 있는 찻집의 쿠션에 기대 누워 있노라니, 황제의 호위병들이 들어와 나를 궁전으로 끌고 갔

73 꽃 이름. 그 꽃의 암술머리에서 나오는 염료.

지. 내가 들어가자 그들은 등 뒤의 문을 모두 닫고 쇠사슬로 걸어 잠갔어. 그 안은 주랑이 사방으로 뻗어 있는 널따란 궁정이었는데, 벽들은 새하얀 설화 석고로 되어 있었고, 여기 저기 녹색과 청색의 타일들이 박혀 있었어. 기둥들은 녹색 대리석, 바닥은 자황색 대리석으로 되어 있었어. 그런 것은 전에 본 적이 없었지.

내가 궁정을 지나가노라니, 베일 쓴 여자 둘이 발코니에서 나를 내려다보며 저주를 퍼부었어. 호위병들은 서둘러 나아 갔고, 윤나는 바닥에 창 자루가 부딪쳐 울려 댔어. 그들이 상아로 만든 문을 열자, 일곱 층이 진 물 댄 동산이 나타났어. 튤립과 달맞이꽃, 은가루를 뿌린 듯한 알로에 등이 심어져 있었어. 어둑한 가운데 날씬한 수정 갈대와도 같은 분수가 물을 뿜고 있었지. 사이프러스들은 타버린 횃불과도 같았 고, 그중 한 나무에서 나이팅게일이 울고 있었어.

정원 끝에 작은 장막이 하나 있었어. 우리가 다가가자 환 관 두 명이 나와 맞이하더군. 그들은 살찐 몸을 흔들대고 걸 으며 눈꺼풀이 노란 눈으로 호기심에 차서 나를 바라보았 어. 그중 한 명이 호위대장을 따로 부르더니 낮은 목소리로 소곤거렸어. 다른 한 명은 줄곧 향긋한 사탕을 씹고 있었고, 라일락 빛깔의 에나멜을 칠한 둥그런 상자에서 짐짓 꾸민 동 작으로 사탕을 꺼내는 거야.

잠시 후 호위대장은 병사들을 해산시켰어. 그들은 궁전으 로 돌아갔고, 환관들은 천천히 뒤를 따르며 길가의 나무에 서 달콤한 오디를 따고 있었어. 한번은 두 명의 환관 중 나이든 쪽이 뒤돌아보더니 내게 사악한 웃음을 띠어 보였어.

호위대장은 내게 장막의 입구를 손짓해 보였어. 나는 주저 없이 걸어가서 묵직한 휘장을 걷고 안으로 들어갔지.

젊은 황제는 물들인 사자 가죽으로 만든 안락의자 위에 비스듬히 누워 있었어. 손목 위에 송골매를 한 마리 앉힌 채 말이야. 그의 뒤에는 놋쇠 터번을 쓰고 갈라진 귀에 무거운 귀걸이를 단 누비아[74] 사람이 웃통을 벗은 채 서 있었어. 안락의자 옆 테이블 위에는 강철로 만든 막강한 언월도[75]가 놓여 있었어.

황제는 나를 보자 얼굴을 찌푸리며 물었어. 〈이름이 뭔가? 내가 이 도시의 황제라는 것을 아는가?〉 나는 아무 대답도 하지 않았지.

그는 손가락으로 언월도를 가리켜 보였어. 그러자 누비아인이 칼을 집어 들더니 내게 달려들어 맹렬한 기세로 휘둘러 댔어. 칼날은 윙윙대며 나를 뚫고 지나갔지만 나는 전혀 다치지 않았지. 결국 그가 나가떨어졌고, 겨우 일어난 그는 두려운 나머지 덜덜 떨면서 안락의자 뒤로 숨었어.

황제는 벌떡 일어나 무기 진열대에서 창을 집어 들어 내게 던졌어. 나는 날아오는 창을 잡아 두 동강을 내버렸지. 그는 내게 화살을 쏘았지만, 내가 손을 쳐들자 화살은 공중에서 멈춰 버렸어. 그러자 그는 흰 가죽 허리띠에서 단검을 뽑더니, 누비아인의 목을 찔렀어. 자신의 불명예를 노예가 발설

74 아프리카 북동부의 사막 지방.
75 터키나 아랍에서 쓰는 초승달 모양의 커다란 칼.

하지 못하도록 말이야. 누비아인은 마치 짓밟힌 뱀처럼 꿈틀대더니 입에서 붉은 거품을 내뿜더군.

노예가 죽어 버리자, 황제는 내게로 돌아서서 자줏빛 비단에 가장자리 장식을 댄 작은 수건으로 이마에 난 땀방울을 닦으며 물었어. 〈내가 해를 끼칠 수 없다니, 너는 예언자인가? 내가 상처를 입힐 수 없다니, 너는 예언자의 아들인가? 네가 여기 있는 한 나는 이 도시의 주인이 될 수 없으니, 오늘 밤 안으로 떠나 다오.〉

그래서 나는 대답했지. 〈당신이 가진 보물의 반을 주면 떠나겠소. 당신 보물의 절반을 주시오. 그러면 떠나리다.〉

그는 내 손을 잡더니 정원으로 끌고 나갔어. 호위대장은 나를 보자 의아한 표정이더군. 환관들은 나를 보자 두려움에 사로잡혀 무릎을 떨다 땅바닥에 엎어졌지.

궁전에는 벽이 여덟 개나 되는 방이 하나 있었어. 그 벽들은 붉은 반려암으로 되어 있었고, 놋쇠로 덮인 천장에는 등잔들이 매달려 있었어. 황제가 그 벽들 중 하나를 건드리자 벽이 열렸고, 우리는 수많은 횃불이 켜져 있는 복도를 따라 내려갔어. 양쪽 벽에 우묵하게 들어간 자리마다 은화들로 채워진 커다란 포도주 항아리들이 서 있었어. 복도 한가운데 이르자, 황제는 해서는 안 될 말을 했고, 그러자 비밀 장치가 되어 있던 화강암 문이 스르르 열렸어. 그는 눈이 부시지 않게 얼굴을 손으로 가렸지.

얼마나 신기한 곳이었는지 넌 못 믿을 거야. 거대한 거북 등껍질에는 진주가 가득 들어 있고, 속을 파낸 엄청난 크기의 월장석들이 붉은 루비와 함께 쌓여 있었어. 코끼리 가죽으로 만든 궤짝들에는 금이 그득했고, 가죽 병들에는 사금이 들어 있었어. 오팔이며 사파이어도 있었지. 오팔은 수정 잔 속에, 사파이어는 비취 잔 속에 들어 있더군. 둥근 녹색 에메랄드들이 얇은 상아 접시 위에 줄지어 놓여 있었고, 한 구석에는 터키석이며 녹주석이 가득 든 비단 자루들이 놓여 있었어. 상아 잔에는 자수정들이, 놋쇠 잔에는 옥수(玉髓)며 홍옥수들이 쌓여 있었어. 삼나무로 만든 기둥들에는 노란 호안석을 꿴 줄들이 늘어져 있었고, 납작한 타원형 방패들 안에는 홍옥이며 녹옥들이 들어 있었어. 하지만 이렇게 말해 봐야 거기 있던 것들의 10분의 1도 못 될 거야.

황제는 얼굴에서 손을 떼더니 내게 말했어. 〈이것이 내 보물 창고다. 약속대로 이 안에 있는 것의 반을 주겠다. 또 낙타며 낙타 몰이꾼들도 줄 터이니, 그들이 그대의 명령에 따라 그대 몫의 보물을 이 세상 어디든 그대 가고 싶은 곳으로 실어다 줄 것이다. 단, 이 모든 일이 오늘 밤 안으로 끝나야 한다. 내 아버지이신 태양신께서 내 도시 안에 내가 죽일 수 없는 사람이 있다는 것을 아시기 전에 말이다.〉

하지만 나는 그에게 대답했지. 〈여기 있는 금은 당신이 가지시오. 은도, 보석도, 값진 물건들도 모두 당신 것이오. 나는 이런 것들이 필요치 않소. 나는 당신이 손가락에 끼고 있는 그 작은 반지 말고는 갖지 않겠소.〉

그러자 황제는 얼굴을 찌푸렸어. 〈이건 납으로 만든 반지에 불과해.〉 그는 외쳤어. 〈값도 나가지 않는단 말이다. 그러

니 보물의 반을 싣고 내 도시에서 나가 다오.〉

〈아니,〉 나는 대답했지. 〈나는 그 납 반지 외에는 아무것도 갖지 않겠소. 나는 그 반지에 무슨 말이 씌어 있는지, 그게 무슨 뜻인지도 알고 있소.〉

그러자 황제는 부르르 떨더니 내게 애원했어. 〈내 보물을 다 갖고 내 도시에서 나가라. 내 몫인 절반도 그대에게 줄 테니.〉

그래서 나는 이상한 짓을 했어. 그게 뭔지는 말할 것 없지만. 난 여기서 하룻길쯤 떨어진 동굴에 그 부(富)의 반지를 숨겨 놓았지. 여기서 하룻길밖에는 안 되고, 반지는 네가 오기를 기다리고 있어. 그 반지를 갖는 사람은 세상의 모든 왕들보다 더 부자가 되는 거야. 그러니 가서 그걸 가져. 그러면 세상의 모든 보화가 네 것이 될 거야.」

그러나 젊은 어부는 웃었습니다. 「사랑은 부자가 되는 것보다 더 좋은 거야.」 그는 외쳤습니다. 「그리고 인어 아가씨도 나를 사랑하고 있어.」

「아니, 부자가 되는 것보다 더 좋은 것은 없어.」 영혼이 말했습니다.

「사랑이 더 좋은 거야.」 젊은 어부는 대답했고 깊은 데로 뛰어들었습니다. 영혼은 울면서 늪지대 너머로 사라져 갔습니다.

3년이 지난 후, 영혼은 바닷가로 내려가 젊은 어부를 불렀고, 그는 깊은 데서 나와 물었습니다. 「왜 나를 부르는 거지?」

영혼이 대답했습니다. 「좀 더 가까이 와. 얘기나 하게. 난 신기한 일들을 많이 보았거든.」

그래서 그는 다가와 얕은 물에 기대 누운 채 머리를 손으로 고이고 귀 기울였습니다.

영혼은 그에게 말했습니다. 「내가 아는 한 도시에는 강가의 여관이 하나 있지. 나는 거기 뱃사람들과 함께 앉아서 두 가지 빛깔의 포도주를 마시고, 보리 빵과 소금에 절인 조그만 생선을 먹었어. 절인 생선을 월계수 잎에 얹어 식초와 함께 내오는 거야. 우리가 앉아서 웃고 떠드노라니, 한 노인이 가죽 카펫과 양쪽 끝에 호박 뿔이 달린 류트를 가지고 들어왔어. 바닥에 카펫을 깔고는, 채를 가지고 류트의 현을 퉁기기 시작했지. 그러자 얼굴에 베일을 쓴 한 소녀가 달려 들어와 우리 앞에서 춤을 추는 거야. 얼굴은 얇은 베일로 가려져 있었지만 발은 맨발이었지. 그 벗은 작은 발들은 카펫 위에서 작고 흰 비둘기처럼 움직여 다녔어. 그렇게 경이로운 것은 본 적이 없어. 그리고 그 소녀가 춤을 추는 도시는 여기서 하룻길도 못 되지.」

영혼이 하는 말을 듣고 있던 젊은 어부는 인어 아가씨에게는 발이 없으며 따라서 춤도 출 수 없다는 것을 상기했습니다. 그러자 문득 큰 욕망이 일었고, 그는 생각했습니다. 「하룻길밖에 안 되는걸. 금세 갔다가 내 사랑에게 돌아올 수 있어.」 그는 웃으며 얕은 물에서 일어나 물가를 향해 성큼성큼 걸어갔습니다.

뭍에 이른 그는 다시 웃으며 자기 영혼에게 손을 내밀었습니다. 그러자 영혼은 기쁜 외침을 내지르며 달려가서 그에게 들어갔습니다. 젊은 어부는 자기 앞의 모래 위에 몸의 그림자, 그러니까 영혼의 몸이 길게 뻗친 것을 보았습니다.

그의 영혼이 그에게 말했습니다. 「꾸물거리지 말고 어서 떠나자. 바다의 신들은 질투가 많고, 괴물들을 마음대로 부릴 수 있으니까 말이야.」

그래서 그들은 서둘러 떠났습니다. 밤새도록 달빛 아래를 걷고 다음 날도 햇빛 아래를 온종일 걸어 저녁에야 한 도시에 이르렀습니다.

젊은 어부는 그의 영혼에게 물었습니다. 「이것이 네가 말한 그 소녀가 춤춘다는 도시인가?」

그의 영혼은 그에게 대답했습니다. 「이 도시가 아니라 다른 도시야. 하지만 어쨌든 들어가 보자.」

그래서 그들은 도시에 들어가 길거리를 지나갔습니다. 보석상들이 있는 거리를 지나며, 젊은 어부는 한 가게 앞에 진열된 멋진 은잔을 보았습니다. 그러자 그의 영혼이 그에게 말했습니다. 「저 은으로 만든 잔을 집어서 감춰.」

그래서 그는 잔을 집어 윗도리 옷섶에 감추었습니다. 그러고는 서둘러 그 도시를 빠져나왔습니다.

도시가 얼마쯤 멀어지자, 젊은 어부는 얼굴을 찡그리고 잔을 내던지며 그의 영혼에게 말했습니다. 「왜 이 잔을 집어 감추라고 했지? 그건 나쁜 짓이잖아.」

그러나 그의 영혼은 그에게 대답했습니다. 「진정해. 진정하라고.」

둘째 날 저녁, 그들은 또 한 도시에 이르렀습니다. 젊은 어부는 그의 영혼에게 물었습니다. 「이것이 네가 말한 그 소녀가 춤춘다는 도시인가?」

그의 영혼은 그에게 대답했습니다. 「이 도시가 아니라 다른 도시야. 하지만 어쨌든 들어가 보자.」

그래서 그들은 도시에 들어가 길거리를 지나갔습니다. 신발 가게들이 있는 거리를 지나가다가, 젊은 어부는 물 항아리 옆에 한 아이가 서 있는 것을 보았습니다. 그의 영혼이 그에게 말했습니다. 「저 아이를 흠씬 때려 줘.」 그래서 그는 아이가 울 때까지 두들겨 팼습니다. 그러고는 서둘러 그 도시를 빠져나왔습니다.

도시가 얼마쯤 멀어지자, 젊은 어부는 성을 내며 그의 영혼에게 말했습니다. 「왜 아이를 때리라고 했지? 그건 나쁜 짓이잖아.」

그러나 그의 영혼은 그에게 대답했습니다. 「진정해. 진정하라고.」

셋째 날 저녁, 그들은 또 한 도시에 이르렀습니다. 젊은 어부는 그의 영혼에게 물었습니다. 「이것이 네가 말한 그 소녀가 춤춘다는 도시인가?」

그의 영혼은 그에게 대답했습니다. 「이게 아마 그 도시일 거야. 그러니 들어가 보자.」

그래서 그들은 도시에 들어가 길거리를 지나갔습니다. 하지만 강이나 강가에 서 있다는 여관은 아무 데도 없었습니다. 그 도시 사람들은 이상한 눈으로 그를 쳐다보았고, 그는 겁이 나서 그의 영혼에게 말했습니다. 「그냥 가자. 하얀 발로 춤추는 소녀는 여기 없나 봐.」

그러나 그의 영혼은 대답했습니다. 「그런가 봐. 하지만 여기 좀 있다 가자. 밤이 깊어서 길에 강도들이 있을 거야.」

그래서 그는 장터에 앉아 쉬었습니다. 잠시 후 타타르 천으로 만든 외투를 입고 두건을 쓴 한 상인이 마디진 갈대[76] 끝에 단 각등을 들고 지나갔습니다. 상인이 그에게 말했습니다. 「왜 당신은 장터에 앉아 있소? 가게들도 닫았고 짐짝들도 다 꾸려졌는데?」

젊은 어부는 그에게 대답했습니다. 「이 도시에는 여관도 없고, 저를 재워 줄 친척도 없어서 그럽니다.」

「우리는 모두 친척이 아니오?」 상인이 말했습니다. 「우리 모두를 한 분 하느님께서 만드시지 않았는가 말이오. 그러니 나와 함께 갑시다. 우리 집에는 손님방이 있다오.」

그래서 젊은 어부는 일어나 상인을 따라 그의 집으로 갔습니다. 석류나무들이 있는 정원을 지나 집으로 들어가자, 상인은 그에게 손을 씻으라며 구리 대야에 장미수를 떠다주고, 목을 축이라고 잘 익은 수박을 가져다주고, 밥 한 공기와 맛있게 구운 새끼 염소 고기 한 조각을 그의 앞에 놓아주었습니다.

그가 식사를 마치자, 상인은 그를 손님방으로 데리고 가서 푹 쉬라고 말했습니다. 젊은 어부는 그에게 감사를 표하고 그의 손에 낀 반지에 입을 맞추고는, 물들인 염소 털로 짠

<hr>

76 〈jointed reed〉는 마디가 있는 왕갈대로, 언뜻 보면 대나무처럼 생겼다.

카펫에 드러누웠습니다. 그러고는 검은 양의 털로 만든 이불을 덮고 잠이 들었습니다.

새벽이 되기 세 시간 전, 아직 날이 새기도 전에, 그의 영혼이 그를 깨워 말했습니다. 「일어나 상인의 방으로 가. 그가 자는 방에 가서 그를 죽이고 금을 빼앗아 와. 우리는 금이 필요하거든.」

젊은 어부는 일어나 상인의 방으로 살금살금 다가갔습니다. 상인의 발치에는 언월도가 놓여 있었고, 상인 옆의 쟁반 위에는 금화가 든 주머니가 아홉 개나 놓여 있었습니다. 그는 칼에 손을 뻗쳤습니다. 그가 칼을 건드리자, 상인은 소스라쳐 깨어나 칼을 집어 들고는 젊은 어부에게 소리쳤습니다. 「당신은 선을 악으로 갚는구려. 내가 당신에게 보여 준 친절을 피로 갚을 셈이요?」

그의 영혼이 젊은 어부에게 말했습니다. 「그를 때려눕혀.」 그래서 그는 상인을 때려 정신을 잃게 한 다음, 금화가 담긴 주머니 아홉 개를 움켜쥐고 석류나무 정원을 지나 급히 도망쳤습니다. 그러고는 새벽별이 뜬 방향으로 달렸습니다.

도시가 얼마쯤 멀어지자, 젊은 어부는 가슴을 치며 그의 영혼에게 말했습니다. 「왜 상인을 죽이고 그의 금을 가지라고 했지? 넌 정말 악해.」

그러나 그의 영혼은 그에게 대답했습니다. 「진정해. 진정하라고.」

「아니」 하고 젊은 어부는 소리쳤습니다. 「난 진정할 수 없어. 네가 내게 시킨 일들이 난 정말 싫어. 너도 싫어졌어. 그러니 말해 봐. 대체 왜 나를 이렇게 만드는 거지?」

그러자 그의 영혼이 대답했습니다. 「네가 나를 세상으로 떠나보냈을 때, 너는 내게 마음을 주지 않았잖아. 그래서 나는 이 모든 일들을 배우게 되었고 좋아하게 되었어.」

「대체 그게 무슨 말이야?」 젊은 어부는 더듬거렸습니다.

「알잖아,」 그의 영혼이 대답했습니다. 「너도 잘 알 텐데그래. 내게 마음을 주지 않은 것을 잊어버렸어? 그렇지 않을 텐데. 그러니 너나 나나 다투지 말고 사이좋게 지내자. 떨쳐 버리지 못할 괴로움도 없고, 맞아들이지 못할 즐거움도 없으니.」

젊은 어부는 이 말을 듣자 부르르 떨며 그의 영혼에게 말했습니다. 「아니, 넌 악해. 그래서 내게 내 사랑을 잊게 하고 나를 유혹해서 내 발을 죄의 길에 빠뜨린 거야.」

그의 영혼이 그에게 대답했습니다. 「설마 잊은 건 아니겠지. 네가 나를 세상에 보낼 때 마음이라곤 주지 않았다는 걸 말야. 그러니 자, 또 다른 도시로 가자. 그리고 즐겁게 지내자고. 우리에겐 금화가 든 주머니가 아홉 개나 있잖아.」

그러나 젊은 어부는 금화가 든 주머니를 모조리 꺼내 팽개치고 짓밟았습니다.

「아니,」 그는 외쳤습니다. 「난 너와 얽이지 않겠어. 너와는 아무 데도 가지 않겠어. 전에 내가 너를 떠나보냈던 것처럼 다시 너를 떠나보내겠어. 넌 내게 아무 유익도 되지 않으니 말이야.」 그러고는 달을 등지고 서서 녹색 살무사 껍질로 만든 자루가 달린 작은 칼로 발에서 그림자를 잘라 버리려 했

178

습니다. 몸의 그림자, 그러니까 영혼의 몸을 말입니다.

그러나 그의 영혼은 꼼짝도 하지 않았고, 그의 명령에는 아랑곳없이 그에게 말했습니다. 「마녀가 말해 준 주문은 이제 네게 아무 소용이 없어. 난 너를 떠나지 않을 테고 너도 나를 쫓아 보낼 수 없다고. 사람은 일생에 단 한 번만 영혼을 떠나보낼 수 있어. 영혼을 다시 받아들인 사람은 영원히 영혼을 지녀야 하는 거야. 그게 그의 벌이고 또 상인 셈이지.」

그러자 젊은 어부는 새하얗게 질려서 주먹을 쥐고 부르짖었습니다. 「내게 그걸 말해 주지 않다니 거짓말쟁이 마녀 같으니.」

「아니,」 그의 영혼이 대답했습니다. 「그녀는 자기 상전에게 충실했을 뿐이야. 그녀는 언제까지나 그를 섬길 거라고.」

젊은 어부는 자신이 더 이상 영혼을 떨쳐 버릴 수 없으며 그 영혼은 악한 영혼이라는 것, 그것이 언제까지나 자신과 함께 있으리라는 것을 알게 되자 땅바닥에 쓰러져 통곡했습니다.

날이 새자 젊은 어부는 일어나 그의 영혼에게 말했습니다. 「나는 네 명령을 따르지 않도록 내 손을 묶어 두겠어. 네가 시키는 대로 말하지 않도록 입도 열지 말아야지. 그리고 내가 사랑하는 그녀가 사는 곳으로 돌아가겠어. 나는 바다로 돌아갈 거야. 그녀가 노래 부르곤 하는 작은 만으로 가서 그녀를 불러내어 네가 시켜 저지른 모든 악행을 그녀에게 말하겠어.」

그러자 그의 영혼은 그를 유혹했습니다. 「네가 돌아가야 한다는 네 사랑이 대체 누구지? 세상에는 그녀보다 아름다운 여자들이 얼마든지 있어. 사마리스의 춤추는 소녀들은 온갖 새와 짐승들처럼 춤을 추지. 발에는 헤나를 붉게 칠하고 손에는 작은 구리 방울들을 들고 있어. 춤을 추며 웃어 대는데 그 웃음소리는 물이 웃는 소리보다 맑지. 나와 함께 가면, 네게 그녀들을 보여 줄게. 죄가 어쩌니 저쩌니 하는 네 고민들이 대체 뭐란 말이야? 맛있는 것은 먹으라고 있는 것이 아니겠어? 삼키기에 달콤하다고 해서 독이 든 것은 아니잖아? 그러니 괜히 속 썩이지 말고, 나와 또 다른 도시로 가자. 여기서 멀지 않은 작은 도시에 튤립 정원이 있어. 그 아담한 정원에는 하얀 공작새들과 가슴이 파란 공작새들이 살고 있지. 태양을 향해 꼬리 깃을 펼치면 마치 상아 원반이나 도금 원반처럼 보여. 공작새들을 키우는 소녀는 기뻐 춤추는데, 어떤 때는 손을 짚고 춤추고 어떤 때는 발로 춤추지. 그녀의 눈은 안티몬 빛깔이고 콧구멍은 제비 날개처럼 생겼어. 콧구멍에 꿴 작은 고리에는 진주에 새긴 꽃이 달려 있지. 그녀는 춤을 추며 웃어 대고, 발목에 달린 은고리들은 마치 은방울처럼 쟁강대곤 해. 그러니 더 이상 속 썩이지 말고, 나와 함께 그 도시로 가자.」

　그러나 젊은 어부는 그의 영혼에게 아무런 대꾸도 하지 않고, 입은 침묵의 봉인으로 닫고 손은 밧줄로 꽁꽁 묶었습니다. 그러고는 그가 떠나왔던 곳, 그의 연인이 노래하곤 하던 작은 만을 향해 돌아가기 시작했습니다. 길을 가는 내내 그의 영혼이 유혹했지만, 그는 대답하지 않았고 영혼이 그에게 시키려 하는 어떤 나쁜 일도 하지 않았습니다. 그의 안에 있는 사랑의 힘이 그토록 컸던 것입니다.

바닷가에 이르자, 그는 손에서 밧줄을 풀고 입에서 침묵의 봉인을 뗀 뒤 인어 아가씨를 불렀습니다. 그러나 온종일 그녀를 부르고 애원했지만, 그녀는 그의 부름에 응답하지 않았습니다.

그러자 그의 영혼이 그를 조롱하며 말했습니다. 「네 사랑은 네게 별로 기쁨을 주지 못하는 것 같은데? 넌 가뭄 동안 깨진 항아리에 물을 붓는 사람이로구나. 넌 네가 가진 것을 다 내주었는데, 그 보답이 대체 뭐란 말이냐? 넌 나와 함께 갔더라면 좋았을 걸 그랬어. 나는 환락의 골짜기가 어디 있는지, 거기서는 어떤 일들이 일어나는지 알고 있거든.」

그러나 젊은 어부는 그의 영혼에게 아무런 대꾸도 하지 않고, 바위틈에 윗가지를 엮은 작은 집을 지었습니다. 그러고는 1년을 거기서 살았습니다. 매일 아침 그는 인어 아가씨를 불렀고, 정오가 되면 또 불렀고, 밤이 되면 그녀의 이름을 불렀습니다. 하지만 그녀는 결코 그를 만나러 바다 밖으로 나와 주지 않았고, 그는 동굴이며 푸른 물속으로, 밀물 썰물이 만들어 낸 웅덩이로, 깊은 바다 밑 우물로 샅샅이 찾아다녔지만, 바다 어디서도 그녀의 모습은 보이지 않았습니다.

그러는 동안 내내 그의 영혼은 그를 악으로 유혹했고 무서운 일들을 속삭여 댔습니다. 하지만 그는 꼬떡도 하지 않았습니다. 그의 사랑의 힘은 그토록 컸던 것입니다.

1년이 지난 후, 영혼은 혼자 속으로 생각했습니다. 〈나는 악으로 내 주인을 유혹해 보았지만, 그의 사랑이 나보다 더 강하구나. 이제 선으로 그를 유혹해 봐야지. 그러면 아마 그가 나와 함께 갈지도 몰라.〉

그래서 그는 젊은 어부에게 말했습니다. 「나는 네게 세상의 기쁨에 대해 말해 주었건만, 넌 내게 귀를 막는구나. 이제 세상의 고통들에 대해 말해 줄 테니 잘 들어 봐. 왜냐하면 실은 고통이야말로 이 세상의 주인이거든. 고통의 그물에서 벗어날 사람은 아무도 없어. 어떤 사람은 옷이 없는가 하면 어떤 사람은 빵이 없지. 자색 옷을 입은 과부들이 있는가 하면 누더기를 걸친 과부들도 있어. 늪지대를 떠도는 문둥이들은 서로에게 잔인하게 굴고, 큰길을 오가는 거지들의 지갑은 텅 비어 있지. 도시의 거리마다 기근이 활보하고 성문마다 역병이 앉아 있어. 그러니 가서 이런 일들을 고쳐 놓자. 여기서 네 사랑이나 부르며 꾸물거릴 때가 아니잖아? 그녀는 네 부름에 오지도 않는데 말이야. 게다가 네가 이렇게까지 정성을 바치는 사랑이라는 게 대체 뭔데?」

그러나 젊은 어부는 대답하지 않았습니다. 그의 사랑의 힘은 그토록 컸던 것입니다. 매일 아침 그는 인어 아가씨를 불렀고, 정오가 되면 또 불렀고, 밤이 되면 그녀의 이름을 불렀습니다. 하지만 그녀는 결코 그를 만나러 바다 밖으로 나와 주지 않았고, 그는 바다의 강이며 파도 밑 골짜기로, 자줏빛 밤바다와 잿빛 새벽 바다로 샅샅이 찾아다녔지만, 바다 어디서도 그녀의 모습은 보이지 않았습니다.

2년이 지난 후, 영혼은 젊은 어부에게 말했습니다. 밤에 그가 윗가지로 얽은 집에 홀로 앉아 있을 때였습니다. 「나는 너를 악으로도 선으로도 유혹해 보았지만, 네 사랑은 나보다 더 크구나. 그러니 나는 더 이상 너를 유혹하지 않겠어. 대신 나를 네 마음에 들어가게 해줘. 전처럼 너와 하나가 되게 말이야.」

　「물론 들어와도 좋지.」 젊은 어부는 말했습니다. 「마음 없이 세상을 돌아다니는 동안, 너도 많은 괴로움을 겪었을 테니.」

　「아, 하지만」 하고 그의 영혼은 부르짖었습니다. 「들어갈 곳이 없구나. 네 마음은 사랑으로 너무 꽉 찼어.」

　「내가 너를 도와줄게.」 젊은 어부가 말했습니다.

　그가 그렇게 말했을 때, 바다에서 크나큰 비탄의 외침이 들려왔습니다. 인어족 가운데 누군가가 죽었을 때 들려오는 그런 외침이었습니다. 젊은 어부는 벌떡 일어나 윗가지 집을 뒤로하고 물가로 달려 내려갔습니다. 검은 물결이 해안으로 밀려와 은보다 더 흰 무엇인가를 실어다 놓았습니다. 부서지는 파도만큼이나 새하얀 그것은 꽃송이처럼 물결에 떠밀리고 있었습니다. 물결에서 부서지는 파도로, 부서지는 파도에서 거품으로, 거품에서 물가로, 떠밀려 와 젊은 어부의 발치에 누운 그것은 인어 아가씨의 시체였습니다. 인어 아가씨가 그의 발치에 죽어 있었습니다.

　그는 고통에 얻어맞은 사람처럼 울며 그 옆에 몸을 던지고는, 차디찬 붉은 입술에 입 맞추고 물에 젖은 황금빛 머리칼을 어루만졌습니다. 그는 모래밭에 몸을 던지고 기쁨으로 떠는 사람처럼 울었습니다. 그러고는 갈색 팔로 인어 아가씨를 가슴에 끌어안았습니다. 입술은 차디찼지만, 그는 거기 입 맞추었습니다. 꿀빛 머리칼은 짜디짰지만, 그는 씁쓸한 기쁨으로 그것을 맛보았습니다. 그는 감긴 눈까풀에 입 맞추었습니다. 눈까풀 위에 쏟아지는 사나운 물보라조차도 그의 눈물보다는 덜 짰습니다.

그는 인어 아가씨의 시체에게 고백을 했습니다. 조가비 같은 귀에다 대고 거친 술과도 같은 자기 이야기를 흘려 넣었습니다. 인어 아가씨의 작은 두 손을 자신의 목에 감고서 갈대처럼 가느다란 인어 아가씨의 목을 쓰다듬었습니다. 그의 기쁨은 쓰디썼지만 그의 고통은 이상한 기쁨으로 가득 찼습니다.

검은 바다는 점점 가까이 다가왔고 흰 물거품은 마치 문둥이처럼 신음하며 그 손톱으로 해안을 할퀴어 댔습니다. 바다의 왕궁에서는 다시금 비탄의 외침이 들려왔고, 먼바다 저편에서는 거대한 트리톤들이 쉰 소리로 뿔 피리를 불어 대고 있었습니다.

「도망쳐,」 그의 영혼이 말했습니다. 「바다가 점점 더 가까이 오고 있어. 네가 여기 더 있으면, 바다가 널 죽일 거야. 도망쳐. 네 사랑이 어찌나 큰지 네 마음이 나에게 열리지 않는 것을 보니 두려워. 안전한 곳으로 도망쳐. 넌 나를 마음 없이 또 다른 세상으로 보내 버리진 않겠지?」

그러나 젊은 어부는 그의 영혼이 하는 말을 듣고 있지 않았습니다. 그는 다만 인어 아가씨를 부르며 말할 따름이었습니다. 「사랑은 지혜보다 낫고 부귀영화보다 귀하며, 인간의 딸들의 발보다도 아름답소. 불도 사랑을 태워 없애지 못하고 물도 사랑을 꺼버리지 못한다오. 나는 새벽에 그대를 불렀지만, 그대는 내 부름에 와주지 않더이다. 달도 그대의 이름을 들었건만, 그대는 나를 알은척하지 않더이다. 잘못 그대를 떠난 후로, 나는 괴로움 속을 헤매었소. 하지만 그대의 사랑은 늘 나와 함께 있었고 날이 갈수록 강해져만 갔다오. 나는 선도 악도 보았지만 그 어떤 것도 그대를 향한 내 사랑을 이기지는 못했소. 그런데 이제 그대가 죽었으니, 나도 그대와 함께 죽으리다.」

그의 영혼은 그에게 떠나자고 애원했지만 그는 듣지 않았습니다. 그의 사랑은 그토록 컸던 것입니다. 바다는 점점 가까이 다가와 파도로 그를 덮치려 했습니다. 마지막이 다가온 것을 안 그는 차디찬 입술에 미친 듯이 입 맞추었고, 그의 안에 있던 마음은 터져 버리고 말았습니다. 그의 마음이 사랑으로 가득 차서 터져 버리자 영혼은 그제야 입구를 찾아내어 그 안으로 들어가서는 전처럼 그와 하나가 되었습니다. 마침내 바다가 젊은 어부를 파도로 덮쳐 버렸습니다.

아침이 되자 신부님은 밤새 거칠었던 바다를 축복하러 나왔습니다. 수도사들과 악사들, 초를 나르고 향로를 흔드는 사람들, 그 밖에도 많은 사람들이 무리 지어 그 뒤를 따랐습니다.

물가에 이른 신부님은 젊은 어부가 파도에 익사한 것을

보았습니다. 그의 팔 안에는 인어 아가씨의 시체가 꼭 안겨 있었습니다. 그는 이맛살을 찌푸리며 뒤로 물러서서 성호를 그으며 말했습니다. 「나는 바다도 그 안에 있는 어떤 것도 축복하지 않겠소. 인어족에게 화 있을진저, 그들과 왕래하는 자들에게도 화 있을진저. 여기 이 사람은 사랑 때문에 하느님을 배반하고 하느님의 심판을 받아 보다시피 그 연인과 함께 죽은 것이오. 그와 그의 연인의 시체를 가져다 마전장이들의 밭[77] 한구석에 묻고 묘비도 세우지 마시오. 그들이 묻힌 곳을 아무도 알 수 없게 말이오. 그들은 살아 있는 동안 저주받았으니 죽어서도 저주받아 마땅하오.」

사람들은 그가 시키는 대로 했고, 향기로운 풀이라고는 자라지 않는 마전장이들의 밭 한구석에 깊은 구덩이를 파고 시체들을 묻었습니다.

3년이 지난 후, 어느 성스러운 날에 신부님은 예배당으로 갔습니다. 사람들에게 주님의 상처들을 보여 주고 하느님의 진노에 대해 말할 작정이었습니다.

긴 제의를 입고 들어가 제단 앞에 무릎 꿇은 그는 제단이 전에 못 보던 이상한 꽃들로 덮여 있는 것을 보았습니다. 이상한 아름다움을 지닌 꽃이었습니다. 그 아름다움은 그를 혼란스럽게 했고, 그 향기는 감미롭게 그의 코에 스며들었습니다. 그는 기뻤지만 왜 그런지 알 수 없었습니다.

신부님은 감실을 열고 그 안에 있는 성체 현시대 앞에 향

77 마전장이란 천을 바래고 다듬는 자를 말한다. 그 과정에 발생하는 유해한 냄새 때문에 그들의 일터는 도성 밖에 있었다.

을 살랐습니다. 사람들에게 성체를 보여 주고 다시 그것을 겹겹의 베일 뒤에 감추고는, 하느님의 진노에 대한 이야기를 하려고 입을 열었습니다. 그러나 하얀 꽃의 아름다움이 그를 혼란하게 했고, 그 향기가 하도 감미로운 나머지 그의 입술에서는 엉뚱한 말이 나오고 있었습니다. 그는 하느님의 진노가 아니라 사랑이신 하느님에 대해 말했습니다. 왜 그런 말을 하고 있는지 스스로도 알 수 없는 채 말입니다.

그가 말을 마치자 사람들은 눈물을 흘렸고, 제의실로 돌아간 신부님의 눈에도 눈물이 그득했습니다. 제의 벗는 것을 도와주러 온 보좌 신부들이 흰 겉옷을 벗기고 허리띠를 푸는 동안, 그는 멍하니 서 있었습니다. 마치 꿈이라도 꾸는 사람 같았습니다.

옷을 다 벗기고 나자, 그는 그들을 바라보며 말했습니다. 「제단 위에 있던 꽃들은 뭔가? 어디서 가져왔나?」

그들은 대답했습니다. 「무슨 꽃인지는 저희도 모르겠습니다만, 마전장이들의 밭 구석에서 온 것입니다.」 그러자 신부님은 부르르 몸을 떨더니 집으로 돌아가 기도를 드렸습니다.

다음 날 이른 새벽에 그는 수도사들과 악사들과 초를 든 이들과 향로를 흔드는 이들, 그리고 다른 많은 사람들을 데리고 바닷가로 나가 바다와 그 안에 있는 모든 것을 축복했습니다. 목양신들과 숲 속에 춤추는 작은 존재들, 나뭇잎 새로 내다보는 눈 밝은 것들도 축복했습니다. 하느님의 세상에 있는 모든 것을 그는 축복했고, 사람들은 기쁨과 경이에 넘쳤습니다. 하지만 마전장이의 밭 구석에는 다시 어떤 꽃도

피지 않았고 밭은 전처럼 불모지가 되었습니다. 인어족들도
전처럼 만으로 오지 않았습니다. 모두 다른 바다로 가버린
것입니다.

별 아이

마고 테넌트 양에게[78]

　아주 오래전 옛날의 일입니다. 가난한 나무꾼 두 사람이 울창한 소나무 숲을 지나 집으로 가고 있었습니다. 겨울이었고, 매섭게 추운 밤이었습니다. 땅 위에도, 나무들의 가지 위에도, 눈이 두텁게 쌓여 있었습니다. 나무꾼들이 지나갈 때면 양쪽에서 모진 추위에 언 작은 가지들이 스치며 탁탁 부러지곤 했습니다. 골짜기의 폭포는 마치 얼음 왕에게 입맞춤이라도 당한 듯 공중에 얼어붙어 있었습니다.

　어찌나 추운지 새들도 짐승들도 어찌할 바를 몰랐습니다.

　「우우!」 늑대가 으르렁거렸습니다. 늑대는 꼬리를 다리 사이에 감추고 덤불 사이로 절뚝이며 가고 있었습니다. 「정말 끔찍한 날씨로군. 정부는 대체 뭘 하는 거야?」

　「찌르! 찌르! 찌르!」 녹색 방울새들이 지저귀었습니다. 「지구가 늙어서 죽은 거야. 그래서 하얀 옷에 싸서 뉘어 놓은 거

78 마고 테넌트Margot Tennant(1864~1945)는 와일드가 더블린에서 알게 된 사교계 여성으로, 상류 사회의 지적인 모임 〈더 소울즈〉의 일원이었다. 와일드의 이 책이 출간될 무렵, 내무 장관이자 장래의 수상이 될 허버트 헨리 애스퀴스와 결혼(1894)을 앞두고 있었다.

189

라고.」

「지구가 결혼을 하나 봐. 이건 신부 옷일걸.」 사이좋은 멧비둘기들은 소곤거렸습니다. 비록 분홍빛 나는 작은 발은 동상에 걸렸을망정, 그들은 모든 일을 낭만적으로 보는 것을 자기들의 임무로 여기고 있었습니다.

「허튼소리!」 늑대가 큰 소리로 으르렁댔습니다. 「다시 말하지만, 이건 모두 정부의 잘못이라고. 내 말을 안 믿으면 모두 잡아먹어 버리겠어.」 늑대는 아주 실제적인 정신의 소유자였고, 논쟁에 질 염려라곤 없었습니다.

「글쎄, 내가 보기로는」 하고 타고난 철학자인 딱따구리가 말했습니다. 「거창한 설명이 필요 없을 것 같은데. 사실이 그러면 그런 거지. 지금은 끔찍하게 춥다뿐이야.」

정말이지 끔찍하게 추웠습니다. 키 큰 전나무 안에 사는 작은 다람쥐들은 몸을 따뜻하게 하려고 서로서로 코를 비벼 댔고, 토끼들은 구멍 속에 잔뜩 옹크린 채 문 밖을 내다볼 엄두도 내지 못했습니다. 추위를 즐기는 듯한 것은 커다란 수리부엉이들뿐이었습니다. 깃털은 서리에 덮여 뻣뻣해졌지만 상관하지 않고, 커다랗고 노란 눈동자를 데룩거리며 숲 이쪽 저쪽에서 소리쳐 댔습니다. 「부엉! 부엉! 근사한 날씨구나!」

나무꾼들은 손가락을 호호 불며, 쇠 징 박은 큼직한 장화로 단단히 쌓인 눈을 힘껏 밟으며, 계속 앞으로 나아갔습니다. 깊은 눈구덩이에 빠졌다가 가루 빻을 때의 방앗간 주인처럼 새하얘져서 나오기도 했고, 매끄럽고 단단하게 얼어붙은 연못 위에서 미끄러져 나뭇단이 흩어지는 바람에 다시 주워다 묶기도 했습니다. 길을 잃어버린 줄만 알고 겁에 질리기도 했습니다. 눈은 자기 품 안에서 잠드는 자들에게 잔인하다는 것을 그들도 알고 있었던 것입니다. 그러나 그들은 여행자들을 지켜 주는 착한 성자 마르틴을 의지하며, 왔던 걸음을 되짚어 조심조심 헤쳐 나간 끝에 마침내 숲의 가장자리에 이르렀습니다. 멀리 아래쪽 골짜기에 그들이 사는 마을의 불빛들이 보였습니다.

그들은 살아난 것이 기쁜 나머지 소리 내어 웃었습니다. 그들에게는 이 땅이 마치 은빛 꽃처럼, 달은 금빛 꽃처럼 보였습니다.

하지만 웃고 나니 슬퍼졌습니다. 자기들의 가난한 처지가 생각났던 것입니다. 그래서 한 사람이 다른 사람에게 말했습니다. 「살아났다고 기뻐할 것도 없는데 그랬어. 삶이란 부자들을 위한 것이지 우리 같은 가난뱅이들을 위한 게 아니잖아. 차라리 숲에서 얼어 죽는 게 나을 뻔했어. 아니면 사나운 들짐승에게 잡아먹히든가.」

「정말 그래.」 다른 나무꾼이 대답했습니다. 「많은 걸 가진 사람들이 있는가 하면 가진 거라곤 없는 사람들도 있지. 세상은 불공평해. 누구나 다 가질 수 있는 거라곤 슬픔밖에 없다니까.」

그들이 이렇게 신세 한탄을 하고 있을 때 이상한 일이 일어났습니다. 하늘에서 아주 빛나고 아름다운 별이 떨어지고 있었던 것입니다. 그것은 하늘의 한쪽에서 다른 별들 사이를 지나, 미끄러져 내려오고 있었습니다. 그들이 놀라 지켜보고 있노라니, 그것은 자그마한 양 우리 바로 옆에 있는 버들 숲 뒤쪽으로 떨어지는 것처럼 보였습니다. 나무꾼들이 있는 데서 몇 발짝 안 되는 곳이었습니다.

「아! 금덩어리다! 찾는 사람이 임자다!」 하고 외치며, 그들은 마구 내달렸습니다. 그토록 간절히 금을 갖고 싶었던 것입니다.

한 사람이 더 빨리 달려 동료를 앞질러갔습니다. 버들 숲을 헤치고 숲 뒤로 나가 보니, 정말로, 새하얀 눈 위에 무언가 금빛 나는 것이 있었습니다. 그래서 그는 급히 그쪽으로 가서 몸을 굽혀 그것을 만져 보았습니다. 그것은 별들을 짜넣은 금빛 천으로 만든 망토였는데 여러 겹으로 말려 있었습니다. 그래서 그는 동료에게 소리쳐 하늘에서 떨어진 보물을 찾았다고 알렸습니다. 그러고는 동료가 다가오자, 함께 눈밭에 앉아, 금화를 나누어 가지려고 망토를 풀어 헤쳤습니다. 그러나, 애석하게도! 금이라고는 없었습니다. 그 안에는 은조차도, 아니 어떤 보물도 들어 있지 않았고, 단지 한 어린아이가 잠들어 있을 뿐이었습니다.

한 사람이 다른 사람에게 말했습니다. 「괜히 좋아하다 말았군. 아무것도 생긴 게 없잖아. 아이가 무슨 소용이람? 이 아인 그냥 여기 두고, 갈 길이나 가자. 우리처럼 가난해서야 제 자식들도 변변히 먹이지 못하는걸.」

그러나 동료는 대답했습니다. 「아니야. 그래도 아이를 여기 눈 속에서 죽으라고 내버려 두는 건 나쁜 일이야. 나 역시 가난하고 식구가 많아 먹고살기 어렵지만 그래도 이 아이를 집에 데려가 아내에게 키우라고 하겠어.」

그러면서 그는 부드럽게 아이를 안아 올리더니, 찬바람이 스며들지 못하도록 망토를 잘 여며 주고는 언덕 아래 마을을 향해 내려갔습니다. 그의 동료는 그의 어리석음과 또 고운 마음씨에 놀라움을 금치 못했습니다.

마을에 이르자 동료가 그에게 말했습니다. 「너는 아이를 가졌으니 망토는 내게 줘. 나눠 가져야 마땅하잖아.」

그러나 그는 대답했습니다. 「안 돼. 이 망토는 내 것도 네 것도 아니야. 아이 것일 뿐이야.」 그러고는 작별 인사를 한 뒤 집으로 가서 문을 두드렸습니다.

문을 연 아내는 남편이 무사히 돌아온 것을 보고는 그의 목을 껴안고 입 맞추었습니다. 그러고는 등에서 나뭇단을 내려 주고 장화의 눈을 털어 주면서 어서 들어오라고 말했습니다.

그러나 그는 말했습니다. 「숲에서 뭘 주워 왔어. 당신이 좀 봐주었으면 해서 말이야.」 그는 문간에 선 채로 있었습니다.

「그게 뭔데요?」 그녀는 기뻐 외쳤습니다. 「보여 줘요. 집에는 없는 게 워낙 많아서 웬만하면 다 쓸모가 있을 거예요.」 그러자 그는 망토를 젖히고 잠든 아이를 보여 주었습니다.

「아니, 세상에!」 아내는 말을 더듬었습니다. 「우리 아이들만으로는 부족하단 말인가요? 이런 근본 모를 아이를 데려오다니. 이 아이가 불행을 가져올지 어떻게 알아요? 키울 처지도 못 되잖아요?」 아내는 남편에게 화를 냈습니다.

「그렇지 않아. 이 아이는 별의 아이인걸.」 그는 대답했습니다. 그러고는 아이를 발견하게 된 기이한 곡절을 이야기해 주었습니다.

그러나 그녀는 화가 가라앉기는커녕, 성이 나서 그를 비웃으며 외쳤습니다. 「우리 아이들도 먹을 게 없는데 남의 아이를 먹여요? 누가 우리를 돌보아 주기라도 하나요? 누가 먹을 걸 주기라도 한대요?」

「아니. 하지만 하느님께서는 참새조차도 돌보시고 먹여 주시니까.」 그는 대답했습니다.

「참새들도 겨울에는 굶어 죽지 않던가요?」 그녀는 대꾸했습니다. 「지금은 겨울이 아니냔 말예요.」 그러자 남편은 아무 대답 없이 그대로 문간에 서 있었습니다.

숲에서 불어오는 매서운 바람이 열린 문으로 들이닥쳤습니다. 아내는 추워서 덜덜 떨며 말했습니다. 「문 안 닫을 거예요? 집 안에 찬바람이 들어오잖아요. 춥단 말예요.」

「무정한 마음이 있는 집에는 항상 찬바람이 불지 않던가?」 남편이 묻자 아내는 아무 대꾸 없이 불 가까이로 다가앉았습니다.

하지만 잠시 후 고개를 돌려 남편을 바라보는 아내의 눈에는 눈물이 맺혀 있었습니다. 그러자 그는 얼른 들어와 아내의 품에 아이를 안겨 주었습니다. 그녀는 아이에게 입 맞추고는, 그들의 막내 아이가 자고 있는 작은 침대에 아이를 눕혔습니다. 다음 날 나무꾼은 그 신기한 황금 망토를 큰 궤짝에 넣었고, 아이의 목에 둘려 있던 호박(琥珀) 목걸이도 아내가 가져다 함께 궤짝에 넣었습니다.

그리하여 별 아이는 나무꾼의 아이들과 함께 자라게 되었습니다. 나무꾼의 아이들과 함께 먹고 함께 뛰어놀았습니다. 해가 갈수록 그는 점점 더 아름다워졌고, 그런 그를 마을 사람들은 놀란 눈으로 바라보았습니다. 그들은 하나같이 가무잡잡하고 머리칼도 검은데, 그는 톱으로 켠 상아처럼 희고 섬세했으며 곱슬거리는 머리칼은 물결치는 금빛 수선화 같았습니다. 그의 입술은 붉은 꽃잎 같고, 눈은 맑은 물가에 핀 제비꽃 같았으며, 몸매는 풀 베는 사람의 손이 닿지 않는 들판의 흰 수선화 같았습니다.

하지만 그런 아름다움은 아이에게 나쁜 영향을 끼쳤습니다. 건방지고 인정머리 없고 이기적인 아이가 되어 버린 것입니다. 별 아이는 나무꾼의 아이들과 마을의 다른 아이들을 경멸했습니다. 자기는 별에서 난 고귀한 신분인데 그들은 천한 부모에게서 났다면서 말입니다. 그래서 그는 상전 노릇을 하며 그들을 하인처럼 취급했습니다. 가난한 자들이나 눈먼 자들, 불구자들, 어떤 식으로든 고통당하는 자들에 대해 그는 아무런 동정심도 느끼지 않았으며, 오히려 돌을 던지고 큰길로 내쫓으며 딴 데 가서 구걸하라고 명령하곤 했습니다. 그래서 무법자들 말고는 아무도 그 마을에 동냥을 얻으러 두 번 다시 오지 않게 되었습니다. 그는 오로지 아름다움에 반한 사람처럼, 병약하고 못생긴 사람들을 비웃으며 조롱하곤 했습니다. 그는 자기 자신을 사랑했습니다. 여름날, 바람이 잔잔해질 때면, 그는 신부님의 과수원에 있는 샘물가에 엎드려 놀랍도록 아름다운 자신의 얼굴을 들여다보며 자신의 아름다움에 기쁜 나머지 소리 내어 웃곤 했습니다.

나무꾼 내외는 종종 그를 꾸짖으며 말했습니다. 「우리는 네가 버림받고 의지할 데 없는 자들에게 하는 것처럼 너를 대하지 않았다. 동정이 필요한 사람들에게 대체 넌 왜 그리 무정한 거냐?」

나이 드신 신부님도 종종 그를 불러다 놓고 살아 있는 것들에 대한 사랑을 가르치려 애썼습니다. 「파리도 네 형제란다. 해치지 말아. 숲에서 돌아다니는 새들에게도 자기들대로의 자유가 있단다. 네 즐거움을 위해 새들을 잡아서는 안 돼. 발 없는 도마뱀도 두더지도 하느님이 만드셨고, 모두 제 나름의 자리가 있는 것이지. 네가 뭐길래 하느님이 만드신 세상에 고통을 가져오는 거냐? 들판의 가축 떼조차도 하느님을 찬양하는데 말이다.」

그러나 별 아이는 그들의 말에 귀 기울이기는커녕, 얼굴을 찡그리고 비웃었습니다. 그러고는 제 동무들에게로 돌아가 호령을 하곤 했습니다. 아이들은 그를 곧잘 따랐습니다. 그는 잘생긴 데다 발이 빠르며 춤도 잘 추고 피리도 불고 노래도 잘했기 때문입니다. 아이들은 별 아이가 이끄는 대로 따라다녔고, 별 아이가 명령하는 대로 했습니다. 그가 뾰족한 갈대로 두더지의 흐린 눈을 찔러도, 문둥이들에게 돌을 던져도, 아이들은 덩달아 웃기만 했습니다. 매사에 그는 아이들을 지배했고, 아이들도 그와 마찬가지로 무정한 마음을 갖게 되었습니다.

그러던 어느 날 불쌍한 거지 여자 하나가 마을을 지나가게 되었습니다. 옷은 해어지고 찢어졌으며, 거친 길을 걸어온 발에서는 피가 났고, 참으로 딱한 지경에 있었습니다. 지칠 대로 지친 그녀는 쉬어 가려고 밤나무 아래 앉았습니다.

별 아이는 그녀를 보자 동무들에게 말했습니다. 「저기 좀 봐. 저 아름답고 푸른 나무 아래 더러운 거지 여자가 앉아 있어. 너무 더럽고 보기 싫으니까 가서 쫓아 버리자.」

그는 그녀에게 다가가 돌을 던지며 조롱했습니다. 그러자 그녀는 겁에 질린 눈으로 그를 쳐다보더니 그에게서 눈을 떼지 못했습니다. 근처에서 장작을 패고 있던 나무꾼은 별 아이가 하는 짓을 보자 달려와 그를 꾸짖으며 말했습니다. 「넌 정말 무정하고 자비심이라고는 없구나. 이 불쌍한 여자가 네게 무슨 나쁜 짓을 했다고 이렇게 못 살게 구는 거냐?」

그러자 별 아이는 노여움으로 새빨개지며 발을 굴렀습니다. 「내가 무슨 짓을 하든 당신이 무슨 상관이에요? 나는 당신이 이래라저래라 할 당신 아들이 아니잖아요?」

「그건 네 말이 맞다.」 나무꾼이 대답했습니다. 「하지만 너를 숲에서 발견했을 때, 난 네게 동정심을 베풀었단 말이다.」

여자는 이 말을 듣자 큰 소리로 비명을 지르더니 정신을 잃고 쓰러졌습니다. 그래서 나무꾼은 그를 집으로 데려갔고 그의 아내가 그녀를 돌봐 주었습니다. 그녀가 정신을 차리자, 그들은 그녀에게 먹고 마실 것을 주며 편히 쉬라고 말했습니다.

그러나 그녀는 먹지도 마시지도 않으려 하며 나무꾼에게

물었습니다. 「저 아이를 숲에서 주워 왔다고 하셨나요? 그게 지금으로부터 10년 전 일이 아니던가요?」

나무꾼이 대답했습니다. 「그래요. 나는 저 애를 숲에서 주워 왔고, 지금으로부터 10년 전 일이지요.」

「무슨 표식 같은 걸 가지고 있지 않던가요?」 그녀는 외쳤습니다. 「그 애 목에 호박 목걸이가 걸려 있지 않던가요? 금실로 별들을 수놓은 망토에 싸여 있지 않던가요?」

「사실입니다.」 나무꾼이 대답했습니다. 「당신이 말한 그대로입니다.」 그러고는 간수해 두었던 망토와 호박 목걸이를 궤에서 꺼내다가 그녀에게 보여 주었습니다.

그것들을 보자 그녀는 기쁨의 눈물을 흘리며 말했습니다. 「그 애는 숲 속에서 잃어버린 제 아들이에요. 어서 그 애를 불러다 주세요. 저는 그 애를 찾으러 온 세상을 헤맸답니다.」

그래서 나무꾼과 그의 아내는 밖으로 나가 별 아이를 소리쳐 불렀습니다. 「집에 들어가 봐라. 네 어머니가 너를 기다리고 계시다.」

그래서 그는 놀라움과 기쁨에 넘쳐 달려 들어갔지만, 거기서 기다리고 있는 여자를 보자 비웃으며 말했습니다. 「내 어머니가 어디 계시다고요? 여기 이 역겨운 거지 여자밖에는 아무도 없는데요?」

그러자 여자가 그에게 대답했습니다. 「내가 네 어머니란다.」

「그런 말을 하다니 미쳤군요.」 별 아이는 성이 나서 외쳤습니다. 「난 당신의 아들이 아니에요. 당신은 거지인 데다 흉측하고 다 떨어진 누더기를 걸치고 있잖아요. 어서 꺼져

198

요. 그 더러운 몰골을 더는 보기 싫으니까.」

「아, 하지만 넌 정말로 내가 숲에서 낳은 내 아들이란다.」
그녀는 소리치며 무릎을 꿇고 애원하듯 손을 내밀었습니다.
「도둑들이 내게서 널 훔쳐다가 죽으라고 내버린 거야.」 그녀
는 나직이 말했습니다. 「하지만 나는 널 처음 보는 순간 알
아보았지. 그리고 이 호박 목걸이와 금빛 망토도 네가 내 아
들이라는 표식이란다. 그러니 제발 나와 함께 가자. 나는 너
를 찾아 온 세상을 헤맸어. 나와 함께 가자, 내 아들아. 나는
네 사랑이 필요하단다.」

그러나 마음의 문을 닫아 버린 별 아이는 꼼짝도 하지 않
았고, 여자의 괴로운 울음소리밖에는 아무 소리도 나지 않
았습니다.

마침내 그는 냉혹한 음성으로 그녀에게 말했습니다. 「만
일 정말로 당신이 내 어머니라 하더라도, 나타나지 않는 편
이 나았어요. 여기까지 와서 내게 창피를 주지 말았어야지
요. 난 내가 어떤 별의 아이인 줄로만 알았지, 지금 당신이
말하듯이 거지의 아이인 줄은 꿈에도 몰랐으니까요. 그러니
어서 꺼져요. 다시는 내 앞에 보이지 말란 말이에요.」

「아, 내 아들아!」 그녀는 외쳤습니다. 「내가 가기 전에 내
게 입 맞춰 주지 않겠니? 나는 너를 찾아다니느라 너무나 고
생을 했단다.」

「아니요.」 별 아이는 말했습니다. 「당신은 쳐다보기만 해
도 끔찍해요. 당신에게 입 맞추느니 차라리 뱀이나 두꺼비에
게 입 맞추겠어요.」

그러자 여자는 일어나서 슬피 울며 숲 속으로 떠나갔습니다. 그녀가 가버리자 별 아이는 기뻐하며, 동무들과 놀려고 뛰어갔습니다.

그러나 그가 다가오는 것을 본 아이들은 조롱하며 말했습니다. 「아니, 너는 흉측하기가 두꺼비 같고 징그럽기가 뱀 같구나. 썩 꺼져. 너하고는 도저히 함께 놀 수 없으니까.」

그러자 별 아이는 얼굴을 찡그리며 생각했습니다. 〈대체 무슨 소리야? 샘물에 가서 들여다봐야지. 샘물은 내 아름다운 얼굴을 비추어 줄걸.〉

그래서 그는 가서 샘물을 들여다보았습니다. 그런데 어찌된 일일까요! 그의 얼굴은 두꺼비 같았고 몸에는 뱀처럼 비늘이 나 있었습니다. 그는 풀밭에 몸을 던지고 울었습니다. 그리고 생각했습니다. 〈내게 이런 일이 닥친 건 분명 내가 저지른 죄 때문이야. 내가 내 어머니를 모른다 하고 쫓아내 버렸기 때문이야. 정말 건방지고 무정하게 굴었지. 그러니 이제 온 세상을 뒤져서라도 어머니를 찾아내고야 말겠어. 어머니를 찾기 전에는 결코 쉬지 않겠어.〉

그때 나무꾼의 어린 딸이 그에게 다가와, 그의 어깨에 손을 얹고 말했습니다. 「네가 잘생긴 얼굴을 잃어 버렸다 해서 문제 될 게 뭐겠니? 그냥 우리랑 살자. 난 너를 비웃지 않을게.」

그러나 그는 말했습니다. 「아니야. 난 내 어머니에게 못되게 굴었어. 그래서 그 벌로 이런 일이 내게 일어난 거야. 그러니 난 가야만 해. 어머니를 찾아 용서를 빌 때까지 온 세상을 헤매 다녀야만 해.」

그래서 그는 숲 속으로 달려가 어머니에게 돌아와 달라고 소리쳤지만, 아무 대답도 없었습니다. 하루 종일 그는 어머니를 소리쳐 불렀고, 해가 저물자 쌓인 나뭇잎을 잠자리 삼아 누웠습니다. 그의 잔인함을 기억하는 새와 짐승들은 그를 피해 달아났으므로, 그를 지켜보는 두꺼비와 느릿느릿 그의 옆을 기어가는 뱀 말고는, 그는 혼자였습니다.

아침이 되자 그는 일어나 나무에서 쓴 열매를 조금 따 먹고는 커다란 숲 속으로 계속 나아가며 쓰라린 눈물을 흘렸습니다. 그리고 만나는 모든 짐승에게 혹시 자기 어머니를 보았느냐고 물었습니다.

그는 두더지에게 말했습니다. 「넌 땅 밑으로도 다닐 수 있지. 말해 줘. 내 어머니가 거기 계시니?」

그러자 두더지가 대답했습니다. 「네가 내 눈을 멀게 했잖아. 내가 어떻게 알 수 있겠니?」

그는 방울새에게 말했습니다. 「넌 높은 나무 꼭대기 위로 날아다니며 온 세상을 볼 수 있지. 말해 줘. 내 어머니도 보이니?」

그러자 방울새가 대답했습니다. 「네가 재미 삼아 내 날개들을 잘랐잖아. 내가 어떻게 날아오를 수 있겠니?」

그래서 그는 전나무 안에서 혼자 사는 작은 다람쥐에게 말했습니다. 「내 어머니가 어디 계신지 아니?」

그러자 다람쥐가 대답했습니다. 「넌 내 가족을 모두 죽였잖아. 이제 네 가족도 죽이려고 찾는 거니?」

그래서 별 아이는 울며 고개를 떨구고는 하느님께서 지으신 이 모든 짐승들이 자기를 용서해 주기를 빌었습니다. 그러고는 거지 여자를 찾아 온 숲을 돌아다녔습니다. 사흘째 되는 날 그는 숲의 반대편에 이르러 들판으로 내려갔습니다.

그가 마을들을 지날 때면 아이들이 그를 비웃으며 돌을 던졌고, 어찌나 더러운 꼴을 하고 있었던지 쌓아 둔 옥수수에 곰팡이라도 묻힐까 봐 사람들은 그를 외양간에조차 재워 주려 하지 않았습니다. 하인들은 그를 쫓아냈고, 동정해 주는 이는 아무도 없었습니다. 그는 3년 동안이나 세상을 떠돌아다녔지만, 자신의 어머니인 거지 여자에 대한 소식은 들을 수 없었습니다. 때로는 길에서 저만치 앞서가는 사람이 어머니인 것만 같아서 소리쳐 부르며 뛰어가다 뾰족한 돌에 걸려 발에서 피가 나기도 했습니다. 그러나 그는 그녀를 따라잡을 수 없었고, 길가에 사는 사람들은 한결같이 그런 여자는 본 적이 없다면서 그의 슬픔을 조롱했습니다.

3년 동안 그는 온 세상을 떠돌아다녔지만, 세상에는 그에게 온정과 친절을 보여 주는 이도 자비를 베풀어 주는 이도 없었습니다. 세상은 그가 극히 교만하던 시절 스스로 만들어 놓은 그대로였습니다.

어느 날 저녁 그는 강가의 한 웅장한 도성에 이르렀습니다. 지치고 발이 부르튼 그는 그 성안으로 들어가려 했습니다. 그러나 보초병들은 미늘창으로 문을 가로막으며 거칠게 물었습니다. 「이 도시에 무슨 볼일이냐?」

「저는 어머니를 찾고 있어요.」 그는 대답했습니다. 「저를 들여보내 주세요. 어머니가 이 도시에 계실지도 모르니까요.」

그러나 보초병들은 그를 조롱했고, 그중에서도 한 병사는 검은 수염을 절레절레 흔들더니 방패를 내려놓으며 외쳤습니다. 「네 어머니가 너를 보셔도 전혀 기뻐하시지 않겠다. 넌 못의 두꺼비보다도, 늪의 뱀보다도 더 흉한 꼴이니 말이다. 썩 꺼져. 꺼지라니까. 네 어머니는 이 도시에 사시지 않는다.」

그러자 노란 깃발을 들고 있던 다른 병사가 그에게 말했습니다. 「네 어머니가 누구냐? 그리고 왜 찾아다니는 거냐?」

그는 대답했습니다. 「제 어머니도 저처럼 거지예요. 그런데 제가 몹시 못되게 굴었거든요. 그래서 만일 어머니가 이 도시에 계시다면 용서를 구하려고 그러니 제발 들여보내 주세요.」 그러나 그들은 들여보내 주지 않았고 창으로 그를 쿡쿡 찌르며 조롱했습니다.

그가 울며 돌아섰을 때, 꽃무늬가 도금된 갑옷을 입고 날개 달린 사자로 장식된 투구를 쓴 한 사람이 다가와 병사들에게 성으로 들어가려는 자가 누구냐고 물었습니다. 병사들은 그에게 대답했습니다. 「거지입니다. 게다가 거지의 자식이랍니다. 그래서 쫓아 버렸습니다.」

「아니다.」 그는 껄껄 웃으며 말했습니다. 「그러지 말고 저 더러운 놈을 노예로 팔아 버리자. 그러면 포도주 한 잔 값은 될 거다.」

때마침 추악하게 생긴 한 노인이 지나가다가 소리쳤습니다. 「내가 그를 그 값에 사겠소.」 그러고는 값을 치르고, 별 아이의 손을 잡고는 도시로 끌고 들어갔습니다.

그들은 수많은 거리를 지나 석류나무로 뒤덮인 벽에 나 있는 작은 문에 이르렀습니다. 노인이 조각한 벽옥 반지로 문을 건드리자 문이 열렸고, 놋쇠로 된 층계를 다섯 단 내려가자 검은 양귀비와 태운 진흙으로 만든 녹색 항아리들로 가득 차 있는 정원이 나타났습니다. 거기서 노인은 자기가 쓰고 있던 터번에서 무늬 있는 비단 수건을 꺼내더니, 그것으로 별 아이의 눈을 가리고는, 별 아이를 앞장세워 걸었습니다. 눈에서 수건이 벗겨지고 보니, 별 아이는 희미한 각등이 켜진 지하 감옥에 와 있었습니다.

노인은 나무 접시에 곰팡이 핀 빵을 담아 그의 앞에 놓아주며 〈먹어라〉 하고 말했고, 컵에 찝찔한 물을 담아 주며 〈마셔라〉 하고 말했습니다. 그가 먹고 마시기를 마치자, 노인은 밖으로 나가 문을 잠그고 쇠사슬을 단단히 채웠습니다. 사실 그 노인은 리비아에서 가장 음흉한 마술사였는데, 그 마술은 나일 강가의 무덤들에 사는 마술사로부터 배운 것이었습니다. 다음 날 노인은 그에게 와서 얼굴을 찌푸리며 말했습니다. 「이 이교도들[79]이 사는 도시의 성문 근처에 숲이 있는데, 그 숲에 금화 세 개가 있다. 하나는 백금, 또 하나는 황금, 또 하나는 붉은 금이다. 오늘은 하얀 금화를 가져와야 한다. 만일 그것을 가져오지 않으면 매를 백 대나 때려 줄 테다. 어서 가라. 해 질 무렵 내가 정원 문에서 기다리마. 백금을 가져와야 한다. 안 그러면 신상에 좋지 않아. 넌 내

---

79 Giaours. 투르크인들이 무슬림 아닌 자들, 주로 그리스도인들을 가리키는 말.

노예이고, 난 포도주 한 잔 값을 주고 널 샀으니까.」노인은
별 아이의 눈을 무늬 있는 비단 수건으로 가리고, 집과 양귀
비 정원을 지나 다섯 단의 놋쇠 계단 위로 끌고 갔습니다. 그
러고는 반지로 작은 문을 열더니 그를 길에 내놓았습니다.

그래서 별 아이는 도시의 성문 밖으로 나가 마술사가 말
한 숲 속으로 들어갔습니다.

그 숲은 밖에서 보기에 매우 아름답고 노래하는 새며 향
기로운 꽃들로 가득 차 있을 것만 같아서, 별 아이는 기쁜 마
음으로 들어갔습니다. 하지만 그런 아름다움은 그에게 별
소용이 없었습니다. 가는 곳마다 거친 찔레며 가시덤불들이
돋아나 그를 에워쌌고, 사나운 쐐기풀이 그를 쏘았으며, 칼
끝처럼 곤두선 엉겅퀴들은 그를 마구 찔렀으므로, 그는 정
말 괴로운 지경에 있었습니다. 뿐만 아니라, 마술사가 말한
하얀 금화는, 아침부터 낮까지, 낮부터 저녁까지, 종일 찾아
보았지만, 어디에도 보이지 않았습니다. 해 질 무렵이 되자,
그는 집 쪽을 향하며 쓰라린 눈물을 흘렸습니다. 어떤 운명
이 그를 기다리고 있는지 잘 알고 있었기 때문입니다.

그런데 그가 숲의 가장자리에 이르렀을 때, 덤불 속에서
마치 누가 괴로워하는 듯한 신음 소리가 들려왔습니다. 그
는 자신의 슬픔도 잊고 그리로 달려갔습니다. 그것은 사냥
꾼이 놓아 둔 덫에 걸린 작은 산토끼였습니다.

별 아이는 토끼가 가엾어서 덫을 풀어 주면서 말했습니다.
「나도 노예 신세지만, 네게는 자유를 줘도 되겠지.」

그러자 토끼가 대답했습니다. 「정말 네가 내게 자유를 주었어. 보답으로 뭘 주면 좋을까?」

별 아이가 말했습니다. 「나는 하얀 금화를 찾고 있는데 아무 데서도 못 찾겠어. 주인에게 그걸 가져가지 않으면 나는 매를 맞을 거야.」

「나를 따라와.」 토끼가 말했습니다. 「그러면 내가 가르쳐 줄게. 난 그게 어디에 숨겨져 있는지, 또 왜 숨겨져 있는지도 알고 있거든.」

그래서 별 아이는 산토끼를 따라갔습니다. 놀랍게도, 커다란 참나무의 갈라진 틈새에 그가 찾는 하얀 금화가 있었습니다. 그는 기뻐하며 그것을 꺼냈고, 산토끼에게 말했습니다. 「내가 네게 준 도움을 너는 몇 배나 더 갚아 주었고, 내가 네게 보여 준 친절을 너는 백배나 갚아 주었어.」

「아니야,」 산토끼가 대답했습니다. 「난 네가 내게 해준 대로 네게 했을 뿐이야.」 그러더니 토끼는 날쌔게 달려가 버렸고, 별 아이는 도시를 향해 갔습니다.

그런데 도시의 성문 밖에 한 문둥이가 앉아 있었습니다. 얼굴에는 잿빛 두건을 푹 내려 쓰고 있었고, 눈구멍 안에서는 빨간 석탄 같은 눈이 번득였습니다. 별 아이가 다가오는 것을 보자, 그는 동냥 그릇을 두드리고 종을 흔들며 외쳐 댔습니다. 「한 푼만 주시오. 안 그러면 난 굶어 죽게 생겼다오. 성 밖으로 쫓겨난 데다, 아무도 불쌍히 여겨 주지 않는구려.」

「저런!」 별 아이는 말했습니다. 「내 지갑에는 하얀 금화 한 닢밖에 없는데, 그걸 주인에게 가져가지 않으면 그는 날

때릴 거예요. 난 그의 노예거든요.」

그러나 문둥이는 애걸복걸 매달렸고, 마침내 별 아이는 동정심에 못 이겨 그에게 하얀 금화를 주고 말았습니다.

마술사의 집에 이르자, 마술사는 문을 열어 그를 들여놓고는 물었습니다. 「하얀 금화를 가져왔느냐?」 별 아이는 〈못 가져왔어요〉 하고 대답했습니다. 그러자 마술사는 그에게 달려들어 매질을 하고는, 빈 접시를 내놓으며 〈먹어라〉 했고, 빈 컵을 내놓으며 〈마셔라〉 했습니다. 그러고는 그를 다시 지하 감옥에 가두었습니다.

다음 날 마술사는 그에게 와서 말했습니다. 「만일 오늘 노란 금화를 가져오지 않으면, 난 너를 노예로 붙들어 두고 매를 3백 대나 때려 줄 테다.」

그래서 별 아이는 숲으로 가서 온종일 노란 금화를 찾았지만 아무 데서도 찾을 수 없었습니다. 그래서 해 질 무렵이 되자, 그는 주저앉아 울기 시작했습니다. 울고 있는 그에게 그가 덫에서 구해 주었던 작은 산토끼가 나타났습니다.

산토끼가 그에게 물었습니다. 「왜 울고 있니? 그리고 숲에서 뭘 찾는 거야?」

별 아이가 대답했습니다. 「난 여기 숨겨져 있다는 노란 금화를 찾고 있어. 그걸 찾아내지 못하면 주인은 나를 때리고 노예로 붙들어 둘 거래.」

「날 따라와.」 산토끼가 외쳤습니다. 그러고는 숲 속을 달려가 연못에 이르렀습니다. 그 연못 바닥에 노란 금화가 있었습니다.

「어떻게 감사할지 모르겠구나.」별 아이가 말했습니다. 「두 번씩이나 날 구해 주다니.」

「아니야, 네가 먼저 나를 불쌍히 여겨 주었잖아.」그러더니 산토끼는 날쌔게 달려가 버렸습니다.

그래서 별 아이는 노란 금화를 꺼내 지갑에 넣고는 서둘러 도시를 향했습니다. 그러나 그가 오는 것을 본 문둥이는 그에게 달려와 무릎을 꿇으며 외쳤습니다. 「한 푼만 주시오. 안 그러면 난 굶어 죽게 생겼다오.」

그러자 별 아이는 그에게 말했습니다. 「내 지갑에는 노란 금화 한 닢밖에 없는데, 그걸 주인에게 가져가지 않으면 그는 나를 때리고 노예로 붙들어 둘 거예요.」

그러나 문둥이가 하도 애원하는 바람에, 별 아이는 동정심에 못 이겨 그에게 노란 금화를 주고 말았습니다.

마술사의 집에 이르자, 마술사는 문을 열어 그를 들여놓고는 말했습니다. 「노란 금화를 가져왔느냐?」별 아이는 대답했습니다. 「못 가져왔습니다.」그러자 마술사는 그에게 달려들어 매질을 하고는 쇠사슬로 묶어 다시 지하 감옥에 처넣었습니다.

다음 날 마술사는 그에게 와서 말했습니다. 「만일 오늘 네가 붉은 금화를 가져오면 너를 자유롭게 놓아주마. 그러나 가져오지 않으면 죽여 버리겠다.」

그래서 별 아이는 숲으로 가서 온종일 붉은 금화를 찾았지만 아무 데서도 찾을 수 없었습니다. 그래서 저녁이 되자 그는 주저앉아 울었습니다. 울고 있는 그에게 작은 산토끼가 나타났습니다.

산토끼가 그에게 말했습니다. 「네가 찾는 붉은 금화는 네 뒤쪽 동굴 안에 있어. 그러니까 이제 울지 말고 기뻐해.」

「어떻게 보답할지 모르겠구나.」 별 아이는 외쳤습니다. 「세 번씩이나 날 구해 주다니.」

「아니야, 네가 먼저 나를 불쌍히 여겨 주었잖아.」 그러더니 산토끼는 날쌔게 달려가 버렸습니다.

별 아이는 동굴로 들어가 맨 구석에서 붉은 금화를 찾아냈습니다. 그래서 그것을 지갑에 넣고는 서둘러 도시를 향했습니다. 그가 오는 것을 본 문둥이는 길 한복판에 서서 그에게 외쳤습니다. 「붉은 금화를 내게 주시오. 안 그러면 난 죽게 생겼다오.」 그러자 별 아이는 다시금 그가 불쌍해져서 붉은 금화를 주며 말했습니다. 「나보다는 당신에게 더 필요하니까요.」 그러나 그의 마음은 무거웠습니다. 어떤 운명이 자신을 기다리고 있을지 잘 알고 있었으니까요.

그런데 어찌 된 일입니까! 그가 도시의 성문을 지나가자, 보초병들이 허리 굽혀 절하며 존경을 표시했습니다. 「우리 주인은 얼마나 아름다우신가!」 그리고 시민들이 떼 지어 그를 뒤따르며 외쳤습니다. 「온 세상에 이처럼 아름다운 분은 없을 거야!」 그래서 별 아이는 울며 생각했습니다. 〈나를 조롱하는구나. 내가 비참하다고 얕보는구나.〉 사람들이 하도 모여드는 바람에 길을 잃은 그는 왕의 궁전이 있는 널따란 광장으로 밀려가게 되었습니다.

궁전의 문은 열려 있었고, 사제들과 고관들이 나와 그를 맞이하며 그 앞에 절을 했습니다. 「당신은 우리가 기다리던 우리의 주인, 우리 왕의 아들이십니다.」

그러자 별 아이는 그들에게 대답했습니다. 「저는 왕의 아들이 아니라 불쌍한 거지 여자의 아들입니다. 게다가 내 몰골이 흉하다는 것은 내가 아는데 어째서 아름답다고 하십니까?」

그러자 꽃무늬가 도금된 갑옷과 날개 달린 사자로 장식된 투구를 쓴 사람이 방패를 들어 보이며 말했습니다. 「자신이 아름답지 않다니 웬 말이십니까?」

별 아이는 방패에 비친 자신의 모습을 보았습니다. 그런데 어찌 된 일입니까! 그의 얼굴은 예전처럼 아름다웠습니다. 뿐만 아니라 그의 눈에는 전에 없던 표정이 어려 있었습니다.

사제들과 고관들이 무릎을 꿇으며 말했습니다. 「옛날부터 예언되어 있었습니다. 오늘 우리를 다스리실 분이 오시리라고 말입니다. 그러니 이 왕관과 왕홀을 받아 주시고, 정의와 자비로써 왕이 되어 우리를 다스려 주소서.」

그러나 그는 말했습니다. 「저는 그럴 자격이 없습니다. 저는 저를 낳아 주신 어머니를 부인했습니다. 그분을 찾아내어 용서를 얻기 전에는 쉴 수도 없습니다. 그러니 저를 보내 주십시오. 여러분은 제게 왕관과 왕홀을 가져오셨지만, 저는 온 세상을 떠돌아다녀야 하는 몸입니다. 여기 오래 머물 수가 없습니다.」 이렇게 말하고는 그들에게서 고개를 돌려 성문 쪽으로 가는 길을 향했습니다. 그런데 어찌 된 일입니까! 병사들 둘레에 몰려 있는 군중 가운데서, 그는 자신의 어머니인 거지 여자를 발견했습니다. 그녀의 옆에는 길가에 앉아 있던 그 문둥이가 있었습니다.

별 아이의 입에서는 기쁨의 외침이 터져 나왔습니다. 그는 달려가서 무릎을 꿇고 어머니의 발에 난 상처들에 입 맞추며 눈물로 발을 적셨습니다. 그는 먼지 속에 고개를 떨구고 가슴이 터질 듯이 울며 말했습니다. 「어머니, 제가 스스로 높이던 시절에 저는 당신을 모른다 했습니다. 제가 낮아진 지금 저를 받아 주십시오. 어머니, 저는 당신을 미워했지만, 당신은 저를 사랑해 주십시오. 저는 어머니를 거부했지만, 어머니는 부디 당신 자식을 받아 주십시오.」 그러나 거지 여자는 그에게 한마디도 대답하지 않았습니다.

그러자 그는 손을 뻗쳐 문둥이의 허옇게 곪은 발을 부여잡고 말했습니다. 「나는 당신에게 세 번이나 동정을 베풀었지요. 제 어머니가 제게 한 말씀만 하게 해주십시오.」 그러나 문둥이는 그에게 한마디도 대답하지 않았습니다.

그래서 그는 다시 울며 말했습니다. 「어머니, 전 이 괴로움을 견딜 수 없습니다. 부디 용서하시어 제가 숲 속으로 돌아갈 수 있게 해주십시오.」 그러자 거지 여자는 그의 머리에 손을 얹으며 〈일어나라〉 하고 말했습니다. 문둥이 역시 그의 머리에 손을 얹으며 〈일어나라〉 하고 말했습니다.

그래서 그는 일어나 그들을 보았습니다. 그런데 이게 어찌 된 일입니까! 그들은 왕과 왕비였습니다.

왕비가 그에게 말했습니다. 「이분은 네가 도와 드린 네 아버지이시다.」

왕이 말했습니다. 「이분은 네가 눈물로 발을 씻겨 드린 네 어머니이시다.」

그들은 그의 목을 끌어안고 입 맞추었습니다. 그러고는 그를 궁전으로 데려가 아름다운 옷을 입히고 머리에는 왕관을 씌우고 손에는 왕홀을 들려 주었습니다. 그리하여 그는 강가의 도성을 다스리는 주인이 되었습니다. 그는 모든 사람에게 정의와 자비를 보여 주었습니다. 나쁜 마술사는 추방했고, 나무꾼 내외에게는 많은 선물을 보냈으며, 그들의 아이들에게도 높은 명예를 주었습니다. 그는 아무도 새나 짐승에게 잔인하게 굴지 못하게 했으며, 사랑과 친절과 자비를 가르쳤습니다. 가난한 이들에게는 빵을 주었고, 헐벗은 이들에게는 옷을 주었습니다. 나라 안에는 평화와 번영이 넘쳤습니다.

하지만 그는 오래 다스리지는 못했습니다. 하도 심한 고통을 겪었고 하도 모진 시련의 불길을 거친 터라, 그는 3년 만에 죽었습니다. 그의 뒤를 이은 왕은 악하게 다스렸습니다.

옮긴이의 말

동화 속에 남긴 영혼의 발자국

오스카 와일드처럼 평가가 극에서 극으로 엇갈리는 작가도 많지 않을 것이다. 일각에서는 그를 일시적인 사회·문화적 유행을 누렸을 뿐인 대중 작가로 치부하는가 하면, 반대로 그를 19세기와 20세기의 가교 역할을 한 혁신적인 사상가로 평가하는 이들도 있다. 그의 작품에 대한 평가절하에는 타고난 천재를 자처했던 그 자신의 태도도 한몫을 했으니, 앙드레 지드가 전하는 바대로, 그는 〈내 천재성은 인생에 투자했고, 예술에는 재능만을 발휘했다〉는 식으로 말하기를 즐겼다. 〈와일드 씨는 놀랄 만큼 총명하지만 깊이는 없다〉거나 그의 작품은 〈경탄할 만한 개성의 부산물에 지나지 않는다〉거나 하는 평가는 작가 자신의 발언을 연장한 것이라 해도 좋을 것이다. 그러나 뒤늦게 발간된 그의 서한들에서는 당대의 사회 및 예술에 관한 논제들을 진지하게 고민한 작가이자 비평가로서의 면모가 잘 드러나며, 토마스 만 같은 이는 와일드에게서 니체 사상의 핵심들을 대부분 발견했다고 할 정도로, 그의 인생관 및 예술관은 20세기 전반 유럽 여러 나라의 작가들에게 큰 영향을 미쳤다. 그는 대체 어떤 사람이었던가? 그의 굴곡진 생애 또한 다양한 시각에서 조명되곤 하지만, 대강이나마 짚어 본 후에 작품을 살펴보기로 하자.

오스카 와일드는 1854년 10월 16일 더블린에서 태어났다.[1] 부친 윌리엄 와일드 경은 유명한 안과 의사로 공헌을 인정받아 1864년 훈작을 받았고, 모친 제인 와일드는 결혼 전인 1840년대부터 〈스페란차(Speranza, 희망)〉라는 필명으로 시를 발표하며 〈젊은 아일랜드〉 운동에 동참하던 시인이었다. 양친 모두 영국계 신교도 중간 계급으로, 1829년 가톨릭 해방법 이후 영국적인 것과 아일랜드적인 것을 통합하기 위해 노력하던 세대에 속했다. 와일드 경이 아일랜드 고대 역사 및 민담 연구에 일가견을 가진 민속학자였던 것이나, 레이디 와일드가 아일랜드 민중의 가톨릭에 공감을 가졌던 것은 모두 그 세대의 특성이라 하겠다. 하지만 와일드 경은 여전히 아일랜드가 영국에 합병될 것을 지지하는 합병주의자였으며, 레이디 와일드는 아들들이 영국 의회에 진출하기를 바랐으니, 당시 영국계 아일랜드인들의 이처럼 모순된 자기 정체성은 영국 사교계 및 문단에서의 성공을 구가하면서도 자신의 아일랜드 민족성을 공공연히 과시했던 오스카 와일드에게서도 그대로 발견되는 것이다.

---

1 이하 오스카 와일드의 생애에 대해서는 다음 두 책을 주로 참고했다. Richard Ellmann, *Oscar Wilde*, Vintage Books, 1988. Joseph Pearce, *The Unmasking of Oscar Wilde*, HarperCollins, 2000.

와일드는 2남 1녀 중 차남이었다. 그가 태어난 이듬해 봄에 가족은 더블린의 부촌인 메리언 스퀘어 1번지로 이사했으며, 와일드 일가는 시내에서 손꼽히는 크고 좋은 집에서 독일인 가정 교사와 프랑스인 보모, 여섯 명의 하인을 두고 살았다. 처음에는 여남은 명을 초대한 만찬을 열던 것이, 나중에는 토요일 오후마다 백 명 넘는 인사들이 드나드는 더블린 최초의 〈살롱〉으로 발전하여, 레이디 와일드의 살롱은 1879년 런던으로 이사한 후에도 계속되었다. 그녀는 신장 6피트에 가까운 육중한 체구에 현란한 차림새, 특유의 열정적이고 극적인 화법으로 군림했다고 한다. 와일드의 〈거대한 흰 나방의 유충〉 같은 체격, 자기 현시적인 기질, 〈명성이 아니라면 악명이라도 얻으리라〉는 명예욕 등은 다분히 모친으로부터 물려받은 것으로 보인다. 한편, 와일드 경은 여성 편력으로도 유명해서, 결혼 전에 각기 배다른 사생아인 1남 2녀를 두었으며[2] 훈작 수여를 전후해서는 강간 혐의로 일대 소송을 치르기도 했다니, 남달랐을 집안 분위기를 추측할 수 있다.

훈작 수여와 성추문이 있었던 그해에 와일드 형제는 북아일랜드의 에니스킬렌에 있던 기숙 학교인 포토라 왕립 학교로 보내졌다. 레이디 와일드의 표현대로 〈아일랜드의 이튼 스쿨〉까지는 아니라 해도, 와일드가 훗날 이 학교 출신임을

---

2 적자, 서자를 가릴 것 없이 모두 함께 피서 여행을 가기도 했다고 한다. 서자 1남 2녀와 적자 2남 1녀 중 딸들은 모두 일찍 죽었고 서자인 큰아들 헨리 윌슨도 1877년에 사망하여, 와일드의 동기간으로는 형 윌리(1852~1899)만 남게 되었다.

밝히기를 꺼려 〈1년 정도〉 다닌 것으로 줄여 말할 만큼 나쁜 곳도 아니었다. 와일드는 9세부터 16세까지 7년 동안 그 학교에서 공부한 후, 1871년 왕립 학교 장학생 세 명 중 한 명으로 뽑혀 더블린의 트리니티 칼리지에 입학했다.

트리니티에서는 고전어문학을 공부했으며, 젊은 고대사 교수 J. P. 머해피의 수제자로서 그리스 고전에 심취, 그 과목의 최고 영예인 버클리 금메달을 수상했다. 이 시절에 이미 유미주의, 댄디풍의 복장, 헬레니즘 취향, 기성도덕에 대한 반발 등 그의 기질은 상당 부분 드러나기 시작했는데, 무엇보다도 부친을 심려케 한 것은 그의 가톨릭 성향이었다. 영국은 1534년 종교 개혁을 통해 신교 국가가 된 후 아일랜드에도 영국 국교회(성공회)를 강요하여 아일랜드 성공회를 수립했으나, 아일랜드 인구의 대다수는 가톨릭으로 남아 있었다. 와일드는 모친과 마찬가지로 민중의 신앙인 가톨릭에 끌려 개종을 고려하고 있었고 — 그는 어렸을 때 모친의 즉흥적 발상으로 가톨릭 세례를 받은 적도 있다고 한다 — 그래서 부친은 머해피 교수가 권하는 영국 유학이 그런 성향을 고치는 데 도움이 될 것을 기대하며 유학에 적극 찬성했다. 와일드는 3학년 여름에 옥스퍼드 대학의 모들린 칼리지에서 공모하는 장학금을 취득, 옥스퍼드로 가게 되었다.

옥스퍼드에서 그는 동급생들보다 나이가 많았고 학업에서도 진도가 훨씬 앞서 있었으므로, 공부보다는 자기 스타일 확립에 더욱 몰두했던 것으로 전해진다. 아일랜드 사투리와 더블린식 옷차림을 벗어던지고 영국풍 댄디로 변모하여 폭넓은 사교에 뛰어들었으며 프리메이슨에 가입하기도 했다. 고전어문학 전공이었지만 러스킨, 페이터 등의 예술 강의에도 출석했으며, 초기에는 미(美)를 도덕과 연계시키는 러스킨의 사상에 심취했다가 차츰 데카당스에 가까운 유미주의를 주창하는 페이터 쪽으로 기울어졌다. 그러는 동안에도 와일드는 내내 가톨릭 개종 여부를 놓고 고민했다. 당시 옥스퍼드는 그의 부친의 기대와는 달리 이른바 〈옥스퍼드 운동〉의 여파로 가톨릭에 친화적인 분위기라, 러스킨도 이탈리아 아시시의 수도원에서 피정하는가 하면 페이터 역시 가톨릭의 화려한 예식을 상찬하곤 했다. 가톨릭을 그리스도교 신앙의 유일하게 받아들일 만한 형태로 여겼던 그에게, 가톨릭 개종이란 곧 그리스도교 신앙을 받아들이느냐 마느냐의 문제였다. 개종할 경우 유산을 박탈하겠다는 부친의 엄포를 구실로 줄곧 결단을 미루었지만, 부친이 세상을 떠난 후인 졸업반 때에도 결신 직전까지 갔다가 포기하고 말았다. 〈와일드는 정서적으로는 신앙에 끌리면서도, 기질적으로는 의심의 유혹을 받았다〉라는 한 평자의 지적[3]대로, 그의 내부에는 신앙에 대한 강한 열망과 회의가 동시에 자리 잡고 있었던 것 같다. 출석을 게을리한 나머지 학사 경고를 받기도 했으나, 졸업할 무렵에는 「라벤나Ravenna」라는 시를 써서 뉴디게이트상을 받는가 하면 〈양차 최우수Double firsts〉[4]라는 우수한 성적을 거두었다.

그러나 졸업 후의 진로는 그리 순탄치 않았다. 2학년 여

3 Pearce, p. 80.

름 방학부터 사귀었던 고향 처녀 플로렌스 벌컴이 다른 사람 — 조만간 런던의 라이시엄 극장 지배인으로 부임할, 그리고 훗날 『드라큘라』(1897)의 저자가 될 브램 스토커 — 과 약혼한 것을 알게 되었을 뿐 아니라, 취직 문제도 시원히 풀리지 않았던 것이다. 가톨릭 개종을 유보하는 이유가 되었던 부친의 유산은 말년의 병고로 인해 크게 줄어들어 유족에게 넉넉한 자산이 되지 못했을 뿐 아니라, 뒤이어 세상을 떠난 이복형 윌슨 역시 와일드가 가톨릭 잡지에 시를 발표한 것에 분노하여 자기 몫의 유산을 동생에게 주기보다 사회에 환원하는 편을 택했다. 그래서 그는 대학의 펠로우(선임 연구원)로 남아 그 적은 자산으로 근근이 살아가야 할 것을 비관했건만 아예 펠로우로 뽑히지도 못했으며, 논문 공모에도 떨어졌고, 장학사 직이라도 얻어 보려 했지만 뜻대로 되지 않았다. 게다가 그의 몫의 부동산은 이중으로 매각되어 소송에 걸리는 바람에 상당한 추가 비용을 치르고서야 처분할 수 있었다. 그렇게 해서 마련한 돈으로, 졸업한 이듬해에 학창 시절 친구이던 화가 프랭크 마일스와 함께 런던에 집을 구해 정착하게 되었다.

이후 2년 남짓한 동안 그는 첫 희곡 『베라, 또는 허무주의자들Vera; or, The Nihilists』(1880)과 시집인 『시집Poems』

4 옥스퍼드 인문학 과정은 라틴어와 그리스어에 역점을 두는 전반부(Honour Moderations; Mods)와 고전 문학, 역사, 철학, 고고학, 언어학 중에 전공을 선택하는 후반부(Literae Humaniores; Greats)로 이루어지는데, 이 양차(兩次)에 모두 최우수 등급(First class)을 받은 것이다. 참고로, C. S. 루이스는 여기에 더해 영문학 과정에서도 최우수 등급으로 Triple firsts를 받았다.

(1881)을 자비로 출판했는데, 「베라」의 공연은 성사되지 못했고, 『시집』은 옥스퍼드 도서관에 기증한 것이 표절 혐의[5]로 반려되었을 뿐 아니라 마일스의 부친으로부터 퇴폐성을 의심받아 마일스와 함께 살던 집에서 쫓겨나는 수모를 겪어야 했다. 하지만 이 모색기에 그가 해낸 더 중요한 일은 런던 사교계에 진출하여 자기 스타일의 유미주의자로서의 입지를 다진 것이니, 그는 도발적인 위트와 눈에 튀는 옷차림, 화려한 언변으로 화제를 모으며 당대의 문인 및 예술가, 귀족들과 왕래하게 되었다. 그렇듯 그가 만들어 간 〈유미주의자 와일드〉의 이미지를 확고히 하는 계기는 뜻하지 않게 찾아왔다. 1881년 4월에 초연된 길버트&설리번의 희가극 「페이션스Patience」는 1870~1880년대 영국의 유미주의 운동을 풍자한 작품인데, 그 뉴욕 공연을 홍보하기 위한 미국 순회 강연자로 와일드가 섭외되었던 것이다.[6] 사실상 「페이션스」의 주인공인 유미주의자 번손은 앨저넌 찰스 스윈번, 단테이 게이브리얼 로세티 등을 모델로 한 인물이었지만, 와일드가 홍보 연사로 나서게 되는 바람에 마치 그가 주인공이기나 한 것처럼 여겨지게 되었다. 애초에 4개월로 예정되었던 강연 여행은 〈영국 예술의 르네상스〉, 〈심미적 이론의 실내외

5 그의 시들은 〈윌리엄 셰익스피어, 필립 시드니, 존 던, 바이런 경, 윌리엄 모리스, 앨저넌 스윈번 등을 위시한 60여 명 시인들의 모작에 불과하다〉는 평가를 받았다.
6 라디오, 텔레비전 등의 매체가 생겨나기 이전에는 강연이 예술가나 작가가 대중과 접할 수 있는, 인쇄물 이외의 유일한 통로였다. 랄프 왈도 에머슨, 마크 트웨인 등도 인기 있는 연사였고, 강연을 중요한 수입원으로 삼았다.

장식 및 복식에의 실제적 적용〉 등을 주제로 와일드 특유의 재치와 입담 덕분에 인기와 혹평을 두루 누리며 1년으로 연장되었고, 미국 전역과 캐나다에서 140회가량의 강연을 마치고 귀국할 무렵 그는 유명 인사가 되어 있었다.

1883년 봄, 여행에서 번 돈으로 몇 달간의 파리 생활을 즐기고 돌아온 와일드는 2년 전에 처음 만났던 부유한 왕실 고문 변호사의 딸 콘스탄스 로이드와 사귀기 시작, 11월에 약혼하여 이듬해 봄에 결혼했다. 〈아름다운 집〉에 대한 그간의 논변을 입증하려는 듯 반년 넘게 실내 장식에 비용을 아끼지 않고 손질한 타이트 가 16번지(현재 34번지)에 입주한 것이 1885년 1월 1일, 6월에는 장남 시릴이 태어났다. 런던 사교계의 이단아로 이목을 끌던 그가 이제 버젓한 가정의 가장이 된 것이다. 그러나 그의 지나친 씀씀이 때문에 콘스탄스의 자산만으로 생활이 되지 않아[7] 강연 여행(미국 순회 강연의 성공 덕분에 다시 1년가량은 미국 체험을 이야기하는 강연에 불려 다니곤 했다)의 수입 외에도 여러 지면에 기고하여 원고료를 벌어야 했고, 차츰 강연 요청이 끊기자 저널리즘을 본업으로 삼게 되었다. 19세기 중엽 이후 급증한 대중 잡지는 한때 수준 낮은 언론으로 비판받았으나, 1880년대부터는

---

[7] 미국 순회 강연을 떠날 무렵 그는 돈이 다 떨어져 가고 있었고, 강연에서 번 돈은 파리에서 다 써버렸으므로, 결혼할 무렵에는 1,200파운드가량의 빚을 지고 있었다. 콘스탄스의 후견을 맡고 있던 조부는 그가 빚을 일부나마 갚는 것을 보고서야 결혼을 허락했다. 콘스탄스에게는 연 250파운드, 조부 사망 시 9백 파운드의 수입이 있었고, 결혼 자금으로 조부의 유산에서 5천 파운드를 선지급받았다(Ellmann, p. 247).

이른바 〈뉴 저널리즘〉이라는 좀 더 지적인 경향의 언론 매체로 바뀌어 가면서 역량 있는 평자들을 필요로 하고 있었다. 그는 이런 형태의 글쓰기를 즐겼고 1886년 이후, 특히 1887~1888년 사이에 약 1백 편가량의 리뷰를 썼는데, 그렇게 다방면의 글을 쓰면서 문학, 예술, 인생, 사회 등에 관한 생각을 정리하고 확립해 갔던 것으로 보인다. 이런 재능을 주목받아 1887년 4월에는 『레이디스 월드*Lady's World*』의 편집장 직을 얻었으며, 제목을 〈우먼스 월드*Woman's World*〉로 바꾸고 주제와 필진을 일신하여, 당시 깃발을 올리던 신여성*New Woman*의 발언대로 성가를 높였다.[8]

그에게 작가로서의 첫 명성을 안겨 준 것은 동화집 『행복한 왕자 및 그 밖의 이야기들*The Happy Prince and Other Tales*』(1888)이었다. 책을 내줄 출판사를 찾지 못해 애를 먹었지만, 출간된 책은 큰 호평을 받았다. 『우먼스 월드』 일에서 차츰 손을 떼면서 본격적으로 예술 및 인생에 대한 생각을 개진한 에세이들도 쓰기 시작했고, 소설 『도리언 그레이의 초상*The Portrait of Dorian Gray*』을 잡지에 발표하여 화제를 불러일으켰다. 그리하여 1891년에는 『도리언 그레이의 초상』의 확장판을 출간한 데 이어, 평론집 『의향*Intentions*』,

8 『레이디스 월드』는 주로 패션과 사교에 관한 잡지였으나, 와일드는 잡지 제목을 〈우먼스 월드〉로 바꾸면서 당시 여성들의 좀 더 폭넓은 관심사를 다룰 것을 제안, 그간의 교제 범위를 보여 주는 화려한 필진으로부터 페미니즘 경향의 기사들, 문화 기사들을 얻어 냈다. 그 자신은 문학 칼럼을 맡았으며, 일주일에 이틀 동안만 오전 근무를 하고 주급 6파운드를 받는 조건으로 일을 시작했으나 점차 흥미를 잃어 그만두게 되었다. 『우먼스 월드』는 1889년 10월 그가 사표를 낸 지 얼마 안 되어 폐간되었다.

단편집 『아서 새빌 경의 범죄 및 그 밖의 이야기들*Lord Arthur Savile's Crime and Other Stories*』, 동화집 『석류의 집 *A House of Pomegranates*』을 출간하여 한 해에 4권의 책을 내는 쾌거를 이루었다. 이해에는 그 밖에도 결혼 전에 완성했으나 빛을 보지 못했던 「파도바 공작 부인The Duchess of Padua」의 뉴욕 공연을 성사시켰고, 대표적인 에세이 「사회주의하의 인간 영혼The Soul of Man Under Socialism」을 발표했으며, 연말에는 희곡 「살로메Salomé」를 완성했다. 뒤이어 1892년에는 풍속 희극 「윈더미어 부인의 부채Lady Windermere's Fan」의 성황으로 일찍부터 꿈꾸었던 대로 극작가로서 성공했을 뿐 아니라 상업적으로도 큰 수익을 거두었고,[9] 이후 2~3년 사이에 「하찮은 여인A Woman of No Importance」, 「이상적인 남편An Ideal Husband」, 「진지함의 중요성The Importance of Being Earnest」 등을 연이어 무대에 올리면서 극작가로서의 명성을 확고히 했다.

그러나 이 같은 승승장구의 이면에는 불길한 비밀이 자라나고 있었으니, 바로 그를 파멸에 이르게 한 동성애 문제이다. 그는 일찍이 대학 시절부터 헬레니즘에 심취하여 고대 그리스의 소년애에 공감했으며 자신을 따르는 소년들에게 각별한 우정을 표출하곤 했다.[10] 하지만 그것이 명실상부한

9 와일드는 이 작품으로 첫해에만 7천 파운드를 벌었다고 하는데(Ellmann, p. 334), 이는 오늘날의 60~70만 파운드에 해당할 것으로 추산된다.
10 1889년에 발표한 단편소설 형식의 문학 평론 「W. H. 씨의 초상화The Portrait of Mr. W. H.」에는 그가 어떻게 자신의 동성애 성향을 자각하게 되었을지 짐작케 하는 대목이 있다. 〈나는 그를 한 번도 본 적이 없었지만 그는

동성애로 발전한 것은 1886년 〈그를 유혹할 작정〉[11]으로 찾아온 로버트 로스를 만나면서부터였던 것으로 알려진다. 로스 이후에도 〈도리언 그레이〉의 모델이 되었던 존 그레이를 위시하여 여러 미소년들과 특별한 사이가 되었지만, 치명적이었던 것은 1892년 6월 앨프레드 더글러스 경과의 만남이었다. 당시 옥스퍼드 대학생이던 더글러스는 퀸즈베리 후작의 세 아들 중 막내로, 빼어난 용모만큼이나 걷잡을 수 없는 성정의 소유자였다. 더글러스를 만난 후로 와일드는 정상적인 생활을 할 수 없었을 뿐 아니라 — 1893년부터는 집필을 핑계로 호텔에 묵었으며 가정을 내팽개치다시피 했다 — 금전적으로도 큰 부담을 겪었고[12] 더글러스에게 이끌려 발 들여놓은 소년 매매춘의 세계에서 폭로 협박에 시달렸으며, 무엇보다도 그가 곁에 있는 한 글을 쓸 수가 없었다. 그래서 더글러스의 성질이 폭발할 때마다 수차 관계를 끊으려 했고, 그의 모친에게 편지를 써서 아들의 건강을 위해 이집트에라

오래전부터 나와 함께 있었고, 내가 그리스 사고와 예술에 열정을 바치며 헬레니즘 기상에 전적으로 공감하게 된 것은 그의 영향 때문이었다. 옥스퍼드를 다니던 시절, 헬레니즘의 문구가 얼마나 나를 설레게 했던가! 그 당시에는 왜 그랬는지 알 수 없었다. 그러나 지금은 알고 있다. 내 곁에는 항상 어떤 존재가 있었던 것이다.〉

11 Ellmann, p. 275.

12 그의 옥중기인 『심연으로부터』를 보면, 더글러스가 떠안기는 금전적 부담도 와일드에게 깊은 원망을 남겼음을 알 수 있다. 와일드는 더글러스를 위해 5,000파운드 이상을 쓴 것으로 계산하고 있으며, 그로 인해 자주 돈에 쪼들렸다. 처음 퀸즈베리 경으로부터 모욕적인 명함을 받았을 때도, 그는 더글러스 부자(父子)를 모두 피해 파리로 가려 했으나, 밀린 호텔 숙박비를 치를 돈이 없어서 떠나지 못했다고 한다(Pearce, p. 325).

도 잠시 보낼 것을 제안하기도 했다. 그러나 그가 이집트 여행에서 돌아오는 길에 파리에서 자살하겠다고 위협하며 다시 만날 것을 종용하자 끝까지 뿌리치지 못해 함께 피렌체 여행에 다녀왔고 파괴적인 관계는 계속되었다.

파국은 1895년 2월 퀸즈베리 후작이 와일드가 드나들던 앨버말 클럽에 그를 〈남색가〉로 일컫는 명함을 도전장처럼 남겨 두면서부터 시작되었다. 아들 이상으로 난폭하고 맹렬한 성정의 소유자였던 후작은 진작부터 막내아들과 와일드의 관계를 눈치채고 경고해 오던 차에, 그 전해 10월에 겪은 맏아들의 죽음이 당시 수상이던 로즈버리 백작과의 동성애와 연관된 자살이었으리라는 소문이 돌자 격분한 나머지, 와일드에게 보복을 작정한 터였다. 부친과 사이가 좋지 않았던 더글러스는 와일드에게 명예 훼손 소송을 낼 것을 종용했고, 퀸즈베리 후작 측에서는 와일드가 실제로 동성애자라는 것을 증명할 증거를 수집하기에 나섰다.[13] 와일드의 친구들은 소송을 취하할 것을 설득했으나 더글러스의 막무가내 고집이 이겼다. 4월 초의 공판 결과 퀸즈베리 후작은 무죄 방면되는 대신 재판 과정에서 드러난 〈풍기문란죄gross indecency〉로 인해 와일드 자신이 체포되어[14] 피고석에 앉게 되었다.

13 명예 훼손 소송에서 피고가 유죄 판결을 피하기 위해서는 원고에 대한 그의 비방이 사실임을 입증해야 했다. 더글러스는 후작이 이런 뒷조사에 2~3천 파운드를 썼다고 하는데, 재판에서 결정적으로 불리한 증거가 된 것은 더글러스 자신이 함부로 내돌린, 그리하여 남창 소년들의 손을 거쳐 후작의 수중에 들어간, 와일드가 그에게 보냈던 연서들이었다(Ellmann, pp. 488~489).

1885년의 형사법 개정안 11조[15]가 제정된 후로 남성들의 동성애는 범법 행위가 되었던 것이다. 와일드의 재판이 있기 몇 년 전인 1889년에는 유명한 클리블랜드 스트리트 스캔들로 왕세손을 위시하여 고위 귀족들의 이름이 동성애로 회자되고 경찰 조사가 있었으나, 유력자들의 영향으로 용의자가 해외로 도피함으로써 사건이 덮어진 적이 있었다. 사회 지도층 인사들과 가난한 소년들 간의 성매매는 은밀한 관행으로 묵과되던 터였다. 그러나 이번에는 유력자가 원고 측에 섰으니 모면할 길이 없었다. 와일드는 첫 공판 후 배심원 불일치로 재심이 청구되자 5월 초에 어렵사리 보석으로 풀려났다가[16] 3주 후에 열린 재심에서 2년간의 징역과 중노동형 판결을 받았다.

징역은 그에게 감당하기 힘든 시련이었다. 투옥 초기에 그를 면회했던 지인들은 한결같이 그가 정신적·육체적으로 급격한 변모를 겪었음을 증언한다. 딱딱한 판자 침상 위의 불면, 빈약한 음식들로 인한 항시적인 굶주림과 설사, 고된

14 주위에서는 클리블랜드 스트리트 스캔들의 용의자가 그랬듯이 와일드도 해외로 피신할 것을 기대했다. 퀸즈베리 후작도 그가 피신하리라고 여겨, 〈당신이 달아나는 것은 막지 않겠으나, 내 아들을 데려간다면 개처럼 쏘아 죽일 것〉이라고 협박한 터였다. 그는 피신 여부를 놓고 갈팡질팡하다가 마지막 순간에 용단을 내리지 못했다(Ellmann, pp. 452~456).

15 부녀자 보호를 위해 성범죄 처벌을 강화한 이 개정안은 매춘에 대한 기존 법령을 강화하는 한편 남성 동성애를 범법으로 규정했다.

16 이 기간에 친구들은 그에게 또다시 해외로 피신할 것을 권하고 구체적인 밀항 계획을 세우기도 했으나 모친은 〈네가 설령 감옥에 간다 하더라도 남아서 버틴다면 내 아들이지만, 만일 달아난다면 내 아들도 아니다〉라며 의연히 버틸 것을 주장했다(Ellmann, p. 468).

형벌, 수시로 감내해야 하는 치욕으로 인해, 그는 불과 한 달 사이에 체중이 22파운드나 줄어 볼이 푹 꺼졌으며 머리칼이 세고 빠지는 데다 퀭해진 눈에는 초점이 없었고 말문을 닫아 버려서 정신 상태가 우려될 정도였다. 파산 선고가 내려지자 지인들은 등을 돌렸으며, 끝까지 의리를 지킨 이는 몇 안 되었다. 아내 콘스탄스가 그중 한 사람이었다. 그녀는 와일드가 수감된 후 아들들을 추문으로부터 보호하기 위해 스위스로 피신했으며 친정 쪽의 오래된 이름인 홀런드Holland[17]로 성(姓)을 바꾸고 이혼 절차를 준비 중이었다. 하지만 와일드의 간곡한 요청을 받아들여 이혼을 접었고, 9월에는 면회하러 와서 재결합을 약속해 주었다. 연초의 낙상으로 척추를 다쳐 그녀 자신도 성한 몸이 아니었음에도 이듬해에 와일드의 모친이 사망했을 때는 이탈리아에서부터 먼 길을 찾아와 소식을 전하고 위로해 주기도 했다. 반면, 더글러스는 와일드의 편지를 함부로 내돌려 그 사달이 나게 해놓고도, 또다시 그의 다른 편지들을 지면에 게재하려는 어이없는 시도로 그를 괴롭혔다. 수감된 지 1년이 넘어 겨우 종이와 펜을 허락받게 되었을 때 와일드가 더글러스에게 쓴 긴 편지는 원망과 회한으로 가득 차 있어 재판 당시 끝까지 더글러스를 보호하려 애썼던 그가 감옥 생활 동안 어떤 심경 변화를 겪었던가를 말해 준다.[18] 편지의 후반부는 영혼의 갱생을 소망하

17 〈홀런드〉는 콘스탄스의 오빠 오토 홀런드 로이드의 미들 네임이기도 했다. 오스카 와일드의 전작을 정리한 평론가 멀린 홀런드는 그의 손자이다.

18 와일드는 이 편지를 발송할 수 없었고 출옥 시 돌려받아 로스 — 그의 첫 동성 연인이자 끝까지 충실한 친구였던 — 에게 맡기며, 타이핑한 사본을

226

며 지난날을 성찰하고 그리스도를 숙고하는 내용으로 이루어져 있다.

1897년 5월 19일 새벽에 그는 석방되었다. 몇몇 지인들이 그의 새 출발을 격려하며 맞이해 주었다. 그 길로 예수회 수도원에 6개월간의 피정을 신청했으나 거절당했고, 밤배로 영불 해협을 건너 지인들이 거처를 마련해 놓은 디에프로 갔다. 진작 2년 전에 그 길을 갔더라면 피할 수도 있었을 정신적 육체적 외상을 고스란히 겪은 다음이었다. 세바스천 멜모스Sebastian Melmoth[19]가 이제 그의 이름이 될 것이었다. 정말로 수도원에 들어가기를 원했다면 왜 진작부터 지인들을 통해 주선해 놓지 않았는지, 좀 더 끈질기게 기다리든가 다른 수도원이라도 알아보지 않았는지 안타까움이 일지만, 이후로 그의 선택과 결정은 다 그런 식이었다. 아내와 재결합을 원했지만 자신이 원하는 대로 그녀가 자식들을 데리고 디에프로 와주지 않는 것에 실망했고, 그녀 편에서 계속하여

2부 만들어 1부는 와일드 자신에게, 1부는 더글러스에게 보내 줄 것을 부탁했다. 와일드 사후에 로스는 퀸즈베리 일가에 대한 언급을 삭제한 판본을 〈심연으로부터De Profundis〉(1905)라는 제목(「시편」 130:1 〈내가 깊은 곳에서 주께 부르짖었나이다〉에서 가져온 제목)으로 출간했다. 이후 로스는 원고의 나머지 부분을 조금씩 더 공개했으나, 1918년 세상을 떠나기 전에 대영 박물관에 원고를 맡기며 1960년 이전에는 공개할 수 없다는 조건을 달았다. 대영박물관 원고에 기초한 완전한 판본은 1962년에 출간되었다.

19 외종조부 찰스 매튜린의 소설 『방랑자 멜모스Melmoth the Wanderer』와 순교자 성 세바스티아누스의 이름을 더한 것이다. 방랑자는 그렇다 치고, 두 번 순교당한 세바스티아누스는 의미심장하다. 와일드는 자신에게 징역에 이은 또 한 차례의 형벌 — 사회 속에서 당해야 할 모멸 — 이 남아 있음을 예견했던 것일까.

만남을 연기하는 것을 지긋이 기다리지 못했다.[20] 재결합을 조르며 평생 변치 않을 사랑과 안락한 삶을 약속하는 더글러스의 거듭되는 편지에, 그는 또다시 휩쓸렸다. 8월에 그들은 다시 만났고, 9월부터 약 10주 동안 나폴리에서 함께 지낸 후에 헤어졌다. 이듬해 봄에는 소원히 지내던 아내도 죽었고, 자식들은 어디 있는지 알 수 없었다.

이후로 그의 삶은 이전 삶의 쓸쓸한 다시 보기와도 같았다. 스위스, 이탈리아, 프랑스 등지를 떠도는 동안, 이전에 알던 사람들이 그의 곁을 스쳐 가며, 잠깐씩 그에게 숙식과 편의를, 적선과 경멸을 베풀었다. 1899년 5월부터는 파리의 누추한 호텔들을 전전하며 지냈는데, 더글러스 역시 같은 파리에 있었지만 거의 만날 수 없었다. 〈진짜 형벌은 감옥을 나서는 순간부터 시작된다〉고 그는 말했다. 석방을 앞두고 새 출발을 꿈꾸며 준비했던 것들은 차츰 그에게서 떨어져 나갔다. 더는 글도 쓰지 못했다. 석방 직후에 쓴 장시『레딩 감옥의 노래 The Ballad of Reading Gaol』를 다듬고 또 다듬는 것이 고작이었는데, 1898년에 출간된 이 작품은 대중의 호기심 덕분에 잠시 인기를 누렸을 뿐 그를 다시 작가로 만들어 주지는 못했다. 〈쓸 수는 있지만, 쓰고 싶은 마음이 들지

20 그녀는 다친 척추 때문에 건강이 좋지 않아 여행할 형편이 못 되었고, 남편을 자식들의 아버지로 받아들이기에 앞서 그가 정말로 개전했는지 두고 볼 기간이 필요하기도 했다. 남편과 더글러스의 재결합에 분노한 것도 잠시, 이듬해 봄에는 척추 재수술을 받아야 했고 그 때문에 세상을 떠났다. 그래도 남편 몫으로 150파운드의 연금을 남겨 주었는데, 최소한의 생계비는 될 액수였지만 와일드에게는 술값밖에 되지 않았다.

않는다〉는 것이 그의 변명 아닌 변명이었다. 옥중에서 실신하여 쓰러지면서 다쳤던 귀가 재발하여 뇌막염으로 발전,[21] 힘든 수술을 마친 후 의사의 경고에도 불구하고 독주를 찾는 그를 말리자 역시 비슷한 대꾸를 했다고 한다. 〈내가 뭘 위해 살아야 하는데?〉 1900년 11월 30일, 그는 고통으로 혼미한 가운데 종부 성사를 받은 후 숨을 거두었다. 유해는 파리 외곽의 바뇌 묘지에 안장되었다가 1909년에 페르 라셰즈 묘지로 이장되었다.

◆

와일드 사후 그의 이름은 한동안 오명의 안개에 싸여 있었다. 20세기 초기에는 1890년대를 무모한 과도기로 보는 시각이 지배적이라 와일드 역시 한때의 추문으로 치부되던 데다가, 1905년에 출간된 불완전한 판본의 『심연으로부터』가 큰 인기를 끌면서 그는 〈돌아온 탕자〉의 이미지로 굳어지는 한편 작품은 평가절하되는 경향이 있었다. 그런 가운데서도 그의 작품들은 유럽 각국에서 꾸준히 읽히면서 많은 작가들에게 영향을 주었고, 1960년대에 들어 서한집과 함께 완전한 판본의 『심연으로부터』가 출간되면서부터 재평가되기 시작했다. 1998년 런던 트라팔가 광장 근처에 설치된 녹색 화강암과 청동으로 만든 「오스카 와일드와의 대화」라는 조각상은 그가 영국 사회에 다시 맞아들여진 것을 나타내는

21 그를 죽음에 이르게 한 이 병이 대학 시절에 한 창녀로부터 옮은 매독 때문이라는 엘먼의 주장은 여러 사람에 의해 반박되었다.

기념물이라 할 수 있다. 2000년 교황청의 지원을 받는 한 예수회 간행물은 그가 받은 종부 성사에 역점을 두어 그를 복권시키기도 했다.

와일드는 한창 활동할 시기에 철퇴를 맞은 격이라, 명성에 비해 작품은 비교적 단출한 편이다. 초기 시집[22]과 습작이라 할 희곡 2편,[23] 그리고 잡다한 리뷰[24] 외에, 1888~1894년의 본격적인 문필 생활 동안 써낸 것은 소설 1편,[25] 희곡 5편,[26] 단편소설 4편,[27] 동화 9편,[28] 산문시 6편,[29] 그리고 5~6편가량의 본격 에세이[30]가 전부로, 1895년의 파국 이후에는 편지

22 『시집』, 1881년 출간.

23 『베라, 또는 허무주의자들』, 1880년 출간, 1883년 초연; 『파도바 공작 부인』, 1883년 완성, 1891년 초연.

24 1886년부터 1888년 사이에 약 100편가량의 리뷰와 에세이를 썼다고 한다.

25 『도리언 그레이의 초상』, 1890년 6월 『리핀코츠 먼슬리 매거진』에 발표, 이듬해 4월 확장판으로 출간.

26 「살로메」, 1891년 집필, 1892년 초연 좌절, 1893년 프랑스어본 발간, 1894년 영역본 출간; 「윈더미어 부인의 부채」, 1892년 초연, 1893년 출간; 「하찮은 여인」, 1893년 초연, 1894년 출간; 「이상적인 남편」, 1895년 초연, 1899년 출간; 「진지함의 중요성」, 1895년 초연, 1899년 출간.

27 『아서 새빌 경의 범죄 및 그 밖의 이야기들』(1891)에 실린 단편이 총 4편이다. 「W. H. 씨의 초상화」는 단편소설 형식을 띤 문학 평론이라 할 수 있으므로 와일드 자신이 펴낸 단편집에는 실리지 않았고, 근래에는 평론집에 포함되기도 한다.

28 『행복한 왕자와 그 밖의 이야기들』(1888)과 『석류의 집』(1891)에 실린 동화가 총 9편이다.

29 「산문시」(1894)란 『포트나이틀리 리뷰』에 발표한 여섯 편의 산문시를 말한다.

30 본격적인 평론으로 꼽히는 것은 여남은 편 정도이다. 와일드 자신이 펴낸 평론집인 『의향』(1891)에는 「거짓말의 쇠퇴」(1889), 「펜, 연필 그리고

글 형식의 옥중기[31]와 수형 생활을 그린 장시 1편[32] 말고는 이렇다 할 작품을 쓰지 못한 채 세상을 떠났다.

동화는 그의 많지 않은 작품 중 상당한 비중을 차지하는데, 앞에서 본 대로 그가 첫 문명(文名)을 얻은 것도 동화 덕분이었다. 19세기에는 민담 수집이 널리 행해지는 한편 한스 크리스티안 안데르센을 위시한 작가들의 창작 동화가 인기를 얻기 시작한 터였다. 동화집 『행복한 왕자』(1888)에 대해 『유니버설 리뷰』지는 이 작품이야말로 〈오스카 와일드 씨의 천재성을 유감없이 보여 준다〉라고 평했고, 『애서니엄』지는 〈동화를 쓰는 재능은 드문데, 오스카 와일드 씨는 보기 드물 정도로 그런 재능을 지녔다〉라고 칭찬하는가 하면 그를 안데르센에 비견하기도 했다. 스승 월터 페이터의 극찬 역시 그를 기쁘게 하여, 그는 내처 그해 연말에 『레이디스 픽토리얼』의 성탄 특집호에 「어린 왕」을 발표했고, 3년 후에는 두 번째 동화집인 『석류의 집』(1891)을 펴냈다.

그러나 와일드의 동화는 그의 작품에서 다소 열외로 취급되어 왔으니, 어린 독자를 대상으로 하는 장르라는 선입견 때문이다. 영어의 페어리 테일 *fairy tale*은 우리말의 〈동화〉처럼 대상 독자를 규정하는 용어는 아니지만, 그래도 대체로

독약」(1889), 「가면의 진실」(1885), 「예술가로서의 비평가 I, II」 등 네 편의 에세이가 실렸다. 유명한 「사회주의하의 인간 영혼」(1891)은 따로 잡지에 게재되었다. 그의 평론집에는 선자들에 따라 리뷰 중에서 고른 몇몇 짧은 글이 함께 실리곤 한다.

31 『심연으로부터』(1905).

32 『레딩 감옥의 노래』(1898).

어린 독자를 상정하는 장르로 간주되기는 마찬가지이다. 실제로 와일드는 〈모든 아버지는 자녀를 위한 동화를 지어야 한다〉고 말했고, 어린 아들들에게 자신의 동화를 읽어 주기도 했다. 그가 아이들과 눈높이를 같이하며 놀아 주던 자상한 아버지였다는 것은 잘 알려진 사실이다. 하지만 그렇다고 해서 그의 동화가 아이들만을 위해 쓰인 것이라고 보기는 어렵다. 와일드 자신의 말을 빌리자면 그것은 〈아이들과, 아이 같은 마음을 지닌 모든 사람들〉을 위한 것으로, 실제 작품의 문면을 보면 아이보다 어른을 위해 쓰인 것 같은 대목이 적지 않다. 와일드의 동화가 어린 독자들만을 위해 쓰이지 않았다는 사실은 『석류의 집』의 만듦새에서도 잘 드러난다. 『석류의 집』의 이야기 네 편은 각기 당대 최고의 여류 명사들에게 헌정되었으며 ── 책 전체는 아내인 콘스탄스에게 헌정되었다 ── 초판의 호화 장정이나 상징적인 표지 그림 모두 아이들을 위한 것이라고 보기는 어렵기 때문이다. 『석류의 집』은 탐미적인 문체, 동성애적 성향, 죄와 타락을 다룬 내용 등 아이들이 이해하기에는 다소 무리가 있으므로, 아동 도서로 출간된 와일드의 동화집들은 『석류의 집』에 실린 네 편 중 「어부와 그의 영혼」이나 때로는 「공주님의 생일」까지도 제외시키는 것을 볼 수 있다.

사실 그의 동화는 어른을 위한 장르인 단편소설보다도[33]

---

33 그의 동화는 단편소설, 산문시 등과 함께 『짧은 허구 작품들 *Short Fiction*』(Penguin Classics)이나 『짧은 이야기들(단편집) *Short Stories*』(Oxford World Classics)로 함께 묶이곤 한다.

오히려 더 진지한 이야기들이다. 그의 단편소설은 재치 있는 입담으로 기존의 사회적 코드를 전복시킴으로써 재미를 주는 작품들로, 그다지 진지한 메시지를 담고 있다고 보기는 어렵다. 반면 그의 동화는 선과 악, 사랑과 이기심, 탐욕, 허영, 세상의 고통과 비참, 죄와 구원 등 인생의 근본적인 문제들을 다루고 있다. 물론 「행복한 왕자」나 「저만 알던 거인」 같은 대표작들은 그런 주제들을 아이들도 충분히 알아들을 만한 이야기로 풀어내고 있지만, 그렇게 표면적인 이야기가 전부가 아니라는 것은 그의 다음과 같은 말에서도 확인된다.

「행복한 왕자」는 현대의 비극적인 문제를 섬세함과 상상력 풍부한 취급을 지향하는 형식으로 다루려는 시도이다. 그것은 현대 예술의 순전히 모방적인 성격에 대한 반작용이다.[34]

〈현대 예술의 순전히 모방적인 성격〉이란 그가 평소 비판해 왔던 사실주의를 가리키며, 그에 대한 〈반작용〉으로 택했다는 〈섬세함과 상상력 풍부한 취급을 지향하는 형태〉란 환상적 요소를 지닌 동화를 가리키는 것임을 알 수 있다. 그 바탕이 되는 것은 전설과 민담의 전통이니, 와일드 경은 널리 알려진 민담 수집가였고 레이디 와일드 역시 남편이 수집한 민담들을 엮어 『아일랜드의 고대 전설, 신비한 주문 및 미신

---

34 Letters 355, Jarlath Killeen, *The Fairy Tales of Oscar Wilde*, Aldershot, Ashgate, 2007, p. 22에서 재인용.

Ancient Legends, Mystic Charms, and Superstitions of Ireland』 (1887)으로 펴낸 바 있었다. 그런 가정 분위기 가운데 익히 들어 온 전설과 민담이 그에게 영감의 원천이 되었을 것을 짐작할 수 있다. 그런데, 그런 형식을 빌어 〈현대의 비극적인 문제〉를 다루었다는 말은 그의 동화가 표면적인 이야기 이면에 또 다른 의미 차원을 지니고 있음을 뜻한다. 동화에서 그가 그려 보이는 가난과 비참, 그가 냉소하는 물질 만능주의, 계량주의, 자기중심주의 등은 동화다운 필치로 다루어지고 있지만, 실은 그가 살았던 빅토리아 시대 후기 곧 자본주의가 팽배해 가면서 각종 폐단이 드러나던 시대의 사회상을 시사하는 것이다. 특히 그는 아일랜드인으로서, 대기근 이후 영국으로 건너온 아일랜드 이민자들의 척박한 삶이나 영국이 식민지 아일랜드를 수탈해 온 방식에 무관심할 수 없었으니, 그 모든 것이 그가 말하는 〈현대의 비극적인 문제〉일 것이다.[35]

한마디로, 와일드의 동화는 사실적으로 다루기에 너무 무거운 주제들에 접근하는 또 다른 방식이 되어 주었던 셈인데, 그렇다는 것은 다분히 역설적으로 생각되기도 한다. 〈예술이 인생을 모방하는 것이 아니라 인생이 예술을 모방한다〉고 할 정도로 사실주의를 배격하고 〈예술은 그 자체 외의 아무것도 결코 표현하지 않는다〉고 주장했던 그가 그처

35 이하 19세기 후반 영국의 사회상에 대해서는 Killeen, Ibid.; John Sloan, *Authors in Context: Oscar Wilde*, Oxford, OUP, 2003; 리처드 D. 앨틱, 『빅토리아 시대의 사람들과 사상』, 아카넷, 2011; 박지향, 『슬픈 아일랜드』, 기파랑, 2008 등을 참조했다.

럼 〈현대의 비극적 문제〉를 주제로 삼는다는 것은 자가당착이 아닌가? 그러나, 그에 따르면 현실(인생)과 예술의 관계는 좀 더 복잡하다. 〈인생의 의식적인 목표는 스스로를 표현하는 것이며, 예술은 아름다운 형식들을 제공함으로써 그것들을 통해 인생이 그런 추동력을 실현할 수 있게 한다.〉 또는 〈예술은 인생을 재료로 삼아 그것을 재창조하고 새로운 형식으로 만들어, 사실에는 전혀 무관심한 채, 창안하고 상상하고 꿈꾸면서, 자신과 현실 사이에 아름다운 양식이라는, 장식적인 혹은 이상적인 취급이라는 아무도 통과할 수 없는 장벽을 세운다〉. 그럼으로써 〈예술은 인생의 거울이 아니라 베일〉이 된다는 것이다. 이처럼 예술 지상주의를 신봉했던 그가 당대의 사회 문제를 다루었다고 해서, 무슨 구체적인 해결책을 제시하거나 한 것은 아니다. 물론, 그는 일찍이 러스킨을 따르면서 그의 사회주의에 공감했고, 「사회주의하의 인간 영혼」에서 보듯 사유 재산제를 폐지한 일종의 무정부주의 상태를 이상으로 내세우기도 했다. 하지만 그가 주창한 사회주의 내지 무정부주의는 각 개인이 자신의 삶을 주도적으로 실현하기 위한 전제 조건이었을 뿐, 정치·경제 제도의 변혁을 위한 투쟁과는 거리가 멀었다. 그는 사회주의 운동가들과 가까이 지내면서도 끝까지 함께할 수는 없음을 분명히 했으니, 한 가톨릭 사회주의자에게 쓴 편지에서는 이렇게 말하고 있다. 〈사회주의와 교회가 제게 맞서 힘을 합친다면 저 같은 무기력한 향락주의자는 뭐가 되겠습니까? 저는 그저 한 발짝 물러서서 구경이나 하렵니다. 하느님 편도 그 반대편도 되지 않으면서 말입니다.〉[36] 스스로 〈향락주의자hedonist〉라 칭하는 것은 자신의 유미주의가 현실적 변혁을 도모하는 이들의 눈에 어떻게 비칠 것을 자각하고 있다는 말이다. 그는 〈모든 예술은 비도덕적인 것〉이라는 말로 예술의 영역과 윤리의 영역을 구별하고 예술의 비실제성을 역설했으니, 예술은 〈현실의 지나치게 분명한 제시를 피함〉으로써 〈모든 해석이 진실하지만 어떤 해석도 최종적이 되지 않게 하는 양식〉에 도달하려는 것이다. 예술이 실제적으로 할 수 있는 일은 사물을 보는 방법을 변화시키는 것이 전부이다. 그러므로 그의 작품들은 사회의 모순과 허위의식을 간파하고 비판하는 데서 출발하지만, 그것들이 제시하는 비전은 외적 여건의 변화가 아니라 개개인의 내면에서 이루어지는 가치관의 변모에 있다.[37]

와일드의 동화가 열외로 — 심지어 그의 생애에 비추어 의외로 — 여겨지는 또 다른 요인은 바로 그러한 변모가 그리스도교적 색채를 띤다는 데 있다. 앞에서 본 대로 그는 학창 시절 내내 신앙 문제로 오랜 모색과 방황을 겪었지만 결단을 내리지 못했고, 그 후 런던 사교계의 댄디로 탐미적 향락적인 삶을 살면서 신앙과는 멀어져서 갈수록 불가지론 내지는 반(反)교회적인 입장을 취하곤 했다. 가령, 「사회주의하의 인간 영혼」에서 그는 그리스도교의 이상은 개인주의적

---

36 Pearce, p. 210.

37 이상 와일드의 예술론은 「거짓말의 쇠퇴」, 「예술가로서의 비평가」 등에서 인용.

자기 실현이라는 식의 자의적 해석을 개진하고, 〈그리스도는 사회를 재건하려고 시도하지 않았으며, 따라서 그가 인간에게 설교한 개인주의는 고통과 고독을 통해서만 실현될 수 있었〉던 반면 〈현대 세계는 가난과 그에 따른 괴로움을 없애자고 제안한다. 현대 세계는 그러기 위한 방법으로 사회주의와 과학에 의존한다〉라고 설파하며 그리스도교의 한계를 지적하기도 했다. 그런데 그가 동화집에서 그려 보이는 것은 바로 그 〈고통과 고독을 통해서만 실현될 수 있는〉 자기희생의 사랑이 아닌가? 탐미적이고 향락적인, 이기적인 삶에 대한 반성과 비판이 아닌가?

와일드의 동화가 보이는 이 같은 그리스도교적 성향에 대해 평자들은 의견이 엇갈린다. 잃어버린 신앙에 대한 향수의 발로로 보는 이가 있는가 하면, 그는 신앙을 잃은 적이 없으며 불신앙은 댄디로서의 사회적 가면일 뿐 아이들과 함께하는 시간에 본심이 드러난 것이라고 보는 이도 있다. 또는, 평소 예술과 윤리는 무관하다고 주장하던 그이지만, 어린 아들들을 염두에 두고 쓰다 보니 어쩔 수 없이 〈가르치는〉 태도가 되었다고 보기도 한다. 요컨대, 와일드가 동화에서 그리스도교적인 가치를 말하는 것은 진심인가 아닌가? 흔히 그는 신앙을 저버렸다가 옥중에서 비로소 〈회심〉했다고 알려져 있지 않은가?

그러나 와일드 자신은 『심연으로부터』에서 이렇게 말한다.

내 유일한 실수는 내가 정원의 양지바른 쪽에 있는 나

무들에만 관심을 두고 그늘진 다른 쪽을 기피했다는 데 있다. 실패, 치욕, 가난, 슬픔, 절망, 고통, 눈물 (……) 나는 그 모든 것을 두려워했다. (……) 나는 모든 쾌락을 맛보았다. 내 영혼의 진주를 포도주 잔에 던져 넣었고, 피리 소리에 발맞추어 꽃길을 거닐었다. 하지만 그런 삶을 계속했더라면 큰 잘못이 되었을 터이니, 나는 그 한계를 넘어야만 했다. 나는 정원의 다른 반쪽이 지닌 비밀도 알아야만 했다. 물론 그 모든 것은 내 작품들에 그 전조를 드리웠었다. 어떤 것은 「행복한 왕자」에, 어떤 것은 「어린 왕」에 들어 있다. (……) 그중 상당 부분은 『도리언 그레이의 초상』의 짜임 속에 자줏빛 실 가닥처럼 놓여 있는 비운의 음조 속에 감추어져 있다. (……) 그럴 수밖에 없다. 한 인간의 삶의 모든 순간에는 그의 과거 못지않게 그의 미래 또한 들어 있기 때문이다. 예술이 상징인 것은 인간 자신이 상징이기 때문이다.[38]

〈정원의 양지바른 쪽에 있는 나무들에만 관심을 두고 그늘진 다른 쪽을 기피했다〉라는 말은 의아하게 들리는 것이, 그는 이미 「행복한 왕자」나 「어린 왕」에서도 역시 같은 말을 하고 있기 때문이다. 이기적인 향락으로부터 돌아서서 〈정원의 다른 반쪽이 지닌 비밀〉을 알게 되는 것이야말로 그런 동화들의 주제가 아닌가? 그런 것을 옥에 갇힌 다음에야 알게 되었다면, 이전에 쓴 것은 뭐란 말인가? 그는 그것이 〈전

38 *De Profundis*, Penguin Books, p. 164.

조〉였다고 말한다. 그리고 그런 전조가 나타나 있는 작품들로 『도리언 그레이의 초상』, 「예술가로서의 비평가」, 「사회주의하의 인간 영혼」, 「살로메」 등을 꼽는다. 어떻게 그럴 수 있을까 하는 의문에 대해 그는 다시 답한다. 〈그럴 수밖에 없다. 한 인간의 삶의 모든 순간에는 그의 과거 못지않게 그의 미래 또한 들어 있기 때문이다. 예술이 상징인 것은 인간 자신이 상징이기 때문이다.〉 그러니까, 그의 내면에는 그 모든 것이 모순으로 공존했다는 말이 될 것이다. 『도리언 그레이의 초상』의 탐미적 향락주의와 그 준엄한 결말이 공존하며, 그리스도의 희생적 사랑을 그린 동화들과 그리스도교의 가르침을 비틀어 전혀 다른 잠언들을 만들어 낸 「산문시」가 공존하는 — 그런 세계가 오스카 와일드의 것이었다.

◆

「행복한 왕자」는 1885년 11월 케임브리지 대학의 학생 연극 공연에 초대받아 갔을 때, 자신을 따르는 학생들에게 들려준 것이라고 한다. 당시 그는 아직 『우먼스 월드』의 편집장 직을 얻기 전이라 저널리스트의 불안정한 수입에 의지하던 터였고, 생후 5개월 된 아들을 둔 아버지로서 자신의 동성애 기질을 발견하기 전이었다.

그것은 도시의 풍경 속에서 떠오를 법한 이야기이다. 온 도시가 내려다보이는 높은 곳에 서 있는 왕자의 조각상과 어느 날 밤 그의 발치에서 쉬어 가려던 제비가 말문을 트게 된다. 왕자는 그 도시의 〈온갖 추악함과 비참함〉을 보며 아무것도 할 수 없음에 눈물 흘리고, 왕자의 간절한 청을 못 이긴 제비는 조각상의 두 눈과 칼집의 보석을, 그리고 온몸을 덮은 금박을 떼어 가난한 사람들에게 나눠 준다. 제비로서는 처음에는 마지못한 심부름이었지만, 〈그 무엇보다도 놀라운 것은 사람들이 겪는 고통〉이며 〈비참함만큼 큰 신비는 없〉다는 왕자의 말에 비로소 세상의 비참에 눈을 돌리고 왕자의 희생적인 사랑에 공감하게 된다. 그러느라 왕자는 장님이 되고 누추한 잿빛으로 변해 버리며, 제비는 꿈꾸던 남쪽 나라에 가는 대신 들이닥친 강추위에 얼어 죽고 만다. 한마디로 그것은 희생적인 사랑의 이야기로, 조각상에서 떼어 낸 금 조각을 받은 아이들이 〈우리도 이제 빵이 있어!〉라고 외치는 대목에서는 그리스도의 희생까지도 생각나게 한다.[39]

하지만 조각상과 제비가 말을 하고 선행을 베풀고 하는 이 환상적인 이야기는 그 배경을 이루는 사람들에게로 눈을 돌릴 때 제 맥락을 찾는다. 〈여왕님의 시녀들 중 가장 어여쁜 아가씨가 다음 궁정 무도회 때 입을 옷〉에 수를 놓고 있는 재봉사 여자, 〈갈색 고수머리에, 입술은 석류 알처럼 붉고, 커다란 두 눈은 꿈꾸는 듯한〉 극작가 지망생, 어린 성냥팔이 소녀……. 이렇게 말하면 다들 동화에 나옴 직한 인물들이지만, 좀 더 가까이 다가가 보면, 동화적인 그림은 참혹한 현실로 살아나 움직이기 시작한다. 재봉(삯바느질)은 장

---

39 〈나는 하늘에서 내려온 살아 있는 빵이다. 이 빵을 먹는 사람은 누구든지 영원히 살 것이다. 내가 줄 빵은 곧 나의 살이다. 세상은 그것으로 생명을 얻게 될 것이다.〉(「요한의 복음서」 6:51)

시간을 요하는 저임금의 노동으로 빈민층 여성들에게 돌아 갔으니, 아일랜드 이민자 여성 중 17퍼센트가 삯바느질에 종사하여 런던에서 그 직종 종사자는 아일랜드 출신 여성들 이 가장 많았다. 성냥팔이 소녀도 빈민들이 살아남기 위해 어쩔 수 없었던 아동 노동의 전형적인 예이며, 성냥 제조 역 시 여성과 아동의 몫으로 돌아오는 기피 업종 중 하나로 무 서운 직업병을 수반하여 대대적인 파업이 일어나기도 했다. 뿐만 아니라, 삯바느질을 하는 어미가 아픈 아이에게 〈강에 서 떠온 물밖에〉 줄 수 없으며, 맨발의 성냥팔이 소녀가 〈도 랑〉에 성냥을 빠뜨린다는 세부에서는 당시 런던 빈민가의 열악한 급배수 환경을 떠올리게 된다. 그에 비하면 다락방 의 춥고 배고픈 극작가 지망생은 다소 형편이 나아 보이지 만, 어쩌면 와일드는 당시 자신의 처지[40]와도 무관하지 않을 이 인물을 통해 자신도 약자들의 편에 두려 했던 것으로 보 인다.

의외로 현실적인 것은 이 가난한 사람들만이 아니다. 시 의원은 예술적 감각이 있다는 평판을 얻으려고 왕자의 조각 상을 칭찬하는 한편 실속 없는 사람으로 비칠까 봐 그 쓸모 없음을 지적하며, 지각 있는 어머니는 달을 따 달라고 우는 아들에게 행복한 왕자님은 불가능한 것을 조르며 울지 않는 다고 달랜다. 꿈속에 천사를 보았다는 아이들의 수학 선생 님은 아이들이 꿈꾸는 것을 좋게 생각하지 않고, 무도회를

---

40 그는 두 편의 희곡을 썼지만, 한 편은 어렵사리 뉴욕 초연을 하는 데 그 쳤고, 다른 한 편은 여전히 빛을 보지 못하고 있었다.

기다리는 아가씨는 재봉사의 게으름을 비난한다. 겨울에 제비를 본 조류학 교수는 긴 편지를 써서 신문에 발표하고, 사람들은 이해할 수 없는 말로 가득한 그 글을, 바로 그 이유때문에 인용한다. 심지어 왕자의 보석을 받은 극작가 지망생조차도 자신의 숭배자가 보냈으리라 자만한다. 이 동화속 인물들은 각기 나름대로 속물주의, 번영주의, 합리주의, 이기심과 허영심의 화신들이다. 누추해진 조각상 앞에서 그들은 또 한차례 촌극을 벌인다. 무슨 일이든 자기 명령이면통하리라 으스대는 시장, 시장이 무슨 말을 하든 아부하는자들, 아름답지 않으면 쓸모도 없다는 미술 교수…… 급기야그들은 조각상을 녹인 쇠를 가지고 누구의 조각상을 만드느냐를 놓고 다투기에 이른다. 저마다 저 잘난 척하는 것이 우선이고, 다른 사람의 고통에 무관심하며, 실속과 합리성을따진다.

〈행복한 왕자〉는 이처럼 그 시대의 허위의식에 붙들린 자들이 스스로 추구하는 행복과 번영의 상징으로 만들어 놓은조각상이니, 바로 그 상징적 존재가 온 도시의 비참을 내려다보며 자신을 희생한다는 역설에 이야기의 핵심이 있다. 물론 그런 희생은 현실에 별다른 파장을 일으키지 못하며, 그무용성에 주목하여 희생적인 사랑에 대한 와일드의 부정적시각을 논하는 평자들도 적지 않다. 하지만 그런 시각이야말로 그가 풍자하는 물질주의와 효용주의, 그리고 그의 용어를 빌자면 사실주의의 발로일 것이다. 작가는 현실적인 변혁 유무를 넘어서는 비전을 제시한다. 하느님의 천사는 그 도시에서 가장 소중한 보물로, 용광로에서도 녹지 않은 왕자의 납 심장과 죽은 새를 갖다 바친다. 와일드에게는 그 최종심급이 있었던 것이다.

「나이팅게일과 장미」역시 희생적인 사랑을 주제로 하는 이야기이다. 서양에서 나이팅게일은 오비디우스의 『변신 이야기』에 나오는 필로멜라의 전설을 위시하여 고대 이래 중세에도 많은 문학 작품에서 등장하는 새인데, 그런 전통 가운데 몇 가지 특성이 부각되는 것을 볼 수 있다. 우선 그것은 밤새도록 노래하는 새, 중세 연애시에서는 새벽이 오기까지 연인들과 함께하는 새이다. 그것은 새벽이 다가올수록 열정적으로 노래하다가 죽음을 맞이한다고도 하고, 다른 나이팅게일과 노래를 겨루다가 기진하여 죽는다고도 하는데, 어느 경우에나 노래의 절정에서 죽는 것으로 알려져 있다. 그런가 하면, 나이팅게일이 흰 장미의 가시에 가슴을 찔러 그 피로 장미를 붉게 물들인다는 페르시아 전설도 있다.

와일드는 이런 다양한 요소들을 가지고 새로운 사랑의 전설을 만들어 낸다. 사랑하는 아가씨와 무도회에서 춤추기 위해 필요한 붉은 장미 한 송이를 구하지 못해 비탄에 빠진 젊은 학생을 본 나이팅게일이 사랑의 정열에 감복한 나머지, 황폐해진 장미나무의 가시에 제 가슴을 찔러 박으며 밤새도록 노래한 끝에 그 피로 장미의 심장을 붉게 물들임으로써 붉은 장미를 피워 낸다는 것이다. 하지만 이야기의 결말은 독자의 예상을 뒤엎는다. 젊은 학생은 그 장미를 들고 아가씨를 찾아가지만, 아가씨는 이미 보석을 가져온 시종관의 조카와 춤추기로 약속했다면서 〈보석이 꽃보다 비싸다는 거야 누구나 아는 일〉이라고 대꾸하며, 이에 화가 난 젊은 학생은 꽃을 내팽개친다. 나이팅게일이 생명을 바쳐 보여 준 참된 사랑이 교환 가치 위에 성립되는 타산적인 사랑 앞에 무참하게 짓밟히고 마는 것이다. 결국 젊은 학생은 〈사랑이란 어리석은 것〉이요 〈실속 없는 것〉인데, 〈이 시대에는 실속이 전부〉라며 사랑을 포기하고 책으로 돌아간다.

이런 결말에 대해, 앞서 「행복한 왕자」의 결말에서 희생의 〈무용성〉을 보는 평자들은 나이팅게일의 〈무용한〉 죽음 역시 희생적 사랑에 대한 작가의 냉소적인 시각을 나타낸다고 주장하지만, 작가가 나이팅게일의 죽음을 그토록 가열하게 묘사하는 것이 그런 효용주의에 입각한 냉소에서라고 보기는 어려운 일이다. 와일드는 학생이야말로 참된 연인이 아니냐는 한 독자의 편지에 이렇게 답한 바 있다.

참된 연인이라면야 나이팅게일이겠지요. 나이팅게일은 적어도 로맨스이기는 하지만, 학생과 아가씨는 우리 대부분이 그렇듯이 로맨스에 값하지 못하니까요……. 나는 이 이야기에 수많은 의미가 있을 수 있다고 봅니다. 왜냐하면 처음부터 뚜렷한 생각을 가지고 외형을 덧입힌 것이 아니라, 외형에서 출발하여 수많은 비밀과 해답을 가질 만큼 아름답게 만들려고 노력했기 때문입니다.[41]

41 Letters 354, Killeen, p. 43 재인용.

다시 말해, 그는 이 이야기를 지으면서 여러 가지 의미의 가능성을 생각했다는 것인데, 그가 최소한의 의미로 제시하는바 〈나이팅게일은 적어도 로맨스이지만 우리 대부분은 그렇지 못하다〉라고 할 때의 대문자 〈로맨스〉란 시정(詩情)과 사랑의 대명사이다. 그것을 구체적으로 어떻게 정의하든 작가의 태도는 냉소와는 거리가 멀다. 작가의 강조는 장미의 짓밟힘이 아니라 장미를 피워 내기 위한 나이팅게일의 희생에 있는 것이다.

그렇다면 그가 이 이야기에 담고자 했던 그 이상의 〈비밀과 해답〉은 어떤 것일까? 나이팅게일의 희생이 행복한 왕자의 희생과 다른 점은, 그것이 젊은 학생을 위한 것이라기보다 그의 사랑 내지는 사랑 그 자체를 위한 것이라는 데 있다. 나이팅게일은 사랑을 노래하며 사랑의 완성을 위해 죽는다. 이런 견지에서 보면, 장미나무를 동정녀 마리아로 보는 특수한 해석까지는 가지 않더라도,[42] 나이팅게일의 희생은 그리스도의 수난을 생각나게 하는 점이 많다. 모진 겨울 동안 황폐해진 장미나무에 자기 목숨을 바쳐 붉은 장미를 피워 내면서 나이팅게일이 노래하는 〈죽음으로써 완성되는 사랑, 무덤 속에서도 죽지 않는 사랑〉이란 타락한 인류를 구원하기 위해 십자가에 수난을 당한 그리스도의 사랑을 시사하기 때문이다. 비록 「행복한 왕자」에서처럼 하느님의 인정을 받는다는 명시적인 진술은 없지만, 작가는 사랑이라는 이름의 두 가지 상반된 예를 제시함으로써 그 선명한 대조 가운데 가

42 Killeen, pp. 51~58.

245

장 위대한 사랑을 부각시키고 있다.

「저만 알던 거인」은 와일드의 가장 널리 알려진 동화이자
그 자신이 가장 좋아하던 이야기이기도 했다. 그의 아들 비
비언은, 아버지가 이 이야기를 읽어 줄 때면 눈물짓곤 했다
고 전한다. 〈한번은 시릴이 왜 (아버지는) 「저만 알던 거인」
이야기를 할 때면 눈에 눈물이 고이느냐고 물어보았더니, 정
말로 아름다운 것들은 늘 그를 울게 만든다고 대답했다〉라
는 것이다. 이 이야기의 어떤 〈아름다움〉이 그를 울렸던 것
일까?

이야기의 배경인 거인의 정원이란 여러 옛이야기에 나오
는 거인, 야수, 마법사 등의 외딴 성을 생각나게 한다. 아무
나 접근할 수 없는, 섣불리 발을 들여놓았다가는 그곳만의
이상한 법칙에 걸려들어 시련을 겪게 되곤 하는, 금단의 영
역들이다. 그에 비하면 이 거인이 자신의 정원에 〈무단 침입
엄금〉 표지를 붙이는 것은 〈내 정원은 내 정원〉이라는 합리
적인 이유에서지만, 비록 정당한 소유권이라 해도 배타적인
것이 될 때는 자연의 질서로부터 소외될 수밖에 없다. 그의
닫힌 마음을 보여 주듯, 아이들을 내쫓고 높은 담장을 둘러
친 정원에는 봄이 오지 않는다. 〈담장에 뚫린 작은 구멍〉으
로라도 아이들이 기어 들어올 때라야 나무들은 꽃 피고 새
가 지저귀는 것이다. 그 광경을 바라보며 마음이 누그러진
거인은 정원으로 나가지만, 그를 보고 겁에 질린 아이들이
달아나 버리자 정원은 다시 겨울이 된다. 말하자면 그의 존

재 자체가 폐쇄와 고립의 기호가 되어 버린 셈이다. 그런 그
의 내면에 일어난 변화는 미처 달아나지 못한 가장 작은 어
린아이에게 베푸는 친절로 표현되고, 그때 비로소 그의 정원
은 모든 아이들에게 개방되며 그를 가둔 담장은 허물어진다.

이런 이야기는 아이들이라도 알아들을 만큼 단순한 줄거
리에 분명한 메시지를 담고서, 이기심과 무정함 대신 나눔과
사랑을 가르친다. 이 이야기가 신비한 아름다움을 띠게 되는
것은 거인이 가장 작은 아이를 향해 마음을 열고 친절을 베
푸는 대목에서부터이다. 그의 회심은 달아날 수 있는 큰 아
이들이 아니라 나무에 올라갈 힘이 없어 울먹이느라 그가 다
가오는 줄도 몰랐던 가장 작은 아이에게 받아들여지며, 그럴
때 〈나무는 꽃망울을 터뜨리고 새들이 지저귀며 날아드는〉
기적이, 담장이 허물어지고 아이들이 돌아오는 화해의 기적
이 일어난다. 나아가, 〈가장 보잘것없는 사람 하나에게 해준
것이 바로 나에게 해준 것〉(「마태오의 복음서」 25:40)이라
는 성경 말씀대로 그 사랑은 그리스도의 사랑에 닿는다. 세
상에서는 〈거인〉인 그가 가장 작은 아이에게 친절을 베풀지
만, 하늘나라의 기준으로는 가장 작은 자의 선행이 천국의
주인인 그리스도에게 바쳐지는 것이다. 그리하여 마침내 그
가 이 세상을 떠나는 날, 그가 내내 그리던 그 어린아이 ─
예수 그리스도 ─ 가 그를 자신의 정원, 곧 낙원으로 그를
인도하게 된다.

「저만 알던 거인」은 이처럼 일차적으로는 개인적인 차원
의 회심과 구원의 이야기로 읽히지만, 그 이면에는 당시의 사

회·경제적 맥락이 깔려 있으니, 아이들이 마음대로 들어와 놀던 정원에 어느 날부터인가 높은 담장이 둘러쳐져 들어갈 수 없게 된다는 것은 19세기 중엽의 입법 개정으로 한층 강화된 인클로저*enclosure* 운동을 시사한다. 인클로저란 미개 간지나 공유지처럼 공동으로 이용하던 토지를 울타리로 둘러쳐 사유화하는 것으로, 15~16세기의 제1차 인클로저 때는 양모 생산을 위해 농지를 목축지로 전환하느라, 18~19세기의 제2차 인클로저 때는 산업 혁명으로 인해 급증한 농산물 수요를 채우느라, 대농 위주의 경작지 재편성이 일어났다. 그 결과 19세기 중엽에는 영국 전 국토의 21퍼센트가 사유화되었고, 소농들은 지주에게 고용된 농업 노동자로 또는 농촌을 떠나 도시의 하층 노동자로 전락하게 되었다. 더구나, 인클로저로 인한 지주와 소작인 간의 갈등은 아일랜드에서 한층 심각했으니, 많은 지주들이 영국에 살면서 아일랜드로부터는 이윤만을 끌어오는 이른바 부재지주였기 때문이다. 이 이야기의 거인이 〈콘월에 사는 친구 식인귀〉를 방문하느라 7년이나 자기 땅을 비웠다는 것은, 그 부재로 인해 자기 정원에서 노는 아이들 — 전통적으로 지주와 소작인들은 아버지와 자녀들로 비유되곤 했다 — 과 인간적인 관계를 맺을 수 없었음을 말해 준다. 그 자신도 부재지주였던 와일드는 누구보다도 그런 문제를 잘 알고 있었을 것이다. 하지만 그는 앞의 두 이야기에서도 그랬듯이 그런 문제에 대한 현실적 대안보다는 그 근본에 있는 마음 자세에 초점을 맞춘다. 자본주의가 가져온 가장 큰 해악은 마음의 타락이 아니던가? 6피트 3인치의 〈거인〉 와일드가 이런 이야기에 눈물 흘릴 만큼 감동했다는 것은 그에게도 그런 회심에 대한 동경이 있었기 때문일 것이다.

와일드의 동화 속 이 같은 사회·경제적 배경은 그다음 이야기인 「헌신적인 친구」에서 좀 더 뚜렷이 드러난다. 주인공 한스는 민담에 등장하는 전형적인 〈바보〉를 생각나게 하는 인물로, 러시아 민담의 바보 이반, 독일 민담이나 안데르센 동화의 바보 한스 등과 마찬가지로 어리숙한 나머지 늘 남에게 이용당한다. 그가 번번이 당하면서도 속 좋게 받아들이고 마는 부당한 거래는 민담의 반복 구조를 빌어 점점 도를 더해 가는데, 민담의 주인공은 마지막에 가서 뜻밖의 총기와 행운의 소유자임이 드러나기도 하지만, 이 이야기의 한스는 아무런 반전 없이 그대로 기진하여 죽고 만다.

이 이야기가 민담의 바보 이야기와 근본적으로 다른 점은, 그 비극적인 결말의 원인이 바보 자신보다도 그를 이용해 먹는 자의 악함에 있다는 사실이다. 민담에서 주된 얘깃거리는 바보의 어리숙함이며 바보를 이용해 먹는 불특정 다수의 행동은 그저 있을 법한 능청이나 약삭빠름으로 웃어넘겨지는 반면, 「헌신적인 친구」에서는 한스의 어리숙함 못지 않게, 아니 그 이상으로 밀러의 탐욕과 이기심이 부각된다. 나아가, 어리숙한 약자를 등치는 그의 수완은 단순한 속임수를 넘어 철저한 자기 본위의 논리로 정당화되는 것을 볼 수 있다. 가난뱅이 한스가 이용당하는 것은 부자 밀러의 〈제

욕심 차리지 않는 진정한 우정에 관한 온갖 멋진 이야기〉 때문이다. 밀러는 어느 경우에나 자신에게 유리한 쪽으로 우정을 내세워 한스를 부려 먹건만, 한스는 행여 그처럼 〈고상한 생각을 하는 친구〉를 거스를세라 감히 그의 부탁을 거절하지 못한다. 그들의 관계에서 문제점은 우정에 관한 이야기가 오로지 밀러의 몫이라는 데 있다. 그러니까 이 이야기는 이기심을 박애주의와 관대함으로 치장하는 지배층을 비판하면서, 지배층이 어떻게 윤리적 담론을 장악하고 그것을 착취의 수단으로 악용할 수 있는가를 보여 주는 것이다.

이런 이야기는 아일랜드 대기근 당시 영국과의 관계에 비추어 보면 무섭도록 현실적인 풍자로 변모한다. 밀러는 〈진정한 친구들은 무엇이나 나눠 갖는 법〉이라며 한스의 정원에 핀 꽃과 과일나무의 열매를 예사로 가져가면서도 무엇 하나 답례로 주는 법이 없고, 행여 한스가 부러움의 유혹에 빠질 것을 우려한 나머지 굶주린 겨울을 겪는 그를 멀리하며, 낡은 손수레를 주겠다는 빌미로 그에게 있는 오죽잖은 것들을 빼앗아 가고 그가 자신의 꽃밭을 돌볼 수 없을 만큼 부려 먹으며 온갖 훈계를 늘어놓는다. 기근을 겪는 아일랜드에 대한 영국의 정책이 꼭 그와 같지 않았던가? 애초에 아일랜드가 기근을 겪게 된 것도, 아일랜드 농지를 영국으로 수출할 작물 위주로 이용하고 소작농들에게는 밭두둑에 아무렇게나 심어도 되는 감자밖에 남겨 주지 않았던 영국 지주들의 처사 때문이었다. 그 감자가 썩어 버려 농민들이 굶어 죽어 가는 동안에도, 영국으로의 농작물 수출은 계속되었다. 그러면서도 영국은 일방적인 원조가 아일랜드인들의 의존성과 게으름을 조장한다는 이유로 식량을 원조하지 않았고, 모처럼 공공사업을 일으켜 임금을 주겠다면서도 실제로는 비현실적인 저임금에 지불 연체로 아일랜드인들을 좌절시켰다.

당시 영국과 아일랜드의 관계를 아는 독자라면 아무도 이 이야기를 그저 민담풍의 재미난 이야기로만 읽을 수 없었을 것이다. 와일드가 이 이야기에 일정한 의도를 가지고 있었다는 사실은 그 형식에서도 드러난다. 그것은 이른바 액자 구조로, 방울새가 물쥐에게 한스와 밀러에 관한 이야기를 들려주는 것으로 되어 있다. 물쥐 — 극도로 자기 본위적이라는 점에서 밀러와 꼭 닮은 — 는 방울새의 이야기를 다 듣고서도 전혀 이해하지 못한다.

「당신은 이 이야기가 주는 교훈을 잘 모르시는 것 같은데요.」 방울새가 말했습니다.
「이야기가 뭘 준다고?」
「교훈 말예요.」
「아니 그럼 그 이야기에 교훈이 있단 말야?」

물쥐의 이런 반응에 대해 일부 평자들은 『도리언 그레이의 초상』의 머릿말을 상기시키면서, 이 대목 역시 문학의 윤리적인 목적에 대한 와일드의 비판을 보여 주는 것이라고 해석하기도 했다. 심지어 「헌신적인 친구」의 교훈은 〈교훈이 담긴 이야기를 하지 말라〉는 것이라고 해석한 이도 있다. 그러나 이 같은 해석은 와일드의 유미주의를 경직되게 해석한 것이며, 「헌신적인 친구」의 뚜렷한 의도는 이야기의 서두에 이미 드러나 있다. 헌신적인 우정에 대한 이야기를 해주겠다는 방울새에게 물쥐가 〈나에 관한 이야기인가?〉하고 묻자, 방울새는 〈당신에게도 해당되는 이야기〉라고 답하는 것이다. 〈……에 관한〉 이야기는 아니지만, 〈……에게도 해당되는〉 이야기란 그 이야기의 풍유적 성격을 분명히 한다. 아울러, 방울새*Green Linnet*란 아일랜드 민족 투사의 별명이었다는 사실까지 감안한다면,[43] 와일드의 의중은 의심할 바 없는 것이다.

「특출한 로켓 불꽃」은 자만심을 풍자한 이야기로, 흔히 와일드와 재치의 쌍벽을 이루던 화가 제임스 휘슬러를 겨냥한 것으로 알려져 있다. 휘슬러는 기고만장하기로 유명했으며, 비슷한 기질의 와일드와는 친하면서도 티격태격하는 사이라 신문지 상의 설전을 불사하는 등 수많은 일화를 남겼다. 풍자의 표적이 휘슬러라고 보는 또 다른 이유는 러스킨의 혹평 때문에 휘슬러와 러스킨 사이의 법정 소송으로까지 비화된 문제의 그림이, 떨어지는 로켓 불꽃을 그린 것이었기 때문이다.[44] 그런가 하면, 이 이야기에서 와일드는 자기 자신을 웃음거리로 만드는 여유와 익살을 구사한 것이라고 보는

43 Killeen, p. 81.
44 「Nocturne in Black and Gold: The Falling Rocket」(1875).

견해도 있다.

휘슬러를 겨냥한 것이든 작가 자신을 겨냥한 것이든 간에, 이 이야기의 로켓 불꽃은 자기도취에 빠진 유미주의 예술가를 그리고 있다고 보아 무리가 없을 것이다. 특출한 부모에게서 태어난 특출한 로켓 불꽃으로서 세상이 놀랄 만한 일을 할 운명임을 믿어 의심치 않는 이 〈폭주(죽) 예술〉의 유망주는 누구보다도 예민하고 상상력이 풍부하다고 자부하며, 자신은 상식 이상의 존재이므로 세상의 상식이라느니 쓸모라느니 하는 무례하고 무식한 중산층의 몫은 경멸해도 좋다고 믿는다. 그의 자기 본위는 남들도 모두 자기만을 바라보고 자기만 생각해 주기를 바라는 것은 물론이고, 〈자신이 얼마나 중요한 존재인가를 생각하면 감동해서 눈물이 날 것 같다〉는 감정 과잉을 거쳐, 〈날 기리기 위해 왕자님과 공주님이 결혼식을 올렸다〉는 데서 극에 달한다. 〈다른 모든 사람이 나보다 훨씬 못났다는 생각〉으로 평생 자신을 지탱하는 이 천재 예술가는 결코 자신의 실수나 실패를 인정하지 않으며, 도랑의 진창에 처박혀서도 휴양지에 와 있는 것이라고, 예술가는 원래 고독한 법이라고 자기 최면을 건다.

하지만 작은 딱불이 말하듯이, 불꽃들은 왕자와 공주의 결혼식을 기념하여 쏘아 올려지는 것이지 그 반대가 아니다. 예술가들은 대중의 이목을 끌고 박수갈채를 받기도 하지만, 그렇다는 것은 어린 시종이 공주를 〈흰 장미, 붉은 장미〉에 비기는 재치 있는 말로 왕의 칭찬을 받는 것만큼이나 실속 없는 일이다. 고고한 척 주위를 무시하며 오직 자신과 독백을 한다지만 〈하도 어려운 얘기를 해서 자기도 못 알아들〉으며, 그가 마침내 백주 대낮에 〈성공했어!〉를 외치며 폭발한들 본 이도 들은 이도 없다. 예술가의 과대망상과 자기기만이란 그와 같은 것이다. 물론, 그렇다고 해서 관중이 더 나을 것도 없지만 말이다. 별것도 아닌 재치에 환호하는 무리나, 무급인 시종의 급료를 두 배, 네 배로 인상해 주며 선심을 쓰는 왕이나, 허탄하기는 마찬가지이다.

이처럼 아무도 풍자를 피할 수 없는 이야기 속에서, 와일드는 자기 자신까지를 포함한 당시 예술가들의 허세와 대중의 속물주의를 한바탕 웃음거리로 만들고 있다. 하지만 둘도 없이 특출한 로켓 불꽃의 헤식은 폭발은 그야말로 화려한 등장으로 한몸에 모은 기대를 십분 실현하지 못한 채 불발탄처럼 끝난 작가 자신의 말로를 생각나게 하여 씁쓸하다. 역시 〈인생이 예술을 모방〉하는 것인가.

『석류의 집』은 앞서도 말했듯이 애초에 성인 독자를 상정하고 쓰인 동화집인데, 제목부터가 궁금증을 불러일으킨다. 『행복한 왕자와 그 밖의 이야기들』은 수록 작품 중 한 편의 제목을 책 전체의 제목으로 삼고 있으며, 주제 면에서도 다섯 편 모두가 〈행복한 왕자〉의 동상으로 내세워진 부르주아 사회의 가치들에 대한 비판이라는 점에서 일맥상통하는 데 비해, 〈석류의 집〉이라는 제목과 수록 작품들과의 관계는 명백하지 않기 때문이다. 맨 앞의 「어린 왕」을 제외한 세 편에서는 석류가 언급되지만 줄거리의 전개에 별다른 역할을 하지 않으므로 특별히 유념하지 않으면 읽고서도 잊어버릴 정도이다. 그러니만큼 이 제목에는 작가의 의중이 담겼다고 보아야 할 터인데, 그 이해의 단서는 석류가 갖는 전통적인 함의에서 찾아볼 수 있다. 즉, 그리스 신화에서 석류는 하데스의 과일이며, 하데스에게 납치된 페르세포네는 무심코 석류를 먹은 탓에 지상으로 돌아오지 못하는 것이다. 그런 견지에서 〈석류의 집〉이라는 제목은 석류라는 유혹의 과일로 인간을 시험하는 하계 곧 이 세상을 뜻한다고 볼 수 있다. 그 의미는 작가 자신에게도 차츰 분명해졌던 듯, 「공주님의 생일」에서 석류는 화려한 정원의 여러 초목 중 하나로 언급되는 데 그치지만, 「어부와 그의 영혼」에서는 영혼이 쾌락에 탐닉하는 장면에서 석류 즙이나 석류의 거리 등이 언급되고 어부가 살인을 저지르게 되는 곳이 석류 정원이 있는 집이며, 「별 아이」에서는 별 아이를 노예로 삼은 마술사가 사는 집의 벽이 석류나무로 뒤덮여 있다. 작품 속에서 〈석류의 집〉이라 불릴 만한 이 두 군데 집은 모두 타락한 영혼이 도달하는 가장 낮은 지점에 해당하는 셈이다. 그러니 굳이 말하자면 석류는 세상의 유혹과 환락을, 특히 이 이야기들에서는 탐미적인 향락을 시사하며, 네 편의 이야기는 각기 다른 방식으로 인생이 〈석류의 집〉을 지나가는 여정을 그린 것이라 할 수 있다.

「어린 왕」은 사치와 쾌락에 빠져 있던 주인공이 세상의 비참과 고통을 목도하고 심경의 변화를 일으킨다는 줄거리가

255

「행복한 왕자」와도 비슷하다. 자신이 염소지기의 아들인 줄
로만 알고 자란 소년은 왕의 후계자로 지명되어 궁정에 살
게 되자 그 아름다움에 탐닉한다(이 대목에서 그의 〈아름다
움에 대한 기이한 열정, 이후 그의 생애에 크나큰 영향을 미
치게 될 열정의 징후들〉은 아도니스나 안티누스에 대한 언
급에서 보듯이 다분히 동성애적인 성향을 띤 것으로 그려지
지만, 사실 줄거리의 전개에 별다른 역할을 하지 않는다). 행
복한 왕자의 〈상수시 궁전〉처럼, 어린 왕은 〈기쁨의 궁전〉에
서 온갖 진귀하고 값진 물건들을 손에 넣기에 열을 올리며
무엇보다도 자신의 대관식 때 입을 호화로운 예복을 만들기
위해 장인들과 상인들을 다그친다.

그러나 대관식 전날 밤 꿈속에서 그는 그 예복을 짓기 위
해 천을 짜는 직조공들과 왕홀에 박을 진주를 찾는 노예들,
왕관에 박을 루비를 캐는 노동자들의 비참과 고통을 보고는
전율하며 깨어나 화려한 대관식 예복을 거부한다. 〈이 옷은
슬픔의 베틀에서 고통의 새하얀 손으로 짠 것이며, 루비 속
에는 피가, 진주 속에는 죽음이 들어 있다〉는 것이다. 그리
하여 그는 자신이 왕궁에 올 때 입었던, 〈거의 사나운 기쁨〉
을 나타내며 벗어던졌던 염소지기의 옷과 지팡이 차림으로,
찔레나무 가지로 가시관을 만들어 쓴 채 대관식이 열리는 성
당을 향해 간다. 탐미적 향락에 대한 이런 반성은 와일드 자
신의 미적 취향에 비추어 보면 다소 의아스럽지만, 이보다
얼마 후에 발표한 『도리언 그레이의 초상』 역시 같은 반전을
그리고 있는 것을 보면[45] 역시 그의 내면에는 상반된 성향들

이 공존하고 있었다고 할 것이다.

신하들의 반대와 군중의 조롱을 무릅쓰며 병사들이 겨누는 창을 헤치고 제단으로 나아간 그에게, 주교는 이 세상의 비참 역시 창조주의 질서에 속하는 것이라는 논리로 그를 설득하며 〈이 세상의 짐은 한 사람이 지기에는 너무나 무겁고, 이 세상의 슬픔은 한 사람의 심장이 견디기에는 너무나 무겁다〉면서 왕에게 어울리는 옷을 입기를 권한다. 뒤미처 달려온 귀족들은 〈거지 행색을 한 왕〉은 나라를 다스릴 자격이 없다며 죽이려 하지만, 그때 기적이 일어난다. 채색 창을 통해 비쳐 든 햇살이 아름다운 옷을 짜고, 죽은 나무로 된 지팡이에서 백합이, 가시관에서 장미가 피어나는 것이다. 그때 그의 얼굴은 ── 마치 하느님과 대면한 후 모세의 얼굴처럼 ── 신적 광휘에 싸여 아무도 감히 쳐다볼 수 없게 된다.

인간에게는 거부당하지만 신의 인정을 받는다는 이런 결말은 「행복한 왕자」에서 버려진 동상의 심장과 죽은 제비가 하늘나라의 천사에게 〈가장 소중한 것〉으로 선택되는 것과도 같은데, 특히 지팡이에서 꽃이 핀다는 것은 구약 성경의 「출애굽기」에서 아론의 지팡이에 싹이 났던 기적[46]은 물론이고 당시 선풍적인 인기를 끌던 바그너의 오페라 「탄호이저

---

45 『도리언 그레이의 초상』은 흔히 부도덕한 작품으로 알려져 있고 1895년에 열린 재판에서도 와일드에게 불리한 증빙으로 작용했지만, 발표 당시에는 여러 그리스도교 출판물에서 칭찬을 받았었다. 와일드 자신도 그것이 극히 도덕적인 작품이며, 그 자체가 〈머리말〉과 모순된다고 말한 바 있다. 그 자신의 말을 빌자면 〈양심을 죽이려다가 자기 자신을 죽이게 된다〉는 데에 〈윤리적 아름다움〉이 있다는 것이다(Pearce, pp. 236~237).

46 「출애굽기」 4:10~17.

Tannhäuser」의 결말[47]을 생각나게 한다. 즉, 세상의 환락에 빠졌다가 회심한 자를 교회는 용납하지 않지만 신은 인정한다는 것으로, 교의나 교회 조직을 넘어서는 신에 대한 믿음은 와일드가 평생 간직했던 것이다.

이처럼 분명한 죄와 구원의 공식에 비하면 「공주님의 생일」은 다소 의아스러운 이야기이다. 와일드는 「공주님의 생일」을 헌정하는 편지에 이렇게 썼다. 〈이 이야기들 중 하나, 벨라스케스가 그린 창백한 어린 왕녀에 관한 것은 당신에게 헌정했습니다. 태플로에서 보낸 즐거운 날에 대한 적은 답례입니다.〉 문제의 그림은 스페인 왕 펠리페 4세의 전속 화가였던 벨라스케스의 「시녀들Las Meninas」(1656)이라는 작품으로, 어린 왕녀(마르가리타 테레사, 1651~1673)와 그 주위에 모여 있는 시녀들, 보모, 호위병, 그리고 두 명의 난쟁이와 개를 그린 것이다.[48] 17세기 유럽 궁정에서는 난쟁이를 어릿광대로 두는 풍습이 있었으며, 특히 펠리페 4세의 궁정에는 백 명 이상의 난쟁이가 있어 벨라스케스가 이들을 그린 그림들이 남아 있다.

하지만 이야기의 배경이 스페인 궁정이라고 해서 스페인 역사와 무슨 관련이 있는 것은 아니다. 이야기 속의 공주님은 스페인의 왕녀라고 명시되어 있고 부왕과 왕비, 왕제인

47 탄호이저가 숨을 거두자, 그의 고목 지팡이에서 푸른 싹이 돋아난다.
48 이 그림은 스페인의 프라도 미술관에 소장되어 있지만, 그 초안 내지 사본으로 추정되는 좀 더 작은 크기의 그림이 영국에도 있다. 와일드가 스페인 여행을 했다는 기록은 없으니, 아마 영국에 있는 것을 보았는지도 모른다.

숙부 등도 실존 인물들을 가리키는 것처럼 보이지만, 실제와
는 일치하지 않으며 다분히 허구적으로 변용되어 있다. 와일
드가 이 그림에서 빌려 온 것은 어린 왕녀의 전아한 복식과
그녀를 둘러싼 장중한 분위기, 그리고 왕녀의 시녀들(놀이
동무들) 가운데 그려진 난쟁이들이다. 한편으로는 다섯 살
난 어린아이에게까지 격식 차린 옷차림을 하게 만드는 궁정
의 엄격한 법도와, 다른 한편으로는 그런 분위기에 어울리지
않는 기형의 존재들이 대조를 이루는 것이다.

　와일드는 그 대조를 더욱 극적으로 만들어, 공주는 좀 더
우아하면서도 비정할 수 있는 열두 살 소녀로, 난쟁이는 숲
에서 갓 나온 천둥벌거숭이로 그려 낸다. 공주는 장중하고
음산한 분위기에 둘러싸여 있으니, 어머니인 왕비의 죽음,
죽은 왕비에 대한 애도에서 벗어나지 못하는 부왕, 왕비 암
살의 혐의가 있는 왕제, 이단자 화형식을 주관하는 대심문
관 등 주위 인물들은 물론이고, 심지어 생일날의 여흥조차도
투우 아니면 주인공이 독을 마시고 자살하는 인형극, 또 아
니면 불과 몇 주 전에 일행이 교수형을 당한 집시들의 공연
이다. 그런 여흥의 일환으로 등장한 어린 난쟁이의 춤을 보
며 공주는 너무나 웃은 나머지 근엄한 시녀장으로부터 잔소
리를 들어 가며 장난 삼아 장미꽃을 던져 준다. 한편, 장미꽃
을 받은 데다 공주의 명으로 한 번 더 춤추게 되었다는 말을
들은 난쟁이는 공주가 자기를 사랑한다고 생각하여 기뻐 날
뛰며, 자신이 살던 숲 속으로 공주를 데려가 자연 속의 보배
들을 보여 주리라는 꿈에 부푼다. 하지만 난쟁이는 공주를

259

찾아 궁전을 헤매다 알현실의 거울 속에서 난생처음으로 자신의 모습을 보게 되고, 공주가 그처럼 웃은 것이 〈실은 그의 기괴한 모습을 조롱하며, 그의 비틀린 사지를 재미있어하고〉 있었던 것이라는 사실을 깨닫고는 마음의 고통을 이기지 못해 죽고 만다. 영어식 표현으로 〈심장이 부서진*broken heart*〉 것이다. 하지만 공주는 세상모르는 어린애다운 비정함으로 일갈한다. 〈앞으로는 나하고 놀러 오는 사람들은 심장을 못 갖게 해.〉

공주와 난쟁이의 이런 대조는 앞서 「어린 왕」에서처럼 인공적인 왕궁과 자연의 소박함을 대비시키면서, 전자의 비인간적인 면모와 후자의 순수함을 부각시킨다. 마치 「나이팅게일과 장미」에서 나이팅게일의 희생적인 죽음이 무용한 것처럼 보이지만 실은 두 가지 사랑의 대비를 통해 어느 쪽이 참된 사랑인가를 보여 주었던 것처럼, 「공주님의 생일」에서 난쟁이의 죽음은 아무런 결실도 거두지 못하지만, 외모는 아름답지만 비정한 공주와 추하지만 천진무구했던 난쟁이의 대비를 통해 참된 아름다움이란 무엇인가를 생각하게 하는 것이다.

한편, 이 이야기가 그런 대비를 넘어서는 울림을 남기는 것은 관중 앞에 선 어릿광대가 맞닥뜨리는 고뇌에서 대중 앞에 놓인 예술가로서의 자의식이 엿보이기 때문이다. 아일랜드인으로서 영국 문단과 사교계에 센세이션을 일으키면서, 와일드는 자신에게 쏟아지는 관심에 대해 어쩌면 저 난쟁이와도 같은 느낌이 들었던 것이 아닐까. 〈오해되지 않을까 봐 겁난다〉라고 했던 그의 위트는 어쩌면 진실로 파악되는/붙잡히는 것에 대한 두려움을 나타낸 것일 수도 있다. 벨라스케스의 그림 속 스페인 궁정의 경직되고 엄숙한 분위기에서 빅토리아 시대 후기의 영국 사회의 숨 막히는 답답함을 느끼며, 그림의 한 귀퉁이에 이물스럽게 자리한 난쟁이들에게 그는 어떤 공감을 느꼈을 것인가.

「어부와 그의 영혼」은 『석류의 집』에 실려 있는 네 편의 이야기 중에서 가장 길고 난해한 작품으로, 인성의 분열이라는 주제 때문에 흔히 『도리언 그레이의 초상』과 비교되기도 한다. 하지만 그 분열의 양상은 좀 더 미묘하다. 『도리언 그레이의 초상』의 주인공은 시들지 않는 젊음과 미모를 누리는 대신 그의 죄와 타락이 초상화에 전가되는 데 비해, 「어부와 그의 영혼」에서는 육신과 마음으로부터 분리된 영혼이 타락하는 것이다. 다락방에 숨겨진 초상화가 육신의 죄악으로 인해 더럽혀진 양심 내지 영혼을 상징한다는 것은 쉽게 이해할 수 있지만, 어부의 육신과 마음으로부터 떠나간 영혼이 타락하여 죄를 짓는다는 것은 어떻게 이해해야 할까?

젊은 어부가 인어 아가씨를 사랑하게 되었다는 서두는 안데르센의 「인어 공주」를 생각나게 한다. 하지만 「인어 공주」에서는 인어가 인간에게 있다는 영혼을 동경한 나머지 인간 왕자를 사랑하여 인간이 되는 반면, 「어부와 그의 영혼」에서 어부는 인어의 사랑을 얻기 위해 자기의 영혼, 즉 그림자를 떠나보내야 한다. 그런가 하면, 그림자가 주인을 떠나 돌아다니다 오랜만에 한 번씩 돌아온다거나 그림자가 주인을 거스르고 멋대로 휘두른다는 설정은 역시 안데르센의 작품인 「그림자」와 같다. 「그림자」는 학자의 일시적인 변덕에서 생겨난 분신이 세속적인 욕망을 추구하면서 점점 강해져서 학자 자신을 압도하여 죽이고 만다는 이야기로, 정신적 추구와 세속적 욕망의 전통적인 선악 이원론을 보여 준다. 반면, 「어부와 그의 영혼」에서 그림자는 영혼에 해당하는 것으로, 영혼이 타락하여 육신과 마음을 죄에 빠뜨린다니 영혼 대 육신의 선악 이원론에 정면으로 도전하는 셈이다.

어부는 인어 아가씨의 사랑에 비하면 영혼은 아무 가치도 없다고 생각한다. 영혼을 떠나보낼 방도를 구하는 그에게 사제는 두 가지를 말한다. 즉 〈영혼이야말로 인간의 가장 고귀한 부분〉이라는 것과, 인간 아닌 인어를 사랑하는 것은 〈용서받을 수 없는 죄악〉이라는 것이다. 인어는 〈버림받은 존재〉요, 〈선악도 분별하지 못하는 짐승〉이기 때문이다. 하지만 어부는 〈그녀의 육신을 얻기 위해서라면 천국도 포기〉하겠다면서 사제 대신 마녀를 찾아가 비결을 알아낸다. 〈사람들이 그림자라고 부르는 것은 사실 몸의 그림자가 아니라 영혼의 몸〉이므로, 발밑에서 그림자를 잘라 내면 된다고 말이다. 영혼은 자기를 떠나보내지 말아 달라고 애원하며, 꼭 그래야 한다면 마음을 함께 보내 달라고 빌지만, 어부는 〈내 마음은 내 사랑의 것〉이라며 거절한다. 그리하여 어부의 마음은 육신과 함께 남아 인어를 사랑하고, 영혼은 혼자 떠나가게 된다.

영혼은 해마다 돌아와서 어부를 불러 지난 이야기를 들려

주며 함께 가자고 유혹하는데, 3년째에 어부의 마음이 흔들리는 것은 〈춤추는 아가씨의 벗은 작은 발〉에 대한 욕망 때문이다. 하룻길밖에 안 되니 금방 다녀올 수 있으리라던 꼬임과는 달리 영혼은 그를 점점 더 먼 도시들로 이끌어 폭력과 살인을 저지르게 한다. 어부는 다시금 영혼을 잘라내 버리려 하지만 〈사람은 일생에 단 한 번밖에 영혼을 떠나보낼 수 없으며 영혼을 다시 받아들인 사람은 영원히 영혼을 지녀야 한다〉라는 비밀을 뒤늦게 깨닫고 통곡한다. 그러고는 〈사랑의 힘〉을 다해 영혼의 유혹을 물리치며 바닷가로 돌아가 인어를 부르지만, 인어는 끝내 나타나기를 거부하다가 시체가 되어서야 파도에 실려 오고, 어부는 사랑으로 마음이 부서져 죽고 만다.

이런 이야기에서 교회가 금지하는 사랑, 즉 영혼을 버려야만 얻을 수 있는 사랑이란 흔히 작가 자신의 생애에 비추어 동성애를 가리키는 것으로 해석되어 왔다. 그것을 얻기 위해 〈천국도 포기하겠다〉라는 말은 영혼에 내려지는 정죄를 감수하겠다는 말이니, 이 이야기는 가령 버려진 양심의 타락을 그린 것이라 볼 수도 있을 터이다. 하지만 어부의 영혼은 자기가 악해진 것은 〈마음을 주지 않은 채 떠나보냈〉기 때문이라고 한다. 반대로, 어부가 영혼의 유혹을 물리칠 수 있는 것은 〈사랑의 힘〉 덕분이다. 영혼은 어부의 마음으로 다시 들어가려 하지만 사랑으로 가득 찬 마음에는 들어갈 여지가 없으며, 그 마음이 사랑으로 터져 버린 후에야 그 안으로 들어가 전처럼 그와 하나가 된다. 요컨대, 인간에게 있어 선한 것은 영혼도 육신도 아니요, 오직 마음의 사랑이라는 것이다. 사제는 어부와 인어의 시체를 〈죽어서도 저주받아 마땅하다〉라며 성문 밖 밭 구석에 묻지만, 그 밭 구석에 피어난 더없이 아름다운 꽃은 제단을 장식하며 꽃향기는 사제로 하여금 하느님의 심판이 아니라 사랑에 대해 말하게 한다. 사랑이야말로 — 설령 그것이 금지된 사랑이라 하더라도 — 제도화된 교회의 교의를 넘어 신에게 이르는 길이라고, 와일드는 그렇게 믿고 싶었던 것 같다.

「별 아이」는 앞의 두 이야기에 비하면 평이한 편이다. 큰 줄거리로 보면 「어린 왕」과도 비슷하다고 할 수 있으니, 왕자이면서도 염소지기 또는 나무꾼의 아들로 자라난 소년이 외적인 아름다움에 탐닉하다가 세상의 고통과 비참을 통해 내적 변모를 겪고서 왕위에 오른다는 것이다. 자신이 왕의 아들인 줄 모르는, 아니 자신이 누구인지 모르는 주인공이 왕이 된다는 것은 민담의 전형적인 플롯으로, 한 인간의 성숙과 자기 정체성 수립을 주제로 하는 이야기이다. 「어린 왕」에서는 왕위 계승자로 궁정에 맞아들여진 소년이 심미적 향락에 취해 있다가 꿈속에서 세상의 비참을 목도하고 겸허함을 배워 왕위로 나아가는 데 비해, 「별 아이」에서는 막연히 자신이 고귀한 신분이라 생각하며 자기도취에 빠져 있던 소년이 자기가 거지의 아들이라는 (사실 아닌) 사실을 알고 나락으로 떨어졌다가 시련을 통해 참된 왕자로서의 자질인 겸손과 인정을 갖추게 된다. 즉, 자신이 왕자임을 깨닫는 시기와 고통을 겪는 방식이 다를 뿐, 두 작품 모두 참된 가치는 인간 내면의 아름다움에 있음을 말해 주는 이야기들이다.

이야기는 어느 추운 겨울밤에 시작된다. 가난한 나무꾼들이 춥고 배고픈 신세를 한탄하던 중에, 하늘에서 빛나고 아름다운 별이 떨어지는 것을 보고 그 떨어진 곳으로 달려가 금빛 강보에 싸인 아기를 발견한다. 이런 서두는 마치 성탄 때와도 같은 분위기지만, 착한 나무꾼이 거두어 기른 〈별 아이〉는 아름다운 용모만큼이나 이기적이고 교만하고 잔인한 성정의 소년으로 자란다. 자신이 주위의 촌사람들과는 다른 고귀한 신분이라는 그의 믿음은 그의 생모임을 주장하는 웬 여자 거지의 등장으로 인해 무너지고 만다. 남루한 어머니를 어머니로 받아들이기를 거부하자, 그는 〈얼굴은 두꺼비같고 몸에는 뱀처럼 비늘이 돋아난〉 흉한 몰골이 되어 버린다. 함께 놀던 동무들은 물론이고 전에 그에게 괴롭힘당했던 숲의 작은 짐승들조차도 그를 피할 때, 그는 뉘우치며 어머니의 용서를 받기 위해 길을 떠난다.

그러고는 대개의 민담이 그렇게 전개되듯이, 그 역시 일정한 시험을 거친다. 그를 노예로 산 마술사는 그의 힘으로는 성취할 수 없는 과제들을 요구하는데, 그의 사소한 도움을 받았던 작은 짐승이 그를 도와 문제를 해결해 준다. 하지만 정작 그를 난감하게 하는 것은, 그렇듯 어렵게 손에 넣은 금화이건만 자신에게 구걸하는 문둥이에게 내어 줄 수밖에 없다는 것이다. 자신이 매질당할 각오를 하고 거듭거듭 금화를 내어 주면서, 그는 〈나보다는 당신에게 더 필요하다〉라고 말한다. 그는 이제 자신보다 더 약한 자를 위해 매 맞을 각오가 된 것이다. 그의 그런 내적 변모는 외모에 그대로 나타나, 세 번째 금화를 문둥이에게 넘겨준 그는 예전처럼 아름다울 뿐 아니라 〈그의 눈에는 전에 없던 표정이 어려〉 있게 된다. 마침내 그토록 찾아 헤매던 거지 여자를 발견하고 가슴이 터질 듯이 울며 용서를 구할 때, 거지 여자와 문둥이는 왕비와 왕임이 드러나고, 그는 예부터 예언되어 온 자비로운 왕으로서 나라를 다스리게 된다.

이런 이야기는 앞서 「어린 왕」과 마찬가지로 외적인 아름다움에 대한 탐닉으로부터 겸손과 자비라는 참된 내적 아름다움으로의 전환을 말하는 것이지만, 작가가 지향하는 예술 작품이 〈모든 해석이 진실하지만 어떤 해석도 최종적이 되지 않게 하는 양식〉이라는 점을 상기한다면, 좀 더 나아가 가령 영혼의 죄와 구원에 대한 비유로 해석해 볼 수도 있을 것이다. 인간의 영혼은 하늘의 별처럼 영원한 세계로부터 온다. 그러나 타락 천사 루시퍼가 〈잘났다 하여 거만(「에제키엘」 28:17)〉해져 신에게 반역했던 것처럼, 자기애에 빠진 인간은 이웃을 거스르고 자연을 거스르는 악한 존재가 된다. 그런 그를 자기 아들로 주장하며 나타난 거지 여자는, 말하자면 인간의 원죄를 상기시키는 인류의 첫 어미 하와(이브)와도 같다. 자신의 죄성을 부인하는 인간은 죄로 인해 추악함을 면치 못하지만, 회개하고 자신을 낮추어 은혜를 구하면 구원에 이르러 왕의 신분을 되찾을 것이다.

이 이야기의 의외성은 그 결말에 있다. 별 아이는 자비로운 왕이 되어 나라를 다스리지만, 〈하도 심한 고통을 겪었고 하도 모진 시련의 불길을 거친 터라〉 3년 만에 죽고 만다. 그러고는 다시 나쁜 왕이 들어서게 된다. 이런 비관적 전망은 어디서 오는 것일까? 돌이켜 보면 와일드의 동화들은 「어린 왕」만 빼고는 ─ 그 결말도 다분히 현세를 초월한다는 점에서는 같지만 ─ 하나같이 죽음으로 끝맺는다. 전통적인 동화가 〈내내 행복하게 살았습니다 happily ever after〉로 끝맺는 것과는 딴판이다. 와일드에게는 어떻게 살았느냐 못지않게 어떻게 죽느냐가 중요했으니, 앞의 이야기들은 대체로 그 두 가지가 연결되어 있음을 보여 준다. 그런데 별 아이의 죽음은 그런 점에서 독자의 예상을 뒤엎는다. 때로는 인생의 고통이 사람을 성화(聖化)하는 동시에 부서뜨리기도 한다는 것을 그는 이때 ─ 그의 인생의 전성기에 ─ 이미 알고 있었던 것일까? 역시 〈인생이 예술을 모방〉한다고나 할 것이다. 그의 출옥을 앞두고 교도소장은 〈보기에는 멀쩡하지만, 육체 노동에 익숙지 않은 자로서 이런 종류의 선고를 받은 이들이 모두 그렇듯이 2년이 못 가 죽을 것〉이라고 말했다고 한다.[49] 그는 그보다 조금 더 오래, 꼭 별 아이처럼 3년을 살았다. 자비로운 왕이 아니라 거지요 문둥이로서 떠돈 세월이었지만, 한 영혼의 여정은 겉보기만으로는 알 수 없는 법이다.

『심연으로부터』의 후반부에 그는 이런 글을 남겼다.

물론 죄인은 회개해야 한다. 하지만 왜? 왜냐하면 그렇

---

49 Ellmann, p. 521.

게 하지 않으면 자기가 이미 행한 것을 완성할 수 없을 것이기 때문이다. 참회의 순간은 입문의 순간이기도 하다. 아니, 그 이상이다. 그것은 사람이 자신의 과거를 변화시키는 수단이다. 그리스인들은 그것이 불가능하다고 생각했다. 그들은 특유의 경구로 〈신들이라 해도 과거는 바꿀 수 없다〉라고 말한다. 그러나 그리스도는 극히 평범한 죄인도 그렇게 할 수 있음을, 그것이야말로 그가 할 수 있는 한 가지임을 보여 주었다. 그리스도는, 만일 그에게 물었다면, 이렇게 대답했으리라고 나는 확신한다. 탕자는 무릎을 꿇고 우는 그 순간, 자신이 창기들과 더불어 재산을 탕진한 것이나 돼지를 치며 돼지들이 먹는 쥐엄 열매에도 굶주렸던 것을 자기 인생의 아름답고 거룩한 순간으로 만들었다고 말이다. 사람들은 그 점을 이해하기 힘들 것이다. 그 점을 이해하려면 감옥에 가야 한다고 감히 말하고 싶다. 만일 그렇다면, 감옥에 가는 것도 해볼 만한 일이다.

『심연으로부터』가 정말로 그의 〈회심〉을 보여 주는가에 대해서는 이론이 분분하지만, 적어도 이 대목의 그는 회개한 자가 누리는 은혜를 알고 있었던 것 같다. 임종에 이르러서야 성사를 받아들였던 그의 마지막 순간이 그러했기를, 병든 몸도 마음도 심연의 바닥에 이르렀던 그가 영혼의 남루를 떨쳐 버리고 〈왕 같은 제사장〉으로 거듭났기를 빈다.

최애리

오스카 와일드 연보

1854년 출생 10월 16일 오스카 핑걸 오플라허티 윌스 와일드Oscar Fingal O'Flahertie Wills Wilde가 더블린 웨스트랜드 가 21번지에서 윌리엄 와일드William Wilde(1815~1876)와 제인 프란체스카 엘지 와일드Jane Francesca Elgee Wilde(1821~1896)의 2남 1녀 중 차남으로 출생. 윌리엄 와일드에게는 결혼(1851) 전의 사생아인 1남Henry Wilson(1838~1877) 2녀Emily & Mary Wilde(1847/1849~1871)와 적자인 장남 윌리 와일드Willie Wilde(1852~1899)가 있었다.

1855년 1세 와일드 일가 메리언 스퀘어 노스 1번지로 이사.

1857년 3세 4월 2일 누이동생 이솔라Isola 출생.

1864~1871년 10~17세 형 윌리와 함께 북아일랜드 에니스킬렌의 포토라 왕립 학교Portora Royal School에서 수학.

1867년 13세 2월 누이동생 이솔라 9세의 나이로 사망.

1871년 17세 11월 이복누이 에밀리, 메리 사망.

1871~1874년 17~20세 더블린 트리니티 칼리지에서 수학. 고전 그리스어 과목의 버클리 금메달을 수상.

1874년 20세 10월 장학금을 받고 영국 옥스퍼드 대학의 모들린 칼리지에 입학.

1875년 ^{21세} 6월 트리니티 칼리지 고대사 교수 머해피John Pentland Mahaffy(1839~1919)와 함께 이탈리아 여행. 8월 플로렌스 벌컴 Florence Balcombe(1858~1937)을 만남.

1876년 ^{22세} 4월 부친 윌리엄 와일드 경 사망.

1877년 ^{23세} 3~4월 머해피와 함께 그리스 및 이탈리아 여행. 6월 이 복형 헨리 윌슨 사망.

1878년 ^{24세} 6월 「라벤나Ravenna」로 뉴디게이트상 수상. 7월 양차 최우수Double Firsts의 성적으로 졸업. 여름 플로렌스 벌컴과 브램 스 토커의 약혼 소식을 접함. 12월 플로렌스 벌컴 결혼.

1879년 ^{25세} 연초에 런던 솔즈버리 가 13번지를 학창 시절 친구인 화 가 프랭크 마일스George Francis 〈Frank〉 Miles(1852~1891)와 함께 임차. 〈템즈 하우스〉로 명명. 5월 레이디 와일드와 윌리 와일드 런던으 로 이주.

1880년 ^{26세} 8월 런던 타이트 가 1번지(현재 44번지)로 이사. 〈키츠 하우스〉로 명명. 9월 첫 희곡 『베라, 또는 허무주의자Vera; or, The Nihilists』를 자비 출판.

1881년 ^{27세} 4월 길버트&설리번의 희가극 「페이션스Patience」가 상 연됨. 1870~1880년대 영국의 심미주의 운동을 풍자한 이 작품에서 주 인공인 심미주의자 번손은 와일드를 모델로 한 것으로 알려짐. 6월 첫 시집 『시집Poems』 출간. 12월 17일 「베라」의 아델피 극장 공연이 취소 됨. 24일 「페이션스」의 뉴욕 공연을 홍보하기 위한 순회 강연차 미국행.

1882년 ^{28세} 미국과 캐나다를 두루 여행함. 주로 〈영국 르네상스〉와 〈미국의 장식 미술〉에 대해 강연함.

1883년 ^{29세} 1~5월 파리에서 운문극 「파도바 공작 부인The Duchess of Padua」을 완성. 8~9월 「베라」 초연을 위해 뉴욕 방문. 9월부터 1년 가 까이 영국에서 간헐적으로 강연. 11월 콘스탄스 로이드Constance Lloyd (1859~1898)와 약혼.

1884년 ³⁰세 5월 29일 콘스탄스 로이드와 런던에서 결혼.

1885년 ³¹세 1월 1일 타이트 가 16번지(현재 34번지)에 입주. 4월 에세이 「가면의 진실The Truth of Masks」 발표. 6월 5일 장남 시릴Cyril 출생. 저널리스트로 활발히 활동, 『펠맬 매거진』, 『드라마틱 리뷰』 등에 기고.

1886년 ³²세 로버트 로스Robert Ross(1869~1918) 만남. 6월 5일 차남 비비언 Vyvyan 출생.

1887년 ³³세 4월 『우먼스 월드*Woman's World*』 편집장 직 수락.

1888년 ³⁴세 5월 동화집 『행복한 왕자와 그 밖의 이야기들*The Happy Prince and Other Tales*』 출간. 12월 동화 「어린 왕The Young King」을 『레이디스 픽토리얼』에 발표.

1889년 ³⁵세 1월 대화 형식의 평론 「거짓말의 쇠퇴The Decay of Lying」을 『19세기』에 발표. 평전 「펜, 연필, 독약Pen, Pencil and Poison」을 『포트나이틀리 리뷰』에 발표. 3월 「공주님의 생일The Birthday of the Infanta」를 『파리 일뤼스트레』에 발표. 7월 단편소설 형식의 평론 「W. H. 씨의 초상화The Portrait of Mr W. H.」를 『블랙우즈 매거진』에 발표. 8월 이후 존 그레이John Gray(1866~1934) 만남. 10월 『우먼스 월드』 편집장 사표.

1890년 ³⁶세 6월 소설 『도리언 그레이의 초상*The Portrait of Dorian Gray*』을 『리핀코츠 먼슬리 매거진』에 발표. 7~9월 대화 형식의 평론 「비평의 참된 기능 및 가치The True Function and Value of Criticism」를 『포트나이틀리 리뷰』에 발표(「예술가로서의 비평가The Critic as Artist」로 대폭 수정되어 『의향*Intentions*』에 실림).

1891년 ³⁷세 1월 「파도바 공작 부인―귀도 페란티」를 뉴욕에서 상연. 2월 에세이 「사회주의하의 인간 영혼The Soul of Man Under Socialism」을 『포트나이틀리 리뷰』에 발표. 4월 『도리언 그레이의 초상』 확장판 출간. 5월 「예술가로서의 비평가」, 「거짓말의 쇠퇴」, 「펜, 연필 그리고 독약」, 「가면의 진실」을 엮어 평론집 『의향*Intentions*』 출간. 6월 앨프레드 더글러스 경Lord Alfred Douglas(1870~1945) 만남. 7월 단편소설집 『아서 새빌 경의 범죄 및 다른 이야기들*Lord Arthur Savile's Crime and Other Stories*』 출간. 11월 동화집 『석류의 집*A House of Pomegranates*』 출간. 11~12월 파리 방문. 희곡 「살로메Salomé」 집필.

1892년 38세   2월 20일 「윈더미어 부인의 부채Lady Windermere's Fan」가 세인트 제임스 극장에서 초연됨. 6월 「살로메」가 사라 베르나르 주연으로 연습에 들어갔으나, 성경 인물이 등장하는 연극을 금지하는 검열 제도로 인해 공연 무산됨. 8~9월 노픽에서 『하찮은 여인*A Woman of No Importance*』 집필.

1893년 39세   2월 『살로메』가 프랑스어로 출간됨. 4월 19일 「하찮은 여인」이 시어터 로열에서 초연됨. 11월 『윈더미어 부인의 부채』 출간.

1894년 40세   2월 오브리 비어즐리의 삽화가 들어간 『살로메』 영역본 출간. 6월 시 「스핑크스The Sphinx」 발표. 5월 더글러스와 함께 피렌체 여행. 7월 「산문시*Poems in Prose*」를 『포트나이틀리 리뷰』에 발표. 8~9월 서섹스 주 워딩에서 「진지함의 중요성The Importance of Being Earnest」 집필. 10월 『하찮은 여인』 출간.

1895년 41세   1월 3일 「이상적인 남편An Ideal Husband」이 로열 극장에서 초연됨. 1~2월 더글러스와 함께 알제리 여행. 2월 14일 「진지함의 중요성」이 세인트 제임스 극장에서 초연됨. 2월 28일 앨버말 클럽에서 〈Somdomite를 자처하는 오스카 와일드에게〉라고 적힌 퀸즈베리 후작의 명함 발견. 퀸즈베리 공작을 명예 훼손으로 고소. 3월 콘스탄스 와일드, 연초의 낙상(타이트 가의 자택 계단에서 미끄러짐)에 의한 척추 마비로 걷지 못하게 되어 수술. 4월 5일. 퀸즈베리 무죄 방면, 와일드 체포. 4월 26일 첫 공판. 5월 1일에 배심원 불일치로 재심이 청구됨. 5월 25일 풍기 문란죄로 유죄 판결. 2년간 징역과 중노동형이 선고됨. 뉴게이트에 수감되었다가 펜턴빌을 거쳐 7월에 완즈워스, 11월에 파산 선고를 받은 후 레딩 감옥에 수감됨. 7월 콘스탄스의 오빠 오토 홀런드 로이드 면회. 콘스탄스와 아들들이 스위스로 피신했고 이혼을 준비 중이라는 소식 전함. 9월 21일 콘스탄스 와일드 첫 면회.

1896년 ^{42세} 2월 3일 모친 레이디 와일드 사망. 2월 11일 「살로메」가 파리 테아트르 드 뢰브르에서 상연됨. 2월 19일 콘스탄스 와일드 면회. 모친 사망 소식을 알림. 와일드 부부의 마지막 만남.

1897년 ^{43세} 1~3월. 더글러스에게 긴 편지를 씀. 훗날 『심연으로부터 *De Profundis*』로 출간됨. 5월 19일 석방. 당일 밤배로 디에프로 건너감. 5~9월 디에프 인근 베른발쉬르메르에 유숙. 9월 더글러스와 재회. 나폴리에서 10주간 동거 후 결별. 프랑스, 스위스, 이태리 등을 전전.

1898년 ^{44세} 2월 『레딩 감옥의 노래 *The Ballad of Reading Gaol*』 출간. 4월 7일 콘스탄스 와일드, 척추 재수술로 인해 사망.

1899년 ^{45세} 2월 『진지함의 중요성』 출간. 3월 형 윌리 와일드 사망. 7월 『이상적인 남편』 출간.

1900년 ^{46세} 11월 30일 로마 가톨릭 교회에 귀의한 후, 파리의 오텔 달자스에서 사망.

옮긴이 **최애리** 서울대학교 인문 대학 및 동 대학원에서 불문학을 공부했고, 중세 문학 연구로 박사 학위를 받았다. 크레티앵 드 트루아의 『그라알 이야기』, 크리스틴 드 피장의 『여성들의 도시』 등 중세 작품들과 자크 르 고프의 『연옥의 탄생』, 조르주 뒤비의 『중세의 결혼』, 슐람미스 샤하르의 『제4신분: 중세 여성의 역사』 등 서양 중세사 관련 서적을 다수 번역했다. 그 밖에 피에르 그리말의 『그리스 로마 신화 사전』, 알베르토 망겔의 『인간이 상상한 거의 모든 곳에 관한 백과사전』, 버지니아 울프의 『댈러웨이 부인』, 『등대로』, 프랑수아 줄리앙의 『무미 예찬』, 조르주 심농의 『생폴리앵에 지다』, 『타인의 목』, 『안개의 항구』, 앙리 보스코의 『이아생트』 등 여러 방면의 역서가 있다. 서양 여성 인물 탐구 『길 밖에서』, 『길을 찾아』를 썼으며, 최근에는 『그리스도교 신앙시 100선: 합창』을 펴냈다.

오스카 와일드, 아홉 가지 이야기

발행일   2015년 4월 15일 초판 1쇄
          2023년 11월 10일 초판 7쇄

지은이   오스카 와일드
옮긴이   최애리
발행인   홍예빈 · 홍유진
발행처   주식회사 열린책들

경기도 파주시 문발로 253 파주출판도시
전화 031-955-4000 팩스 031-955-4004
www.openbooks.co.kr

이 도서의 국립중앙도서관 출판예정도서목록(CIP)은 서지정보유통지원시스템 홈페이지(http://seoji.nl.go.kr)와 국가자료공동목록시스템(http://www.nl.go.kr/kolisnet)에서 이용하실 수 있습니다.(CIP제어번호: CIP2015008634)